파이널 퀸

신지애,
골프로
비상하다

골퍼로 정상에 서기까지
삶, 가족, 골프 이야기

파이널 퀸

신지애,
골프로
비상하다

신제섭 지음

민음인

2004년 국가대표 상비군(4승)

2005년 국가대표(7승)

2006년 KLPGA 신인상, 다승왕, 상금왕, 최저 타수상, 대상

2007년 KLPGA 다승왕, 상금왕, 최저 타수상, 대상

2008년 KLPGA 다승왕, 상금왕, 최저 타수상, 대상

KLPGA 3년 연속 4관왕 - 최초

KLPGA 역대 최저 타수 기록 보유

KLPGA 한 해 최다승 기록 보유(9승)

KLPGA 한 해 최다 상금액 기록 보유(KPGA 포함)

2006년 KLPGA 3승 LAGT 1승

2007년 KLPGA 9승 LAGT 1승

2008년 KLPGA 7승, LPGA 3승, JLPGA 1승

2009년 LPGA 3승, JLPGA 1승

2008년 KLPGA 메이저 대회 모두 우승 - 최초 그랜드슬램 달성

2008년 비회원으로 LPGA 대회 3회 우승 - 세계 최초

2009년 세계 4대 투어(LPGA, JLPGA, KLPGA, 유러피안 투어) 대회를 한 해에

모두 우승 - 세계 최초

2009년 세계 4대 투어(LPGA, JLPGA, KLPGA, 유러피안 투어)의 시드권을

Q스쿨 없이 획득 - 세계 최초

2009년 세계 4대 투어(LPGA, JLPGA, KLPGA, 유러피안 투어)를 한 해에

시드권 보유 - 세계 최초

2009년 LPGA 신인상, 상금왕, 다승왕 3관왕

한 해에 신인상와 상금왕 획득은 1978년 낸시 로페즈 이래 세계에서 두 번째

아빠의 총신대 신학 대학원 졸업식 날 엄마 품에 안겨서

네 살 때 나주에서

1999년 광주의 골프 연습장에서.
처음부터 힘 있는 샷이
하경종 프로의 눈에 들었다.

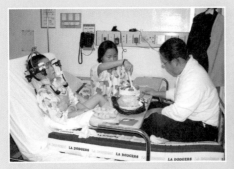

엄마가 교통사고로 세상을 떠난 후, 병원에서 한 생일 파티

초등학생 시절 연습 중인 신지애
아령, 타이어 치기, 골프채로 땅 파기 훈련

아마추어로
프로 대회에 참여해
우승한 장면

2005년 필리핀 동계 훈련 중에
일행과 함께

2006년 KLPGA 대상 수상 장면

2008년 4월
KLPGA 우리투자증권
레이디스 챔피언십 대회에서

브리티시 오픈
우승컵을 들고

2008년 11월
LPGA ADT투어 챔피언십,
우승컵과 상금 100만 불 앞에서

LPGA에서 가능성을 입증한
HSBC 챔피언스 우승

침착한 샷이 신지애의 강점이다.

2009년 LPGA 웨그먼스
우승 퍼팅 후 기뻐하며

영광스러운 2009
LPGA 시상식장에서

가족과 함께 단란한 한때를 보내며. 왼쪽부터 서울대 물리천문학부에 수시합격한 여동생 지원,
신지애 선수, 아버지, 새어머니, 성악가를 꿈꾸는 막내 지훈

1 부

파이널 퀸의
숨은
이야기

FINAL QUEEN, SHIN JI YAI

1
슬픔을 딛고 일어서다

영광의 자리에서

2009년 11월 21일 미국 텍사스주 휴스턴의 메리어트 호텔. 한 해를 결산하는 LPGA 시상식이 이곳에서 거행되었다. 세계 최고의 여성 프로 골퍼들이 기량을 뽐내는 LPGA 2009 시즌이 종료되며 전 세계 미디어들이 주목하는 가운데 신인상을 비롯한 화려한 기록의 주인공들이 마침내 영광스러운 자리에 나선다. LPGA 커미셔너를 비롯해 LPGA의 창설자인 루이스 서그스 등 골프계 유력 인사들이 많이 참석한 가운데 수상자가 호명되었다.

나의 딸 신지애 프로의 이름이 커미셔너 에반스에 의하여 불렸다. 156센티미터 단구의 지애가 앞으로 나간다. 상패와 트로피를 품에 안고, 침착하게 마이크 앞에 선다. 부러움과 칭찬의 눈빛을 한 몸에 받으며 세계 언론의 카메라들이 바라보는 가운데 지애는 또렷한 영어로 수상 소감을 말한다.

"……오늘 우리가 이 자리에 모인 것은 LPGA의 전통과 번영을 축하하기 위함이라고 믿습니다. 서그스, 라이트, 카너, 윗워스, 로페즈, 쉬핸, 소렌스탐, 웹, 잉스터, 오초아 그리고 박세리 같은 역대 대선수들, 그들을 대신해서 저는 2009년 루이스 서그스 롤렉스 LPGA 신인상을 받겠습니다……."

박수갈채가 터져 나온다. 지애의 연설은 이어졌다. 길지 않은 연설임에도 몇 번이나 웃음과 박수가 터졌다.

"……저를 낳아주신 어머니는 2003년에 세상을 떠나셨는데, 오늘은 저희 어머니를 위한 날입니다. 엄마, 너무 사랑하고 그립습니다. 그래도 엄마가 항상 저와 함께 하신다는 걸 잘 알고 있습니다.

그리고 저희 아버지. 항상 저를 자랑스럽게 생각하신다는 것을 잘 압니다. 그러나 오늘은 제가 얼마나 아버지를 존경하는지 말씀드리고 싶습니다. 저를 위해 희생도 마다 않으시는 분, 항상 저를 격려해 주시고, 사랑을 주시고 또 가끔은 약간의 스트레스를 주시는 분입니다."

스트레스를 준다는 부분에서 청중들이 와그르르 웃으며 나를 돌아보았다. 쑥스러웠지만 시선을 피하지는 않았다. 벅찬 기쁨이 가슴 속에 가득 차올랐다. 자랑스러운, 대견한 딸이다. 내 딸이다.

지애가 말을 계속한다.

"더 이상 바랄 게 없습니다. 아빠의 딸이라는 게 너무 자랑스럽습니다……."

눈시울이 뜨뜻해지는 느낌이 들어서 결국에는 눈을 내리깔지 않을 수 없었다. '지애 엄마, 지애 엄마!' 마음속으로 무수히 이름을 불렀다.

갑작스럽게 덮쳐 온 사고

지애 엄마가 세상을 떠난 것은 지애가 열다섯 살 때 일이다. 골프를 시작한 지는 5년째, 고된 훈련을 통해 쌓은 실력을 서서히 드러내며 주니어 유망주로 한창 발돋움하고 있던 때였다. 경제적으로 여유롭지 못한 개척교회 목사의 안사람으로, 세 아이의 엄마로 고단한 일상을 늘 행복으로 바꾸어 주던 지애 엄마는 2003년 11월 겨울의 초

입에 교통사고를 당했다. 큰딸인 지애가 열다섯이니 둘째딸 지원이와 막내인 아들 지훈이는 열세 살과 여덟 살밖에 되지 않았다.

2003년 11월 8일. 그날은 큰처형의 회갑잔치가 예정되어 있었다. 지애 엄마는 언니의 회갑을 맞아 동기와 친척들이 모이는 자리에 가기 위해 기쁜 마음으로 목포로 차를 몰고 가던 중이었다. 차 안에는 지애 동생 지원이, 지훈이도 타고 있었다. 나와 지애는 왕복 세 시간 거리인 광주에 오가며 연습을 하고 있었기에 광주 연습장에서 일과를 마치고 따로 가기로 하였다. 그런데 막 차를 몰아 목포로 출발하려는데, 갑자기 핸드폰이 울렸다.

이상한 것은 그 전화를 받기 전부터 왠지 가슴이 쿵쾅거리고 불안한 느낌이 확 들이닥쳤다는 것이다. 무언가 예감이 있었던 걸까.

"여보세요, 무안경찰서 교통과입니다. 신제섭 씨 되시죠?"

"네."

"나 ○○ 씨 교통사고로 연락을 드렸습니다……."

이어지는 말은 지애 엄마가 교통사고가 났다는 것이었다. 청천벽력과도 같은 소식 앞에 겨우 정신을 가다듬고 상태를 물었다.

"안타깝게도 운전자 분은 병원으로 이송 도중에 운명하셨습니다. 지금 곧 무안 종합병원 쪽으로 와 주시면……"

순간 눈앞이 캄캄해졌다. 정말 하늘이 무너지는 것 같았다. 목사로 시무하면서 그 동안 장례식에도 수없이 참석했고 직접 의식을 집전하기도 했지만 막상 내가 이런 일에 마주하게 되니 얼떨떨하고 도저히 믿기지가 않았다.

"아이들은요? 아이들은 어떻게 됐습니까?"

"무안 종합병원에서 치료 중입니다."

차 안에서 전화 통화를 듣고 있던 지애도 예사롭지 않은 통화 내용에 무엇을 알아차렸는지 파리한 얼굴로 나를 바라보았다. 전화를 끊었지만 어떻게 지애에게 말할지를 몰랐다.

"지애야, 엄마가······."

떨어지지 않는 입술을 떼어 겨우 엄마가 돌아가셨다고 말을 했더니, 지애는 거짓말이라고 도리질을 쳤다. 왜 아빠는 나한테 거짓말을 하시느냐고 말하면서도 눈에서는 어느새 펑펑 눈물이 쏟아졌다. 나의 눈에도 뜨거운 것이 치밀었지만, 가슴속에 납덩이가 쿵 하고 떨어진 듯 나는 눈물도 흘릴 수가 없었다. 그렇게 한없이 우는 지애를 바라보며 나는 망연자실했다. 심하게 다쳤다는 지원이와 지훈이, 그리고 골프에 모든 것을 걸고 지금까지 노력해 온 지애의 미래······. 우리 가정의, 교회의, 또 아이들과 나의 버팀목이었던 지애 엄마가 이렇게 갑자기 떠나다니 모든 것이 와르르 무너져 내리는 것만 같았다.

나 혼자서 아직 어린 아이들을 이끌고 앞을 헤쳐 나갈 수 있을까. 슬픔보다 충격이 앞서고 바닥 모를 막막함이 뒤를 따랐다.

동생들의 입원 생활

친족들이 대부분 광주에 있었기 때문에 지애 엄마의 시신과 다친 아이들을 광주 조선대학교 병원으로 옮겼다. 지원이는 어깨뼈, 허벅지뼈, 종아리뼈가 부러졌고, 막내 지훈이는 목뼈와 허벅지뼈가 부러지는 중상이었다. 하지만 불행 중 다행인지 뼈가 부러진 것 외에 장기의 손상은 전혀 없었기에 수술을 하고 나서 일반 병실에 누워 회복하게 되었다.

엄마는 어디 있냐고, 엄마 괜찮으냐고 계속해서 안부를 묻는 아이들에게, 치료에 도움이 되지 않을 것 같아 차마 엄마가 돌아가셨다는 말은 해 주지 못하고 엄마는 중환자실에 있어서 들어갈 수 없다고 하면서 지애와 내가 교대로 장례식장을 지켰다. 나는 그때까지도 충격에서 헤어나지 못하고 먹먹하기만 했는데, 장례를 치르는 과정에 뜻밖에 지애의 어른스러운 면을 새삼 발견할 수 있었다. 가장으로서 자녀들을 생각해야 할 나였지만 오히려 나 자신이 크게 상심해서 다른 생각을 하지 못하고 슬픔에만 빠져 있는데 중학교 3학년인 지애가 나를 위로했다.

"아빠, 너무 슬퍼하지 마세요. 아까 입관식 때 엄마 얼굴을 보니 환하게 웃고 계셨잖아요. 아마 천국 가서 행복해 하실 거예요. 나중에 하늘나라 가서 엄마를 만날 수 있잖아요."

어떻게 시간이 갔는지도 모르게 장례는 절차대로 진행이 되었다. 발인식을 할 때 나는 "하나님, 감사합니다. 이 세상에 하나밖에 없는, 이 세상에서 가장 좋은 사람을 배필로 허락해 주시고 18년 동안 함께 살게 해 주심에 감사합니다."라는 마지막 말로 지애 엄마를 보낼 수밖에 없었다.

장례식을 마치고 나니 현실이 다가왔다. 이제 아이들을 돌봐야 한다. 여러 가지 생각이 들었다. 지애 엄마의 그 세심하게 마음 쓰고 보살펴 주던 사랑을 누가 대신할 수 있을까! 그보다도 더 절박한 것은 우리 가정의 경제 사정이었다. 큰일을 당하여 금전적으로 버텨 낼 만한 여유가 충분치 않았다. 설상가상으로 교통사고 원인이 지애 엄마의 과실이 100퍼센트인 것으로 나왔다. 이것 때문에 무안 사고 현장에 경찰과 함께 몇 번이나 찾아가 조사하고 항의도 했지만 받아들여지지 않았다. 보상금은 하나도 기대할 수 없었다. 보험에서 나오는 병원비는 한정되어 있고, 아이들은 1년 이상 치료를 받아야 한다고 하여 어쩔 수 없이 조선대학교 부속병원에서 다소나마 치료비가 저렴한 일곡병원으로 옮겼다.

두 아이 중 특히 지훈이가 목뼈를 다쳐 고생을 많이 했다. 처음 입원했을 때에 병원에서 허벅지뼈가 부러진 것만 처치를 하고 목뼈 골절은 발견하지 못하고 넘어갔다. 그런데 저녁이 되어 지훈이가 계속해서 목이 아프다고 했다. 마침 그 병원 의사로 있는 친구가 있어서 그 친구에게 연락하고 새로 목 부분을 재촬영했는데, 그제야 목뼈가 부러졌던 것을 발견했다. 발견하지 못하고 자칫 잘못 몸을 움직였다가 신경을 다쳤으면 신체가 마비될 수도 있는 위험한 상황이었다. 정말 아찔한 고비를 넘긴 것이다.

목뼈 골절이 발견되고 의사들이 부랴부랴 병원으로 달려와서 새벽 3시에 처치를 했다. 그때부터 지훈이는 턱에 벨트를 매고 추를 달아서, 목을 뒤로 약간 꺾은 채 무거운 추가 언제나 머리를 뒤로 잡아당기는 그런 자세로 생활해야 했다. 자연히 병원 치료가 길어질 수밖에 없고 어린 지훈이가 견뎌 내기에 너무나 불편하고 힘든 나날들이었다. 텔레비전을 보아도 거꾸로 누워서 봐야 하고, 대소변도 일일이 받아내야 하는 것이다. 어느 정도 뼈가 붙은 후에는 머리에 쇠를 박고 어깨와 고정시켜서 흡사 왕관을 쓴 모습이 되었다.

아이들이 대견한 것은 그런 힘든 상황에서도 밝게 생활했다는 것이다. 지원이와 지훈이에게는 장례가 끝난 후 어느 정도 상태가 안정되었을 때 엄마가 돌아가셨다는 이야기를 했다. 지원이는 한동안 소리 없이 눈물만 계속 흘리고 있었고 아직 어린 지훈이는 몇 날을 엄마를 찾으면서 울기도 했지만, 우리 모두는 사랑하는 엄마가 분명히 천국에 가서 행복하게 잘 있을 것이고 나중에 꼭 다시 만날 수 있다는 믿음으로 슬픔을 이겨냈다.

지애, 남모르는 각오를 굳히다

그렇게 1년이 넘는 기간 동안 병원이 우리 거주지가 되었다. 병원에서 먹고 자고 하는 생활의 시작이었다. 자신의 목표를 둔 골프에서 바야흐로 실력을 드러내 가던 지애는 더 더욱 정말 힘겨운 상황을 맞았다. 이전까지는 내가 차에 태워 연습장에 가고 오던 것이, 동생들이 병원 베드에 누워 꼼짝 못하는 상황에 처해 아침에 혼자 버스를 타고 연습장에 가 연습해야 했다. 그런데도 저녁에 병원에 돌아와서는 꼭 자기가 동생들 밥을 해 주었다. 아직 어린 나이인데, 게다가 하루 종일 고된 연습을 하고 나서 피곤할 터인데도 연습 끝나고 굳이 와서 동생들 밥을 해 주는 지애가 너무나 대견했다. 칭찬에 인색한 아버지라 그저 바라만 보면서 흐뭇해할 뿐이었지만 속마음은 얼마나 감격스러웠는지 모른다.

저녁에 잘 때면 지원이 옆에 있는 보호자용 간이침대에서 지애가 자고, 나는 지훈이 옆 간이침대에 자리를 잡았다. 하루이틀도 아니고 1년 이상을 네 식구가 거의 병원에서 살다시피 하면서 자칫 낙심하고 마음이 흐트러질 수도 있었을 텐데 지애는 굴하지 않고 그때까지

해 오던 엄청난 양의 체력 훈련과 연습을 스스로 성실하게 해 나갔다. 힘든 시간이었지만, 이때가 우리 가족을 더 화목하게, 더 굳게 하나로 뭉치게 해 준 귀한 시간이었던 것 같다. 경기가 있을 때면 할머니와 고모가 간호해 주시고, 지애의 재능을 아끼는 다른 많은 분들도 도움을 주셔서 혼자가 아님을 깨달을 수 있었던 시간이기도 했다.

그러나 당시 지애 엄마의 장례를 치르고 나서, 아이들의 병간호가 중한 데다 사모도 없어 더 이상 목회를 하기 힘든 상황에 나는 어쩔 수 없이 시무하던 교회를 사임하게 되었다. 교통사고 보상금은 한 푼도 받지 못하고 아이들의 병원비도 막막했는데, 지애 엄마가 생전에 사랑으로 봉사하던 것이 생각지도 못한 도움으로 돌아왔다. 조의금이 정말 많이 들어와서 장례나 아이들 치료비에 크나큰 보탬이 되어 주었던 것이다. 우선 교회를 사임하면서, 교통사고 난 차가 교회 봉고차였기에 그 차를 대신하여 중고 봉고차라도 한 대 다시 살 수 있도록 조의금 일부는 교회에 헌금했다. 다음으로 지애 골프 가르치면서 주위 사람들에게 이리저리 꾸었던 돈들을 갚고 광주은행에 만들었던 300만 원짜리 마이너스통장도 정리했다. 생활은 당분간 병원에서 먹고 자고 할 수밖에 없지만, 교회 사택에서 살림을 빼 와야 하기에 보증금 1,000만 원에 월세 12만 원짜리 방을 하나 얻어 가재도구를 옮겨 놓았다. 그렇게 정리를 하고 났더니 수중에는 1,900만 원이라는 돈이 남아 있었다. 이제 앞으로 어떻게 할까. 고민도 하지 않았다. 그 통장을 지애 앞에 내놓고 솔직하게 말했다.

"지애야, 지금 우리 집 총 재산이 1,900만 원이란다. 아빠가 이중에서 1,700만 원으로 내년 1년 너를 골프 시키려고 한다. 그 안에 네가 골프로 성공 못하면(우승을 말하는 것이다.), 나머지 200만 원으로 아빠가 겨울에 서너 달 붕어빵 장사를 해서 또 1년 시키겠다. 만약 그때까지 네가 골퍼로서 성공하지 못한다면 아빠는 더 이상 너를 골프 시킬 수가 없다. 그리고 이 돈은 엄마 생명과 바꾼 돈이니까, 한 타 한 타 칠 때마다 신중하게 치길 바란다."

붕어빵 이야기는, 당시 아는 성도님이 붕어빵 장사를 하는데 목이 좋아 한 달에 300~400만 원씩 수입을 올린다는 말을 듣고 귀가 솔깃하여 마음에 담아 두었던 것이다.

어찌 보면 지애를 처음 골프 시키겠다고 결심했을 때와 비슷한 상황이었다. 당시에는 지애 엄마를 마주하고 집안의 총재산 1,500만 원 중에서 500만 원을 지애 골프 시작하는 데 달라고 했었다. 지애 엄마가 선선히 그렇게 하라고 허락해 준 덕분에 여기까지 올 수 있었다. 이제 지애를 앞에 앉히고 이렇게 말을 하니 지애는 그냥 "네." 한 마디를 한다. 하지만 엄마 돌아가신 일과 이때의 대화가 지애 인생의 커다란 전환점이 되었던 듯하다. 나는 오래도록 당시 지애가 어떤 생각을 했는지 들은 적이 없었는데, 지난해 텔레비전 프로그램 〈강호동의 무릎팍 도사〉에 출연한 지애가 이 이야기를 꺼냈다.

"그전까지는 골프를 치다가 실수하면 '에이, 실수했네? 다음에 잘 치면 되지 뭐.'라고 생각했는데, 그때 아빠 말씀을 듣고서 골프가 내 인생을 좌우할 수도 있겠구나 하는 생각을 했어요. 그때부터 골프가 제 인생에 벼랑 끝 승부수가 된 거죠."

당시 지애는 각종 대회에 최대한 참가하여 두루 상위권의 성적을 기록하고 있었지만 중요 대회 우승이 아직 없었다. 준우승은 많은데 우승이 그렇게 어려웠다.

　중학교 졸업을 앞둔 3학년이 되어 국가대표 상비군을 당면 목표로 점수 쌓기(각종 대회 입상 등 포인트를 합산하여 상비군을 정한다.)에 총력을 기울이던 차였다. 그런데 특히 지애 또래에 골프 잘 치는 주니어 선수들이 많아서 그렇게 수월하지가 않았다. 최근 언론에서 "88년생"이라는 이름으로 자주 거론되는 최나연, 김인경, 오지영, 김송희, 박인비, 김하늘 등등이 모두 지애와 동기였다.

　태극기가 그려지고 'KOREA'가 새겨진 골프백과 모자는 모든 주니어 골퍼들과 부모들의 꿈이다. 얼마나 애타게 바랐던 일인지, 지금와 생각해 보면 우습게도 느껴지지만 그때는 한 시합이 끝나면 그날 저녁 컴퓨터를 켜 놓고 상비군 포인트를 계산하면서 기뻐하고 탄식하곤 했다. 다행히 꾸준한 노력이 뒷받침되어 지애는 비록 우승은 기록하지 못했지만 점점 성적을 내게 되었고, 이듬해 고교 진학을 앞둔 그해 11월 3일에 드디어 국가대표 상비군에 선발되었다는 통보를 받기에 이른다. 얼마나 안심이 되고 기뻤던지 모른다. 지애가 결국에는 상비군이 된 것이다. 이곳저곳에 국가대표 상비군 된 것을 자랑했다. 주위에서는 없는 살림에 무리를 하여 자식을 골프 시킨다고 좋지 않은 시선으로 바라보는 사람도 적지 않았는데, 그분들에게 조금이나마 지애가 정말로 골프 유망주라는 사실을 보여 줄 수 있게 된 것이다. 지애 엄마도 더없이 좋아했고 그동안 도와준 친정 식구며 친지들에게 여기저기 전화를 걸어 자랑스럽게 소식을 전했다.

　"두고 봐, 나중에 지애가 프로 골퍼로 성공하게 되면 제 엄마랑 이모들 다 외국 여행 시켜 줄 테니까."

지애 엄마가 그때 했던 이 약속은 지애가 프로 되고 2년 후에 지킬 수가 있었다. 교통사고가 우리 가정을 덮쳐 온 것은 지애의 선발 통보를 받고 온 가족이 하늘에라도 오를 듯 그렇게 기뻤던 날로부터 불과 닷새 뒤였다.

2

아빠의 오랜 꿈,
지애의 첫 출발

소질을 발견하다

지애가 처음 골프를 시작한 것은 1999년 6월 1일이다. 나는 학창 시절 운동선수였으며 열광적인 스포츠 광이었기에 결혼 전부터 나중에 자식을 낳으면 첫째는 무조건 운동선수로 키우겠다고 작정하고 있었다. 결혼 후 지애가 태어나고, 운동선수로 키우겠다는 생각에는 변함이 없었지만, 처음에 막연하게 운동이라고만 생각했던 것이 이제 구체적으로 어떤 운동을 시키는 것이 좋을지 고민하게 되었다. 결론을 내리기까지는 정말 많은 생각이 있었다. 운동선수가 되어 주기를 바라는 것은 아빠의 꿈이지만, 그 꿈을 실현시키는 것은 지애의 몫이다. 물론 내가 알고 있는 것, 할 수 있는 것을 모두 바쳐 함께 노력할 것이지만 어디까지나 본인의 소질이 받쳐 줘야 하고 또 노력한 만큼 장래의 보상도 있어야 하는 것이다.

종목에 대한 고민 끝에 결론을 내린 것은 팀 운동이 아닌 개인으로 할 수 있는 운동으로서 한국인이 세계를 제패한 종목, 바로 양궁과 골프였다.

그런데 경제적으로 넉넉지 못한 형편상 처음에는 골프를 시킬 엄두는 내지 못했다. 당시 나 자신 친구가 운영하는 골프 연습장에서 골프를 조금 배워 보았는데 아무래도 어렵겠다는 생각이 들었다. 그래서 결국 경제적 사정 때문에 어쩔 수 없이 양궁을 선택했고, 광주에서 양궁 명문으로 손꼽히는 두암초등학교 양궁부에 들어갔다.

하지만 얼마 후 내가 광주에서 영광으로 옮겨 목회를 하게 되면서 지애도 전학을 할 수밖에 없었고 양궁은 그렇게 그만두게 되었다.

그리고 몇 달이 흘렀다. 광주에 살 때 친구의 골프 연습장에 나가 조금씩 골프를 배웠던 나는 마침 새 교회 바로 옆에 골프 연습장이 있기에 가끔 거기서 볼을 쳤다. 그곳은 영광 원자력발전소 사택 부지에 딸린 골프 연습장이었는데, 한번은 지애가 나를 따라와 치는 것을 구경하다가 자기도 한번 쳐 보고 싶다고 했다. 그래서 기본적인 것을 가르치고 쳐 보라고 했더니 제법 볼을 잘 맞히는 것이 아닌가!

시키려고 했던 양궁도 그만둔 상황인데, 왠지 모를 설레는 마음에 1주일을 들여서 속성으로 풀스윙까지 가르쳐 보았다. 내가 보기에는 폼도 제대로 잡히고 힘이 있어 보였다. 그래서 하루 날을 잡아서 그 광주의 골프 연습장 하는 친구에게 지애를 데리고 갔다. 그리고 친구에게 부탁해서 그곳에 계시던 하경종 프로께 지애를 한번 테스트해 봐 달라고 했다.

하경종 프로는 지애를 데리고 사흘 동안 스윙을 가르쳐 보고 볼을 쳐 보게도 하고 체력도 테스트하더니, 사흘 후 나를 대면하자 고개를 끄덕였다.

"힘이 좋네요. 소질이 있어요. 정말 한번 시켜 보시렵니까?"

이렇게 해서 지애가 골프를 치게 되었고, 원래 한 가지 일에 집중하는 성격이었던 나는 이때까지 걸어왔던 길과는 다른 또 다른 길을 걸어가게 되었다.

'그래, 이왕에 시작한 것, 결혼하기 전부터 계획했던 대로 세계적인 선수로 키워 보자.'

내 마음 깊은 곳에서 커다란 에너지를 뿜어내는 푸른 기둥 같은 것이 저항 없이 솟아올랐다.

500만 원으로 시작한 골프

물론 경제적인 사정은 조금도 변함이 없었고, 지애에게 골프를 시키겠다는 결심은 우리 집 상황에 비추어 보면 엄청난 부담이며 모험이었다. 그 당시 나는 영광에서 성산은혜교회라는 아주 작은 농촌 교회에 시무하고 있었다. 한 달 사례비 80만 원, 그리고 손에 쥐고 있던 총재산 1,500만 원이 우리 집 자금의 전부였다. 지금 생각해 보면 무모한 추진력이었다. 지애 엄마에게 지애 골프 시키겠다며 1,500만 원중에서 500만 원만 달라고 했다.

"자식들에게 물려줄 재산은 없고, 하다못해 골프를 해서 레슨 프로라도 하면 저 먹고 살 길은 열리지 않겠는가. 그러니 500만 원만 주소."

이미 마음으로 결정을 지어 놓고 손을 내미는 내게 집사람은 묵묵히 재산의 삼 분의 일이나 되는 500만 원을 선뜻 내주었고, 이 돈이 지애를 가르치는 종자돈이 되었다.

어떻게 보면 그 당시 우리 가정의 경제력으로 봐서는 자녀에게 골프를 가르친다는 것이 허황된 것일 수도 있었다. 그런데 골프 연습장친구는 나를 보고 100만 원만 달라고 한다. 그래서 주었더니, 하경종프로를 불러 100만 원을 내놓고 이렇게 말했다.

"하 프로 자네도 신 목사 형편 어렵다는 것을 모르는 바는 아니잖나. 적지만 이 돈으로 한번 지애를 가르쳐 보지."

고맙게도 하경종 프로도 그 자리에서 선뜻 그렇게 하겠다고 대답을 하여, 지애는 본격적인 레슨을 받을 수 있게 되었다. 레슨을 받으면서 45만 원을 들여 중고 골프채를 구입했는데, 5번 아이언까지밖에 없는 '왕도'라는 아이언이었다. 또한 가격은 생각나지 않지만 혼마 드라이버도 중고로 구입했다.

이때부터 나에게는 또 다른 새 삶이 시작되었다. 일요일만 제외하고 나머지 6일 동안 하루도 빠짐없이 차를 몰아 광주 골프 연습장으로 지애를 데려다 주어야 했다. 집이 있는 영광 홍농에서 광주까지 가려면 전라북도 고창군 공음, 대산을 지나서 큰 산을 하나 넘어 전라남도 장성을 거쳐 가게 되는데 광주 운암동에 도착하기까지 보통 1시간 20분 정도가 걸린다. 오전 수업 끝내고 영광에서 출발하면 보통 2시 30분에서 3시 사이에 광주에 도착한다. 그러면 광주에서 밤 10시까지 연습하고 다시 영광 집으로 돌아갔다. 일단 시작한 이상 기초적인 연습과 훈련이 무엇보다 중요하다고 생각했기에 하루도 빼놓지 않고 매일 반복했다. 겨울에 눈이 많이 오면 봉고차가 산을 넘지 못하기 때문에 나주, 함평으로 먼 길을 돌아가야 할 때도 있었다. 그렇게 가려면 시간도 서너 시간씩 걸린다. 그래도 그 다음 날이면 또 광주에 나와 연습을 했다. 한 친구는 내가 지애 데리고 다니는 모습을 보고는 골프에 목숨 걸었느냐면서 혀를 내두르기도 했다.

"야, 나는 우리 아들 아침에 15분밖에 안 걸리는 학교 데려다 주기도 귀찮던데, 넌 귀찮지도 않으냐? 세상에 그 먼 거리를 날마다 왔다 갔다 하다니……."

나도 지금 돌아보면 그때는 어떻게 그렇게까지 했던지 은근히 놀랍다. 아마 집념이 있고 희망이 있었기에 그럴 수 있지 않았을까.

고된 연습으로 기초를 다지다

골프를 시작하고 나서 지애의 연습은 대단히 혹독한 것이었다. 광주 연습장 앞에 20층이나 되는 고층 아파트가 있었다. 도착하면 제일 먼저 이 아파트 층계를 뛰어서 20층까지 일곱 번 오르내리게 했다. 처음에는 1층에서 지애가 출발하면 중간에 꾀를 부리지는 않는지 보려고 엘리베이터를 타고 12층 정도에 올라가서 훔쳐보기도 했다. 그리고 뛰어 내려오는 발소리를 들으면서 지애 몰래 다시 엘리베이터를 타고 먼저 1층에 내려가서 기다렸다. 하지만 이것도 몇 번으로 그쳤다. 처음 며칠 그렇게 감시를 해 보았더니 전혀 꾀를 부리지 않기에 다음부터는 지애를 믿고 더 이상 훔쳐보지 않았다.

20층 계단을 다 뛰고 오면 곧바로 바로 옆에 있는 진흥중학교 운동장을 열 바퀴 달리게 했다. 체력 훈련은 이뿐만이 아니다. 무거운 해머를 들어 메치는 훈련도 병행하였다. 연습장 주차장에 모래더미가 있기에 해머로는 이 모래더미를 내리치게 했다. 아래팔과 손목의 힘을 기르는 것도 필요하다고 생각되어 악력기와 아령도 시켰는데, 내 욕심이 많아서인지 몰라도 영광에서 광주로 차를 타고 오가는 동안의 시간이 아까웠다. 그래서 연습장에 가고 오는 동안 차 안에서 편도에 악력기 양손 200개와 3킬로그램짜리 아령을 이용한 손목 운동 200개씩, 왕복으로 치면 도합 하루 400개씩을 하게 했다. 이런 훈련을 나중에 영광을 떠날 때까지 약 5년간 계속했다.

집에서도 최대한 훈련할 수 있게 하려고 집 앞 나무에다가 타이어를 매달아 두고, 연습장으로 출발하기 전에 야구 배트로 50번씩 치고 출발하도록 했다. 이 연습 방법은 하경종 프로가 알려 준 것으로, 지애가 초기부터 장타로 이름을 날릴 수 있게 해 준 비결이 바로 이것이었던 것 같다. 처음에는 몰라서 무작정 큰 타이어를 매달았는데 너무 딱딱하다 보니 손목에 무리가 갔다. 그래서 상대적으로 작고 부드러운 티코 타이어로 바꾸어 달고, 배트도 나무 배트는 너무 자주 부러져서 알루미늄 배트로 교체했다.

또 한 가지, 이것도 역시 하경종 프로가 지도해 준 특이한 연습 방법이 있었다. 바로 아이언으로 땅을 파는 것이다.

광주 연습장 옆 학교 운동장에서 달리기를 마치고 나면, 지애는 헌 아이언을 가지고 운동장 땅 파기를 하였다. 약 10미터 되는 선을 그어 두고 한끝에 서서 그 선 앞 3센티미터 부분을 아이언으로 스윙을 하면서 파내는 것이다. 이렇게 하면서 10미터를 가려면 100번 정도 스윙을 하게 되는데, 오늘날 지애의 정확한 임팩트의 비결이 이 훈련이 아닐까 한다.

이게 다가 아니었다. 연습장에 갔다가 집에 돌아오면 보통 밤 11시가 넘지만 지애는 이 시간에 퍼팅 연습을 했다. 또한 스트레칭으로 요가 같은 유연성 운동도 많이 시켰다. 그러다 보면 보통 밤 1시나 되어야 잠자리에 들었다. 때로는 피곤해서 곤히 곯아떨어져 자는 그 모습을 보면 참으로 안쓰러워 속이 먹먹해지기도 했다. 어떻게 보면 나도 참 독한 사람이었던 것 같다. 잠이 부족해서 늘 연습장을 오가는 차 안에서 잤는데, 항상 아령과 악력기를 하고 자게 했다. 나중에 중학교 때에는 무안 컨트리클럽에 들러 훈련하게 되어서 차 안에서 보내는 시간이 더 길어졌다. 총 3시간 30분 정도 되는 이 시간을 이용해 모자란 잠을 보충했다. 이때는 집에서는 다섯 시간 정도밖에 자지 않았다.

이러한 훈련의 결과인지 몰라도 기량은 일취월장하여 1년여 만에 70대 타수를 치게 되었고, 1년 반쯤 지났을 때는 언더파를 심심찮게 치기 시작했다. 그러자 점점 골프 신동이라는 소문이 나게 되고 언론에도 가끔씩 오르내리게 되었다. 이 당시 《한국경제일보》에 실렸던 기사 내용이다.

골프 화제: 12세 소녀가 250야드 괴력의 장타

전남 영광의 한 시골 초등학교에서 한국의 로라 데이비스를 꿈꾸는 괴력의 장타자가 나타나 화제다.

주인공은 영광 홍농서초등학교 6학년 신지애(12세) 양. 키 153센티미터, 몸무게 58킬로그램으로 통통한 편인 신 양은 지난 1999년 6월 처음 골프 클럽을 잡았다. 신 양의 드라이브샷 거리는 초등학교 여학생으로는 믿어지지 않는 230~240야드. 제대로 맞으면 250야드도 거뜬하다. 박세리 평균 드라이버 거리가 256야드

로 미국LPGA 투어 선수 중 9위를 기록하고 있는 것과 비교하면 대단한 장타자다. 신 양의 아버지 신제섭(40) 씨는 "연습장에서 장난 삼아 볼을 쳐 보라고 했는데 파워와 정확도가 대단해 골프 선수로 키울 생각을 하게 됐다."라고 말했다. 신 양은 장타를 무기로 입문 3개월 만에 전남 지역 초등부 대회에서 94타로 공동 우승했고, 이후 광주 전남 지역 4개 대회를 싹쓸이했다. 현재는 70타대를 꾸준히 기록 중이며 베스트 스코어는 71타. 신양을 지도하고 있는 광주 운암 연습장의 하경종 프로는 "구력이 짧아 쇼트 게임을 보완해야 하지만 앞으로 대성할 것으로 기대하고 있다."라고 말했다.(한은구 기자)

첫 시합에서 준우승을

위 기사에 언급된 전남 지역 초등부 대회란 바로 지애가 생애 처음으로 출전한 시합이다. 그때가 골프 클럽을 처음 잡아본 지 불과 3개월. 그 사이에 라운딩은 여섯 번 정도 나갔다. 그것도 일반 골프장이 아닌, 광주 송정리 공군 부대 내에 있는 군부대 골프장에서였다.

일반 골프장은 비싸서 아직 나갈 엄두를 내지 못하고, 군부대 골프장은 그 당시 2만 5,000원 정도면 라운딩 할 수 있어서 그나마 그곳을 이용하였다. 하지만 이곳도 나중에는 나이 제한이 생겨 이용할 길이 끊겼다. 이런 상황에서 처음 시합에 나갔다. 전남 학생 골프 대회가 전라남도 화순에 위치한 클럽 900에서 열린다는 소식을 접하고 처음이다 보니 한번 실전을 경험해 본다는 차원에서 연습 삼아 출전했는데, 놀랍게도 첫날 94타를 쳐서 참가 학생들 중 선두에 올랐다. 정말 생각지도 못했던 1등이었다. 그때까지 그 대회 여자 초등부에서 늘 우승했던 학생은 이날 100타를 쳐서 지애와 6타나 차이가 났다. 첫 대회부터 우승하는가 보다 하고 흥분했던 기억이 난다. 그런데 둘째 날. 이날 공교롭게도 첫날과 정반대 스코어가 나왔다. 즉 지애가 100타를 치고 첫날 100타 쳤던 친구가 94타를 친 것이다. 나는 그때까지 룰을 몰라서 공동 우승인 줄 알고 무척 기뻐했다. 한데 알고 보니 백카운트라는 것이 있어 지애가 준우승이라고 했다.

조금은 허망하고 아쉽기도 했지만 첫 시합에서 잠재력을 보고 가능성을 확인했으니 기쁜 일이었다. 지금 돌아보면 이것이 이후 7년 동안 승승장구로 이어져 온 지애의 화려한 수상 기록의 출발점이었구나 싶다.

이 준우승을 통해 더욱 희망과 의욕에 불이 붙은 나는 지애의 훈련을 독려하는 한편 나 자신도 열심히 골프를 공부하기 시작했다. 겨울방학이 되자 학교 수업이 없으니 아침부터 광주에 가서 연습할 수 있었다. 항상 밤 10시까지 연습하고 영광으로 출발했다. 지애가 연습에 매진하는 사이에 나는 아빠로서 내가 누구보다 골프에 대하여 잘 알아야 지애를 바르게 가르칠 수 있겠다는 생각에 공부와 연구에 힘썼다. 골프 잡지란 잡지는 다 구해서 읽었으며, 인터넷으로 자료를 뽑아 정리하고 공부하여 그 지식을 바탕으로 지애를 훈련시켰다. 제일 먼저 체력 훈련의 필요성을 느껴서 앞서 기술한 맹훈련을 강행했던 것인데 지금 생각하면 너무 심했던 것이 아닌가 하는 생각도 든다. 지금 지애의 키는 156센티미터로 매우 단신이다. 하지만 골프를 처음 시작했던 때는 153센티미터로 자기 학급에서 두 번째로 키 큰 아이였다. 키가 자라지 않은 것이 혹시 너무 강도 높은 체력 훈련 탓이 아닌지, 이 부분은 지금도 지애에게 아빠로서 가장 미안한 부분이다. 그러나 한편으로는 골프를 시작한 초기에 강도 높은 훈련을 통해 체력을 길렀기에 지금은 세계에서 가장 많은 게임을 소화하는 선수 중 하나임에도 지치는 법이 없이 체력 하나는 타고났다는 칭찬을 받으며 플레이할 수 있지 않은가 한다.

전국 대회 출전과 첫 동계 훈련

지애에게서 보인 확실한 가능성을 훈련으로 일구어 나가던 중 처음으로 전국 대회에 출전하게 된 것이 2000년 여름 대구 컨트리클럽에서 열린 제7회 송암배 아마추어 골프 선수권 대회에서였다. 아직 전국 대회에 나갈 수 있으리라는 생각은 하지도 않고 있었는데, 각 지역 대회 우승자에게 참가 자격이 주어진다는 이야기를 전남 골프협회에서 듣고 출전을 결정하게 되었다. 하지만 당시 아직 교회에 시무하며 월급 85만 원(그래도 전년에 비해 5만 원 오른 금액이다.)을 받고 있던 상황이라 출전에 따르는 경비가 부담되었다. 할 수 없이 집에서 김밥을 준비해 가지고 새벽 2시에 지애를 태우고 영광에서 대구로 출발, 6시 30분경에 대구에 도착하여 7시 시합 개시까지 30분 남은 시간 동안 주차장에서 싸 간 김밥으로 아침을 먹었다. 그렇게 출전했는데, 남들처럼 사전에 연습 라운딩은커녕 당일 컨디션 조절도 제대로 못했던 탓인지 예선 탈락의 고배를 마시고 돌아서야 했다. 이 시합에서 지애와 한 조로 경기했던 선수가 지금 LPGA에서 함께 뛰고 있는 오지영 프로와 호주로 이민 가서 호주 국가대표가 된 오혜령 선수였으며 우승은 오지영 프로가 했고, 2007년 여자 오픈에서 우승한 박인비 프로가 3위를 했다.

이 송암배 출전을 통해 지애 또래의 다른 선수들이 프로 분들과 함께 와서 지도받고 경기하는 모습을 보니 부럽기도 하고, 그들과의 기량 차이에 조금 낙담도 되었다. 무엇보다 더 좋은 환경에서 연습시키고 뒷바라지해 줄 수 없는 여건이 미안하고 가슴 아팠다. 골프 시작하고 두 번째 겨울이 다가오는데, 남들은 추운 날씨에 따뜻한 지방으로 동계 훈련을 떠나고 하지만 지애는 그럴 형편이 안 되는 것이다. 그래서 송암배 이후로는 추워지기 전에 조금이라도 더 연습을 하고자 학교에 이야기하고 아침부터 훈련에 임했다.(전국 대회 입상은 아직 못했지만 광주 전남 지역 대회에서는 우승컵을 가져갔기에 학교에서도 지애의 가능성을 믿고 수업 참가를 유동성 있게 할 수 있도록 협조해 주었다.)

그런데 지애가 경제적 사정으로 동계 훈련을 가지 못하고 추워지기 전에 연습을 많이 하기 위해 불철주야 뛰고 있다는 소식이 지역 신문《무등일보》에 실렸다. 그 기사 내용은 다음과 같다.

제2의 김미현 탄생 예고

영광의 한 시골 마을에 제2의 김미현을 꿈꾸는 골프 신동이 있어 화제다. 주인공은 영광 홍농서초등학교 6학년 신지애(12). 신지애의 키는 153센티미터에 몸무게는 58킬로그램으로 미국 무대를 휘어잡고 있는 김미현(153센티미터), 장정(152센티미터) 등 일류 프로급 선수들과 거의 비슷하다. 그녀가 우연히 골프채를 처음 잡은

것은 지난 1999년 6월. 시골에서 목회 활동을 하고 있는 아버지 신제섭 씨는 "골프 연습장에 놀러가 장난삼아 치게 했는데 그 파워와 정확도가 돋보여 주위에 있던 골프인들이 놀랄 정도였다."면서 이때 딸이 골프에 천부적인 재능을 가지고 있다는 것을 감지했다고 말했다. 신 씨는 딸을 골프 선수로 키우기로 하고 친구가 운영하는 광주의 한 골프 연습장에 등록시키는 한편, 교회 앞마당에 타이어를 매달아 놓고 야구방망이로 때리면서 손목 힘을 키우고 임팩트 감을 익히게 했다. 신지애의 실력은 하경종 프로의 지도를 받으면서 일취월장하기 시작했다. 골프 시작한 지 3개월 만에 처음 출전한 대회에서 94타로 준우승하고, 이후 광주 전남 지역 4개 대회를 석권했으며, 최근에 끝난 전남 도지사배 대회에서는 이틀간의 경기에서 각각 76타와 82타를 기록, 다른 선수들과 20여 타 차를 보이며 우승했다. 현재 신지애의 비거리는 평균 240야드, 평균 타수 75타, 최저 타수 71타이다. 신지애는 "골프를 누구보다 사랑하며 김미현 선수 같은 성실한 골퍼가 되겠다."며 자신

의 장래에 대한 확실한 포부를 밝혔다. 신지애의 아버지는 "겨울철 해외에서 골프 레슨을 받게 하고 싶지만 형편이 허락하지 않아 안타깝다."고 말하고 추워지기 전에 조금이라도 더 연습을 하려고 딸이 요즘에는 학교에도 가지 않고 하루 15시간가량을 연습하고 있다고 밝혔다.

이 기사를 보고 모 골프 아카데미에서 연락이 왔다. 신문 기사 내용이 사실이라면 아카데미에서 경비를 대어 동계 훈련에 데리고 가겠다는 것이었다. 그러면서 한번 테스트를 해 보고 싶다고 했다.

하늘이 돕는구나 싶어 너무나 기쁜 마음에 테스트를 받겠다고 하고 서울로 올라갔다. 그리고 88 컨트리클럽에서 곽유현 프로가 지애와 함께 라운딩을 하며 지애의 기량을 테스트했다. 지애는 테스트에 합격하여 아카데미 학생들과 함께 동계 훈련을 갈 수 있다는 허락을 받았고, 나에게는 내려가는 대로 동계 훈련 떠날 준비를 하라고 했다. 어찌나 기쁜지 훨훨 날 것만 같았다.

그런데 집에 내려왔더니 생각지 못했던 곳에서 문제가 불거졌다. 그동안 지애의 연습을 돌봐 주고 처음부터 지애의 골프 인생에 크나큰 지원을 해 주었던 골프 연습장 친구가 동계 훈련에 반대하고 나선 것이다. 자기 말을 안 듣고 정 동계 훈련을 가겠다면 돌아와서 자기 골프장에 올 생각 말라고까지 했다.

"지애 아빠, 왜 그렇게 생각이 없어. 지금 지애가 넉넉한 형편도 아닌 상태에서 어렵게 어렵게 연습하고 볼 치고 있는데 거기 잘사는 애들 가는 데 따라가 봐. 동계 훈련에 같이 가는 애들은 다 지애보다 훨씬 부잣집에 부족한 거 없이 골프하는 애들 아니냐고. 하다못해 골프채나 신발 하나도 지애보다 훨씬 좋은 것 쓰고 훨씬 좋은 것 신는데, 보내서 걔들 사이에서 지애 혼자 주눅 들게 만들려고 그래?"

그러면서 그 애들과 어울리다 보면 우리 집은 왜 이런가 자괴감만 들 것이고 불만만 생길 것이라고 하였다. 아직 어린 지애인데 신발도 좋은 것 신고 싶고 골프 클럽도 좋은 것 쓰고 싶은 것이 당연하지 않느냐고, 손사래를 치면서 절대 보내지 말라고 극구 반대했다.

물론 친구의 말이 다 옳은 말이고 우리 부녀를 생각해서 해 준 말인 것은 맞다. 하지만, 시합을 앞두고 변변히 라운딩도 할 수 없었던 지애가 추운 겨울날 따뜻한 나라에 가서 마음껏 라운딩도 하고 연습할 수 있다고 생각하니 도저히 그 기회를 놓치고 싶지 않았다. 돈이 없어 못 가는 동계 훈련을 공짜로 데리고 가 주겠다는데 부모로서 보내고 싶지 않겠는가?

한편으로 친구가 저렇게 반대하는데, 만약 보냈다가 정말로 연습장에 못 오게 한다면 하경종 프로에게 레슨 받던 것도 못 받게 될 판이라 은근히 겁이 나기도 했다. 그래도 동계 훈련 보내고 싶은 욕심에 눈 딱 감고 등 떠밀어 지애를 비행기에 태웠다.

속으로는 설마 그러랴, 설마 자기 말 안 듣고 동계 훈련 갔다 왔다고 그동안 딸처럼 예뻐하던 지애를 오지 말라고 내치기까지야 하랴 하는 생각도 어느 정도 있었다. 그렇게 친구 말을 따르지 않고 지애를 보내 놓고, 어느덧 동계 훈련이 끝나갈 때가 가까워서 슬그머니 골프장에 찾아갔더니 나를 보자마자 차가운 얼굴로 대뜸 못을 박았다.

"어, 왔어? 지애는 언제 오나? 이제 이쪽으로 연습 안 다닐 거지?"

지애가 돌아오더라도 자기 골프장에 데리고 오지 말라는 것이다.

하지만 그곳이 아니면 갈 데가 없었다. 몇 번이고 사정사정했지만 노염이 풀릴 기색이 없었다. 심지어는 이런 말까지 들었다.

"네가 거지야? 너같이 똑똑하고 잘난 놈이 왜 나 같은 놈 붙들고 애걸을 하냐?"

그래도 붙들고 애걸하다시피 했다. 나는 거지가 아니다, 하지만 지애를 위해서라면 내가 거지가 될 수 있다고 하면서 지애를 내치지 말아 달라고 했다. 물론 생각해서 해 준 충고를 무시당한 기분은 이해하지만 지애를 위해서 내린 결단이니까……. 그렇게 몇 번을 가서 사정했지만 계속 들은 척도 안하는 친구가 야속하기도 하고, 이때처럼 가난이 서러워 본 적이 없었다. '내가 어렸을 때는 그래도 떵떵거리고 살았는데.' 하는 한탄도 저절로 나왔다.

할 수 없이 집에 돌아와 집사람에게 사정 이야기를 했다. 그랬더니 나에게는 말하지 않고 그 다음 날 자기가 영광 굴비를 몇 마리 가지고 가서 그 친구를 만났다.(친구 말로는 다섯 마리였다고 한다.) 지애 엄마의 성품을 익히 알고 있던 친구인지라, 나는 물리칠 수 있어도 지애 엄마가 사정사정하는 데는 차마 물리칠 수 없었던지 결국은 고집을 꺾고 지애를 받아 주어서 천만다행으로 다시 그 골프장에 가서 연습할 수 있게 되었다. 물론 당시에는 야속하기도 했지만, 그 친구가 없었으면 지금의 지애는 있을 수 없었을 것이다. 그 친구와는 지금도 가장 가까운 벗으로 지내고 있다.

여담이지만 몇 년 후 그 친구는 사업에 실패하여 어려움을 겪고 광주 시내의 전라남도 도청 근처에서 설렁탕 식당을 하게 되었는데, 2004년 도청이 무안으로 옮겨 가는 바람에 손님이 많이 줄어 타격을 입었다. 할 수 없이 업종 변경을 하려고 했지만 경제적인 부분이 여의치 않았다. 그때 지애가 골프 배울 때 그 친구의 도움이 없었다면 여기까지 올 수 없었다는 고마움에 우리 집에서 5,000만 원을 보태어 전남대학교 후문에 당구장을 차릴 수 있게 도왔다. 그런데 다시 몇 달이 지나서 친구가 심장 혈관 계통으로 건강에 이상이 생겨 이 또한 못하게 되고, 그 부인과 딸이 둘이서 카페를 해 보겠다고 하여 또다시 6,000만 원을 지원했다. 이 돈에 당구장과 식당을 정리한 자금을 보태어 현재는 광주 시내에 카페를 하고 있는데 다행히 조금씩 장사가 되어 간다고 이야기를 들었다. 어떻게 보면 이 친구가 지애와 우리 가정의 은인이기에, 늘 고마움을 잊지 않으려고 한다.

3

땀방울로 닦은
골프 유망주의 길

지애는 연습벌레

어찌 보면 아빠의 욕심으로 시작한 골프이지만, 그렇게 혹독한 훈련 속에서도 지애는 전혀 불평을 하거나 꾀를 부리는 법이 없었다. 물론 마음속으로는 때로 불평이 있었겠지만 전혀 내색하지 않았다. 지애의 훈련이 얼마나 힘든 것이었는지는 직접 겪은 일화가 있다. 중학교 때, 전라남도 여학생 중에서는 지애의 성적이 월등히 좋아서 선망의 눈길을 받고 있었다. 그 때문에 지애와 같은 연습장에서 연습하던 지애 친구 아버지께서 하루는 나를 만나 부탁을 하셨다.

"지애 아버지, 우리 딸애도 지애처럼 2주 정도만 함께 지내면서 연습 좀 시켜 주실 수 없을까요? 둘이 같이 댁에서 먹고 자고 똑같이 연습하게 하면 애도 지애 보고 배우는 게 있을 것 같은데요."

그래서 "그럽시다." 하고 흔쾌히 승낙하고 그 친구를 집에 데리고 와서 다음 날부터 지애와 똑같이 데리고 다니며 연습을 시켰다. 운동장 땅 파기도 시키고, 야구 배트로 타이어 치기도 시키고, 차 안에서 아령과 악력기도 시키는 등 지애가 하는 대로 똑같이 시켰더니 며칠 못 가서 손에 물집이 잡히는 것이었다. 그때 그 부모님이 딸의 훈련 모습을 보려고 영광에 오셨다. 지애 친구가 부모님 얼굴을 보더니 갑자기 눈물을 흘리는 게 아닌가.

"엄마, 나 너무 힘들어. 집에 가고 싶어요."

그러면서 우는데, 부모님이 참고 해 보라고 말하다가 결국 만류하지 못하고 그대로 데리고 돌아갔다. 훈련을 시키노라고 시킨 것인데 내가 민망했던 것은 물론이다.

부모가 아무리 욕심을 부린다고 해도 자녀가 원망하고 거부한다면, 그 일에서 결실을 볼 수는 없는 법이다. 지애는 주위 사람이 모두 놀라고 대견하게 생각할 정도로 묵묵히 노력하는 성격이었다. 연습장에서 연습을 할 때, 다른 사람들은 골프 볼이 80개 정도 들어가는 조그마한 소쿠리를 하나씩 가져다가 연습했지만 지애는 무려 1,300개가량 들어가는 노란색 큰 박스에 볼을 가득 채워서 끌어다 놓고 연습을 하였다. 보통 때는 연습하는 지애 곁을 지키지만 가끔 친구를 만나러 내가 자리를 비우거나 하면 한참 후에 전화가 온다.

"아빠, 저 지애예요. 힘든데 조금 쉬었다 연습하면 안 돼요?"

또 어떤 때는 전화로 이렇게도 물어본다.

"아빠, 배고픈데 밥 먹고 연습하면 안 돼요?"

옆에서 지켜보는 것도 아닌데, 그냥 요령껏 쉬기도 하고 먹기도 하면 될 것을 꼭 전화를 걸어 물어보는 것이다. 참으로 우직하고 꾀를 피울 줄 모르고 아빠 말에 100퍼센트 순종하는 그런 어린이였다. 내색은 하지 않았지만, 이 당시에도 지애가 참으로 대견하다는 생각을 많이 했다. 마음속이 뭉클했던 적도 한두 번이 아니다. 그래도 그런 빛을 비치지 않고 엄한 모습만 보였던 것은 우리들의 목표가 있는데 내가 약해지면 지애도 약해진다는 생각 때문이었다.

이렇게 순수하고 정직한 지애의 성품이 곧 훗날의 성공을 가져온 원동력이 되었다고 나는 생각한다. 특히 지애의 이런 점은 주위의 도움을 자신에게 끌어들이는 힘으로 작용했다. 일례로 가장 중요한 시기에 힘들게 노력하던 지애에게 그야말로 하늘의 도움 같은 고마운 배려가 주어졌다. 우리 형편에 라운딩을 마음대로 할 수 없었는데, 그런 데 신경 쓰지 않고 마음껏 라운딩 할 수 있는 길이 열린 것이다.

중학교 2학년 때 무안 컨트리클럽에서 제2회 목포대 총장배 전국 학생 골프대회가 열려 지애가 우승을 차지했는데, 대회의 부상이 1년간 무안 컨트리클럽에서 무료 라운딩이었다. 정말 그때의 기분은 말로 할 수 없다. 우승한 것도 기쁘지만 1년간의 무료 라운딩처럼 기쁜 일이 또 있을까 싶었다. 그런데 기쁨도 잠시, 생각처럼 마음대로 라운딩 할 수 없는 현실이 앞을 가로막았다.

당시 전남 지역의 대회들은 거의가 화순에 위치한 클럽 900이나 담양군 옥과에 있는 광주 컨트리클럽에서 열렸다. 그래서 학생들이 연습 라운딩을 가는 것도 거의 그 두 곳뿐이었다. 그렇다고 거기 가서 라운딩을 하자니 경제력이 뒷받침되지 않고, 무안 컨트리클럽에서는 우승한 상으로 무료 라운딩을 할 수 있지만 같이 칠 동료가 없는 판국이었다. 사정이 이렇다 보니 결단을 내려야 했다. 부득이하게 내린 결단이란, 무안 컨트리클럽에서 3명 일행으로 온 일반인 손님들을 찾아 거기 조인하여 같이 치는 것이었다.

그렇게 하기 위해서는 언제 조인이 될지 알 수 없기에 아침 일찍 미리 가서 첫 팀이 출발할 때부터 대기하고 있어야 했다. 그래서 교회에서 5시 30분에 새벽기도회가 끝나는 대로 6시가 되기 전 무안으로 달렸다. 차 안에서 한 시간이 걸린다. 7시부터 무안 컨트리클럽 클럽하우스에서 마냥 기다리다가 세 분이 오시면 함께 칠 수 없겠느냐고 물어본다. 그때는 아직 지애의 이름이 알려지지 않았던 시절이라 어른들이 친구들과 함께 골프 치러 왔다가 중학생, 그것도 여자 아이를 끼워 함께 라운딩 하지 않겠느냐고 하면 탐탁찮게 생각해서 좀처럼 조인이 되지 않았다. 지애는 조인이 될 때까지 퍼팅그린에서 퍼팅 연습을 하고, 나는 프론트에서 눈치를 보면서 하염없이 기다리고, 묻고, 또 기다리고⋯⋯. 그런 날들이 반복되었다. 운 좋게 조인이 되면 라운딩하고, 조인이 안 되면 힘없이 광주 연습장으로 발길을 돌렸다. 이렇게 영광에서 우선 무안에 갔다가, 무안에서 광주 연습장으로, 다시 광주에서 영광 집으로 돌아가는 이동 경로가 생겨나게 된 것이다.

다행히 시간이 지나면서 낯을 익힌 덕택인지 단골손님들이 지애를 알아보고 소개도 시켜 주면서 조인이 안 되는 날보다 조인이 되는 날이 더 많아졌다. 혹 조인이 안 되는 날에는 될 때까지, 2부 마지막 조가 출발할 때까지 직심스럽게 기다렸는데 지애는 기다리는 시간도 허투루 보내는 법이 없이 퍼팅그린에서 계속 퍼팅을 하였다. 그런데 이런 지애의 모습을 무안 컨트리클럽 최재훈 사장님이 오랫동안 지켜보고 있었다.

어떤 때는 라운딩이 끝난 후에나, 또 내가 교회 일로 바빠서 자리를 비운 때에도 혼자 묵묵히 퍼팅 연습을 하는 지애의 모습을 보고는 아빠가 없어도 게으름 피우지 않고 연습하는 것이 기특했던지 직원에게 저 아이가 누구냐고 물어보았다고 한다. 지애가 조인을 기다리며 연습하는 것과 사정 이야기를 다 듣고는, 1년이 아니라 언제까지라도 무안 컨트리클럽에서 무료로 라운딩을 할 수 있게 해 주셨을 뿐더러 진행에 방해만 되지 않는다면 내가 카트를 끌고 지애 혼자 라운딩해도 좋다고까지 배려해 주셨다. 아마도 지애가 지금까지 성장하는 데 많은 분들의 도움이 있었지만 이때 이 배려가 가장 큰 도움이 되지 않았나 생각하고, 늘 감사하게 생각하고 있다.

그뿐만이 아니라 어려운 가정 형편을 아시고 전국 대회에 나갈 때면 가끔 시합 경비도 도와주시고, 전라남도에 추천을 넣어 모범 청소년에 선발되어 거금 300만 원의 장학금도 받게 해 주신 분이 최재훈 사장님이다. 한편으로는 이런 고마운 도움도 모두 꾀를 피우는 일 없이 아무도 안 볼 때에도 묵묵히 연습에 몰두했던 지애였기에 주어질 수 있었다는 생각이 든다.

어렸을 때 지애는 참으로 마음이 여리고 눈물이 많았다. 어쩌면 운동선수로 대성하기에는 너무 여린 성격이 아닐까 생각했던 적도 있다. 하지만 한편으로는 야무진 데도 있고, 특히 남을 배려하는 마음이 깊었다. 가끔 유치원에 데리러 가보면 친구들을 꼭 동생처럼 챙기는 모습에 절로 웃음이 나오기도 했다. 어떤 때는 친구 신발을 신겨 주기도 했으니…….

그런가 하면 겁은 많아서, 집 앞 가게에 군것질거리를 사러 가면서 2차선 도로를 건너야 하는데, 멀리 100미터 밖에만 차가 와도 건너지 못하고 지나가는 어른이나 가게 아주머니에게 "아줌마, 저 길 좀 건네 주세요." 하고 부탁할 정도였다. 한마디로 다른 사람에게 도움을 주고 또 도움을 청하고 하는 일에는 일찍부터 여문 데가 있고 숙성했지만, 떼를 쓰거나 자기 고집을 내세울 줄은 모르는 속마음 연한 아이였다고 하겠다.

지애가 아주 조그맸을 때, 한번은 골목이 많은 곳에서 지애가 없어져서 무척 걱정하며 사방으로 찾은 적이 있다. 지애 엄마와 둘이서 이곳저곳 샅샅이 찾아다녔는데 아무리 찾아도 찾을 수가 없었다. 한참 지나서 엉뚱하게도 교회에서 연락이 왔다. 전혀 다른 방향인데 지애가 교회에 가 있다는 것이었다. 데리러 가서 도대체 어떻게 된 일이냐고 물어보았다. 그랬더니, 길을 잃고 혼자 집을 찾을 수가 없어서 아무 집이나 들어갔다고 했다. 그 집 어른에게 이렇게 부탁을 했다는 것이다.

"길을 잃었어요. 저희 아빠가 서문교회 목사님인데요, 저를 서문교회에 좀 데려다 주시면 안 돼요?"

또 가끔 시장에 가면 어린아이일 때라 갖고 싶은 것을 사 달라고 한 적도 더러 있는데, "안 돼."라고 한마디만 하면 마음이 여려서 칭얼거리거나 떼를 쓰는 법이 전혀 없었다. 이러한 지애의 성격을 알기에, 골프 선수로 키우기 위해서는 강하게, 독하게 할 수밖에 없었다는 것이 아빠로서 변명이라면 변명이다. 왜냐하면 마음이 여리고 겁이 많아서는 골퍼로 성공할 수 없다는 생각이 들었기 때문이었다. 훈련 또한 그래서 더욱더 강하게 시켰던 것인지도 모르겠다.

한번은 이런 일도 있었다.

중학교 때인데, 그때까지 지애는 발톱이 살을 파고 들어가서 염증이 생기는 내성 발톱이 있어서 몇 번이나 병원에 가서 치료를 받고 고생을 했다. 이것 때문에 어지간히 골머리를 앓다가 결국 수술을 하기로 했는데, 수술 받은 후에 엄지발가락에 굵다랗게 붕대를 감고 나오니 그 상태로는 연습을 할 수가 없었다. 그런데 당시 내 심정으로는 수술하고 치료하는 동안 연습하지 못하는 그 시간이 너무나 아깝게 생각되었다. 그래서 클럽을 휘두르지는 못하더라도 퍼팅은 할 수 있지 않은가 생각하고, 그렇지 않아도 약한 퍼팅을 이 기회에 연습시키자고 마음먹었다. 그래서 골프화를 신으면 통풍이 되지 않아 염증이 생길 것이 염려되어서 골프화 엄지발가락 쪽을 칼로 도려내서 붕대 감은 엄지발가락이 신발 밖으로 나오도록 했다.

그리고 그런 모습으로 당시 유성에서 열린 한국 여자 아마추어 골프 선수권 대회에 데리고 갔다. 출전을 한 것은 아니고, 대회 분위기를 맛보고 자극을 받으라는 의미에서 데리고 간 것이다. 국가대표나 상비군 언니들이 참가하는 경기를 보여 줌으로써 도전 의식을 심어주고 싶었다. 또한 당시에 가장 그린이 빠르다(공이 잔디 위를 잘 구른다는 의미)는 유성 컨트리클럽 그린에서 퍼팅 연습을 시키자고 생각하여 겸사겸사 간 것이다. 시합 때이기 때문에 그린이 더욱 더 빨랐다.

어떻게 보면 시합 참가 자격도 없는데 거기서 연습한다는 것이 속된 말로 '쪽팔리다'고도 할 수 있는 일이다. 그러나 지애 골프 실력이 향상되고 지애에게 자극이 된다면 아무 문제가 안 된다고 믿고 행동에 옮겼다. 결과적으로 지애가 구멍 난 골프화에 커다랗게 붕대 감은 엄지발가락을 내놓고 퍼팅 연습을 하는 모습을 본 다른 학부모들이 한결같이 나를 보고 독한 사람이라고 수군거렸다. 나도 나지만 그런 상태에서 아빠가 시킨다고 시키는 대로 하는 지애도 대단하다며 혀들을 내둘렀다. 그때 잘 아는 사이도 아니었던, 그러나 당시 대단했던 송보배 선수 아버지가 그런 지애를 눈여겨보고 이렇게 격려해 주기도 했다.

"너, 이런 정신력이면 무조건 된다. 나중에 제주도에 오거든 꼭 아저씨한테 연락해라. 아저씨가 도와줄 수 있는 것은 모두 도와주겠다."

그 일 이후로 송보배 선수 아빠와 아주 가깝게 지내고 있다. 또 친분이 돈독한 서희경 프로 아빠도 이때 일을 종종 이야기한다. 친구들과 술좌석에서 지애 이야기가 나오면 유성에서 본 그 모습을 얘기하면서 그런 정신, 그런 노력이 있었기에 오늘의 지애가 있다고 칭찬한다고 한다. 지금 생각해 보면 나도 정열에 가득 차서 참으로 모질게도 훈련 시켰다 싶으면서, 그 훈련 과정을 단 한마디 불평 없이 따라와 준 지애가 참으로 대단하다는 생각이다.

창의력과 노력으로 환경을 극복하다

지금은 즐거운 추억이 되었지만, 넉넉지 못한 살림에 골프를 하다 보니 속된 말로 '몸으로 때워야' 할 일이 많았다. 지애는 전심전력으로 훈련에 매진했기에 연구와 '개발'은 내 몫이었다. 골프에 대하여 공부하면 할수록, 또 주위에서 많은 것을 보고 들을수록 경제력으로 채워 줄 수 없는 부분을 어떻게든 채워 줄 수 있도록 창안해야 할 일이 많아졌다.

퍼팅 훈련을 할 때, 팔이 흔들리지 않도록 양팔을 일정한 각도로 잡아 주는 퍼팅 커넥션이라는 도구가 있다. 그 당시 이것을 사려면 가격이 5만 원 정도 했다. 지애에게 사 주고는 싶은데 대회 참가비나 연습 경비도 빠듯한 마당에 사기는 힘들고 하여 길거리에 굴러다니는 플라스틱 빗물받이 홈통을 주워 왔다. 적당한 굵기의 홈통을 반으로 잘라서 대 보니 마침 양쪽 팔뚝에 딱 맞게 들어갔다. 알루미늄 막대를 구해서 강력 본드로 홈통을 붙여 비슷한 것을 만들었다. 볼품은 없지만 연습 도구로 역할을 톡톡히 해 주었다.

또 퍼팅 아크라고 해서 퍼팅 스트로크 때 일직선으로 움직이게끔 동작 교정을 해 주는 도구가 있다. 하지만 일반적으로 두루 쓸 수 있게 만들어져 있기 때문에 여자이고 단신인 지애에게는 썩 좋은 제품이 못 되었다. 그래서 고민 끝에 직접 지애의 스트로크를 분석하여 백스윙의 높이와 퍼팅 폴로스루의 높이를 일일이 측정한 후 이에 맞추어 설계를 했다. 그리고 목공소에 가서 나무판자로 설계도대로 만들어 왔다.

그 후로는 이것을 이용하여 밤마다 200번씩 빠르게 반복 운동을 하게 했다. 날마다 거르지 않고 200번씩 왔다갔다 동작을 하다 보면 퍼팅 스트로크 때 흔들림 없이 반듯하게 나가게 하는 데 소용되는 잔근육들이 만들어지리라 생각했기 때문이다. 퍼팅 스트로크의 높낮이까지 맞추어 만든 것은 항상 일정한 스트로크를 하게 하기 위하여 자신의 스트로크를 벗어나면 연습 도구에 걸리도록 한 것인데 효과가 아주 좋았고, 이 도구는 지금까지도 사용하고 있다.

1년에 몇 개 되지 않는 주니어 대회였지만, 그 대회에 참가하는 필요 경비조차도 우리 형편에는 마련하기 버거울 때가 많았다. 뒤에 좀더 자세히 이야기하겠지만 주위에서 많은 도움을 받았는데, 도움을 받는 데도 한계가 있다. 당시 지애와 나는 교회의 양해와 지원을 받아 교회 봉고차를 타고 대회에 나가곤 했는데, 12인승 봉고차였기에 많은 사람이 탈 수 있었다. 그래서 광주 전남 지역에서 대회 나가는 선수 중 부모님이 생업에 종사하느라 데려가고 데려오기 힘든 학생들을 내가 그 차에 태워 함께 데려갔다. 그럴 때마다 우리 차에 동승하는 학생의 부모님이 다소의 수고비를 주시면 그것을 아껴 우리 경비로 쓰곤 했다.

당연히 연습 라운딩도 많이 할 수 없었고, 클럽하우스에서 점심을 먹는 것은 생각도 못하고 항상 골프장에 있는 기사식당에서 밥을 먹곤 했는데 당시 식대가 3,000원 정도였다. 하루는 항상 시합을 함께 다니던, 목포에 사는 진호 아빠가 지애를 클럽하우스에서 밥 사 먹이라고 3만 원을 주셨다. 나는 그러겠다고 했지만 그날도 기사식당에서 먹을 수밖에 없었던 일이 문득 기억난다.

먹는 이야기가 나왔으니 하나만 더 추억담을 말하자. 여름에 체력을 위해 꼭 장어를 한번 먹이고 싶었는데, 가격이 문제였다. 주머니에는 지애 1인분 먹일 돈밖에 없었다. 그래서 지애에게 아빠는 점심을 먹고 왔으니 가서 장어 한 마리 먹고 오라고 했더니 지애는 한사코 아빠도 같이 가야 한다면서 혼자는 안 간다고 버텼다. 그래서 할 수 없이 장어집 앞까지 함께 가서 아빠는 화장실 갔다 올 테니 혼자 들어가서 장어 1인분을 시켜놓고 있으라고 하고, 장어가 나와 지애가 먹을 때쯤에 식당에 들어가 앉아서 간식을 먹듯이 밑반찬과 장어 뼈 등을 먹은 적도 있다. 자꾸 어렵게 살아왔던 이야기만 쓰자니 쑥스럽지만, 사실이 그러했기에 이런 이야깃거리밖에 없다.

지역 대회이긴 해도 중학교 2, 3학년 때 지애는 나갈 때마다 우승한다 할 정도로 여러 차례 우승을 하여 가끔 부상으로 간단한 골프 용품을 받기도 했는데 이것도 지애가 어렵게 골프 하는 데 조금씩은 도움이 되었다. 골프를 하게 되면 충당해야 할 소모품이 많다. 골프 볼, 골프 장갑, 골프화도 참 빨리 닳는다. 더구나 하나같이 가격이 만만치 않지 않은가. 결국 지애가 부상으로 받아 온 드라이버나 퍼터 등을 골프 숍에 가지고 가서 지애에게 필요한 골프 용품으로 바꿔 쓰곤 했다. 당시 클럽 900 앞에 위치한 한양 골프 숍 사장님께서 흔쾌히 좋은 가격으로 바꿔 주시곤 하여 참으로 감사했다. 물론 나중에는 광주 네바다 골프 숍과 MFS, PRGR 등에서도 많은 도움을 주셨는데, 지애가 골프를 시작한 초창기에는 한양 골프 숍의 도움을 많이 받았다.

골프 용품에 대해서는 또 생각나는 일이 있다. 내 기억으로 지애는 고등학교에 진학한 해 3월까지 신품 골프 클럽을 사용해 본 일이 없다. 그때까지는 이름도 없는 중고 채만 계속 사용했다. 그런데 지애도 좋은 클럽을 사용해 보고 싶은 욕심이 있었나 보다. 표현은 안 했어도 어린 나이에 좋은 클럽을 가지고 다니는 친구들을 볼 때 얼마나 부러웠을까 생각해 본다.

그러던 중 고등학교에 올라가고 4월이었던가, 하루는 오형철이라는 내 친구와 지애가 무안 컨트리클럽에서 함께 라운딩하게 되었다. 라운딩 도중에 지애가 아빠 친구인 아저씨에게 이런 말을 했다.

"아저씨, 아저씨 클럽 저 주시면 안 돼요?"

물론 평소에도 나와 정말 친하게 지내던 친구이며 항상 지애를 귀여워해 준 아저씨였기에 그런 말을 할 수 있었을 것이라 생각된다.

"아저씨 클럽요, 진짜 저 주시면 안 돼요? 제가 나중에 성공하면 세상에서 제일 좋은 클럽 사 드릴게요."

지애는 웃으면서 말을 했지만, 그 말을 듣는 순간 나도 당황했고 친구도 많이 당황한 눈치였다. 왜냐하면 그 친구는 당시 골프에 푹 빠진 터라 한 달 전쯤 작정하고 새 클럽을 장만한 것이었기 때문이다. 라운딩 중에 새 클럽 장만했다고, 정말 좋다고 하는 이야기를 지애가 들었던 것도 같다. 자기도 취미에 열을 올리느라 큰 맘 먹고 장만한 클럽인데, 친구 딸이 달라고 하는데 냉정하게 안 준다고 할 수도 없고, 그렇다고 주자니 아깝고……. 아마 무척 곤란했을 것이다. 그런데 나도 예상 못한 말이 친구 입에서 나왔다.

"정말 이 클럽 주면 나중에 세상에서 제일 좋은 클럽 사줄래?"

그러더니 선뜻 주마고 약속하고, 라운딩이 끝난 후 정말로 그 클럽을 지애에게 주었다. 그 클럽 이름이 미즈노 S-V30이다. 그때까지 지애가 사용해 보지 못한 최신형 클럽이었다.

이 당시 함평 골프 고등학교와 MFS사와 자매 결연을 맺은 관계로 친구가 준 미즈노 클럽에 MFS사의 오렌지 샤프트를 끼워서 그때부터 지애가 사용하게 되었고, 그 클럽 효과였을까, 중학교 시절 내내 한번도 해 보지 못한 공식 전국 대회 우승을 이 해 봄에 하게 된다. 지금도 이 친구는 어디를 가든지 이 이야기를 하며 자랑한다.

"우리 신지애 선수 말이야, 내가 준 클럽으로 전국 대회 첫 우승을 했다니까."

1년 반쯤 지나 지애 골프 용품에 많은 도움을 주신 광주 네바다 골프 숍 사장님 소개로 고등학교 2학년 하반기부터는 PRGR 클럽을 사용하게 되었고, 그래서 그 소중한 미즈노 S-V30은 원래 주인에게 돌아갔다. 처음 MFS에서 샤프트를 오렌지 샤프트로 바꿔 주면서 그립 밑 부분에 '신지애'라는 네임 라벨을 붙여 주셔서 친구에게 돌려줄 때에도 그 네임 라벨이 그대로 달린 채였다. 그 친구는 지금도 그 클럽을 사용하고 있는데 연전에 재미있는 이야기를 들려주었다. 라운딩을 하는데 카트가 넘어져 클럽이 해저드에 빠지는 사고가 있었다는 것이다. 그때 친구는 바로 해저드에 첨벙 뛰어 들어가서 그 클럽을 건져 냈다고 한다. 이유인즉 샤프트에 붙어 있는 '신지애' 라벨이 물 때문에 떨어질까 봐서였다. 친구는 지애를 볼 때면 웃으면서 말한다.

"너, 그때 세상에서 제일 좋은 클럽 사준다고 하지 않았니. 꼭 약속 지켜라."

정말 지애를 키우는 데 힘이 되어 준 분들, 소중한 친구들이 많았다. 돈은 없었지만 돈으로 살 수 없는 우정과 응원, 주위 분들의 배려는 이루 말할 수 없다.

좀처럼 쉽지 않았던 전국 대회 우승

지역 대회에서는 여러 차례 우승하며 트로피를 쓸어 담다시피 한 지애였지만 전국 대회에서는 그에 비해 도무지 운이 따르지 않았다. 중학교 때 지애의 성적을 보면 다음과 같다. 우선 전국 대회에서 조금씩 두각을 드러내기 시작한 2002년, 중학교 2학년 때 성적이다.

경희대 총장배 여중부 3위 (서든 데스 방식으로 치러진 대회로, 중고 연맹전은 연장에 가 패한 선수가 공동 2등을 하는 것이 아니라 백카운트로 2,3등이 결정되었다.)

중고 연맹 회장배 여중부 5위

중앙 컨트리클럽 MBC 청소년 최강전 여중부 5위

스포츠조선 엘로드배 전국 학생 골프대회 6위

한미 스포츠배 전국 시도 대항 골프대회 여중부 2위

목포대 총장배 전국 학생 골프대회 우승 (아쉽게도 이것은 비공식대회였다.)

2003년, 중학교 3학년 때에는 더 잘했다.

한국 주니어 골프 선수권 대회 여중부 2위

호심배 전국 아마추어 골프 선수권 대회 4위

제주도 지사배 전국 학생 골프대회 여중부 5위

스포츠조선 엘로드배 전국 학생 골프대회 4위

경희대 총장배 전국 학생 골프대회 여중부 8위

한미 스포츠배 전국 시도 대항 골프대회 여중부 10위

중부대 총장배 전국 학생 골프대회 여중부 2위

청주 MBC배 전국 학생 골프대회 여중부 3위

KLPGA 김영주 오픈 골프대회 12위 (아마추어로서는 3위)

번번이 우승 문턱에서 주저앉았다고 해도 과언이 아니다. 특히 2002년 한미 스포츠배 전국 시도 대항 골프대회는 마지막 날 4타 차이로 선두를 달렸는데 윤수정 프로에게 역전당해서 준우승을 했고, 2003년 한국 주니어 골프 선수권 대회에서는 마지막 날 3타 차 선두로 나갔는데 최나연 프로에게 역전을 당해 준우승을 하였다. 그 원인이 무엇인가 분석을 해봤다. 내린 결론은 두 가지였다.

첫째로 쇼트 게임, 특히 어프로치가 많이 미숙했다. 그 당시는 지애가 최고 장타자에 속했기 때문에 온 그린을 시키기가 쉬웠는데, 파온 그린이 안 되면 거의 보기를 범하는 것이었다. 또한 버디가 적은 편이었는데 대부분이 100야드 안쪽의 세컨드 샷을 홀 컵 가까이 붙이지 못해서였다.

지애를 지도하는 하경종 프로는 연습장에서 레슨을 해야 하기 때문에 함께 무안까지 와서 라운딩을 할 수 없었다. 그러니 라운딩하면서 지애의 약점 파악을 할 수도 없고, 필드에서 레슨해 줄 수도 없었다. 지애가 쇼트 게임에 약한 것도 필연적인 결과이기는 했다. 할 수 없이 내가 주먹구구식으로 알고 있는 지식을 총동원해 가르치기는 했지만 거기에는 역시 한계가 있었다. 지애를 골프 시키면서 나름대로 열심히 공부한다고 했다지만 모두가 들은풍월이고, 골프 잡지나

인터넷에서 얻은 지식뿐이었으니까……. 그래도 다른 방도가 없었기에 더욱 체계적으로, 본격적으로 골프에 관하여, 이때부터는 공부 이상의 연구를 하기 시작했다.

전국 대회 우승을 기록하지 못한 둘째 원인은 바로 멘탈 부분이었다. 앞에서 언급한 대로 지애는 원래 마음이 여리고 겁이 많은 아이였고, 이런 성격이 강철 같은 신경을 요하는 실전에서는 결코 도움이 되지 않았다. 하지만 멘탈 문제는 가르친다고 하루아침에 달라질 수 있는 것이 아니다. 우선 급한 것은 쇼트 게임, 즉 어프로치와 100야드 이내의 샷이었다.이때부터 훈련 패턴을 조금 바꾸었다. 무안 컨트리클럽에서 라운딩을 한 후 곧바로 광주 연습장으로 향하던 것을 라운딩이 끝나고 최소한 두 시간 이상 어프로치 샷을 연습하고 나서 광주 길에 올랐다.

원래 골프장 연습 그린에서는 어프로치를 못하게 하지 않는가. 그래서 일반 손님들이 모두 라운딩에 나섰을 때 눈치껏 연습하고 있었는데, 이번에도 최재훈 사장님이 그 모습을 보시고 남코스 8번 홀 쪽에 있는 보조 그린(정규 그린의 잔디가 손상되면 옮겨심기 위해 조성한 그린)에서 마음껏 연습하라고 배려해 주셨다. 그 보조 그린은 또 크기가 엄청나서 긴 방향으로는 그린 폭이 50미터 가까이 되었다. 아무도 없는 곳에서 마음껏 연습하라는 말을 듣고 그 다음 날부터는 골프화 가방 2개에 연습 볼을 100개도 넘게 가득 담아 가지고 가서 보조 그린 주변에 쫙 깔아 놓고 어프로치 연습을 시켰다. 지애가 어프로치를 하면 나는 그린 가운데서 들어온 볼을 도로 그린 밖으로 집어 던져 가면서 훈련을 반복했다. 아마 어프로치 연습을 하루에 1,000번 이상은 했을 것이다. 이 연습을 하기 전에는 어프로치만 하면 보기를 해서 속으로 지애가 골프 감각이 떨어진다고도 생각했다. 감각이 떨어졌던 게 사실일 것이다. 그러나 열심히 연습한 결과 모자라던 감각을 만들어 낼 수 있었다. 역시 연습 외에는 왕도가 없다는 생각을 하게 된 계기이기도 하다.

지루한 연습을 조금이라도 재미있게 할 수 있게 하려고 그린 가운데 물 컵을 세워 놓고 볼로 컵을 맞히면 200원, 컵 주위로 50센티미터, 즉 1미터 원 안에 가깝게 붙이면 100원씩 용돈을 주기로 했다. 이렇게 해서 받기 시작한 돈이 아마도 지애에게는 처음으로 받게 된 용돈이었다. 처음에는 4,000~5,000원 되던 것이 나중에는 2만 원이 넘어가게 되어 좀 부담이 되기도 했지만 약속했기 때문에 정확히 계산해서 용돈을 주었다.

또한 100야드 안쪽 샷은 중학교 3학년 시즌이 끝난 후 영광 원자력 발전소 사택 연습장에서 특별 훈련을 했다. 그곳은 길이가 약 154미터 나오는데, 30미터부터 10미터 단위로 끊어 가며 120미터까지 연습을 시켰다. 볼 85개짜리 박스로 30미터 한 박스, 40미터 한 박스, 50미터 한 박스……, 이렇게 쳐 나가는데 보통 80미터나 90미터까지 치고 나면 점심때가 되었다. 그러면 점심 먹고 다시 와서 120미터까지 꼬박 마저 치고 나서 다른 샷 연습에 들어갔다. 이 연습을 한 달쯤 했을 때 지애 엄마의 교통사고가 났다. 이후로는 이 연습은 하지 못하고 말았지만, 이때 이 연습이 지금 지애가 가장 자신 있게 생각하는 100야드 안쪽 샷의 기초가 되었다고 본다. 또한 이 연습이 고등학교 올라간 후 숙원의 우승을 달성하고, 승승장구하며 한 해에도 여러 번이나 우승할 수 있게 해 준 토대가 되어 주었을 것이다.

추억을 가슴에 품고 내일을 준비하다

앞에서도 언급했지만 지애 엄마의 사고는 지애가 국가대표 상비군에 선발되어 기뻐하던 중에 닥쳐온 시련이다. 어쩌면 골프를 향한 노력 자체를 뿌리부터 흔들어 놓을 수도 있는 엄청난 시련이었다. 하지만 이 시련은 도리어 지애의 내면을 한순간에 어른으로 바꾸어 놓았고, 정신적으로 지애의 굳센 면을 드러내 주었다. 원래 속이 깊고 무던한 지애였지만, 갑작스러운 이별에 슬퍼할 시간도 없이 큰 부상을 입고 병원에 누워 있는 동생들에게 엄마 노릇을 해야 한다는 결심과 더불어 골프에 대한 마음가짐도 새롭게 가질 수밖에 없었으리라.

어찌 보면 오히려 더 안쓰럽지만 다행히 지애는 부담에 짓눌리기보다 정말 용기 있게, 밝게 이겨내고 더욱 성숙해진 모습으로 변화하였다. 생각할수록 너무나 고맙고 대견하기만 하다.

어디서 그처럼 부드럽고 강한 성품이 왔을까 생각해 보면 그것은 아무래도 지애 엄마가 생전에 아이들에게 보여 준 사랑과 덕스러움의 감화가 아닐까 한다. 지애 엄마는 생전에 성품이 얼마나 온화하고 봉사활동을 얼마나 많이 했던지 가는 곳마다 천사 같은 사람이라고 소문이 자자했다. 막내아들 지훈이가 겨우 유치원에 다닐 때 하루는 이런 얘기를 한 적이 있다.

"아빠, 사람들이 왜 엄마 보고 천사라고 그러는지 알아요? 나는 알아요."

뜬금없는 말에 놀라 그래 왜냐고 물었더니 조금씩 이야기를 한다.

며칠 전 엄마가 자기를 유치원에 데려다 주려고 차를 타고 가다가 버스 승강장에 어떤 할머니가 서 계신 것을 보고 차를 세우더란다. "할머니, 어디까지 가세요?" 하고 묻자 할머니는 몸이 아파 병원에 간다고 하였다. 그러자 지애 엄마는 그 할머니를 병원에까지 태워 가서 접수해 주고, 치료를 다 받도록 일을 보아 주고 나서 지훈이를 유치원에 데려가서 유치원에 한참이나 늦었다는 것이다.

그날 하루만이 아니었다. 다음 날도, 또 그 다음 날도 그 할머니를 그렇게 병원까지 차로 모셔다 드렸다. 그 할머니뿐이 아니다. 동네에 교회에 나오시지 않는 모르는 할머니 할아버지들을 집집이 찾아다니면서 청소해 주고 병간호 해 주고 빨래해 주고…….

지애 엄마가 교통사고를 당해 먼저 하나님 곁으로 떠나갔을 때, 교회 다니지 않는 사람들까지 동네의 거의 모든 사람들이 장례식에 와서 자기 일처럼 슬퍼하며 위로해 주고 도와주고, 묘지도 동네 사람들이 나서서 조성해 주었다. 그리고 그 이후 몇 년 동안이나 지애가 골프 대회에서 우승하여 매번 우승컵을 들고 산소를 찾아가면 그때마다 누가 했는지 늘 말끔하게 벌초가 되어 있었다. 시무하던 옛 교회 분들에게 혹시 벌초 하셨느냐고 물어보면, 그분들이 했을 때도 있지만 어떤 때는 하지 않았다고 할 때도 있었다. 누가 했는지 자기들도 모른다는 것이다. 생전에 지애 엄마의 사랑을 입었던 누군가가 지애 엄마를 잊지 못해서 몰래 산소를 단장해 준 것 같다고 이야기들을 했다. 아마도 이러한 엄마의 모습을 보고 자란 자녀들이기에 오늘날 누구에게든 자식 복 있다는 말을 들을 만큼 훌륭하게 성장해 준 것이 아닐까 한다. 나는 항상 집안에서 엄격했던 반면에 지애 엄마는 신실

한 믿음과 사랑으로 이끌었기에 잘 조화를 이룬 것 같다.

지애 엄마와 내가 만난 것은 신학교 재학 시절이었다. 만난 지 두 달 만에 여름 방학을 타서 결혼식을 올렸다. 내가 처음 만나고 두 번째로 만난 날 바로 청혼했던 것이다. 물론 같은 학교에 다니고 있었으니 얼굴은 자주 보았지만, 단둘이 시간을 가지기는 그날이 두 번째였다. 지애 엄마는 너무 갑작스러운 청혼에 놀랐는지, 사귄 지 얼마되지도 않았고 서로 잘 모르는데 어떻게 결혼하느냐고 했다. 그때 내가 지애 엄마에게 한 말이 이렇다.

"그럼 나를 열 번 만나고 백 번 만나면 나에 대해서 다 알 것 같아요? 그렇다면 열 번 만나고 백 번 만난 후에는 난 틀림없이 백 번이라도 결혼할 자신이 있어요. 왜냐하면 당신을 만날 때마다 내 진면목을 숨기고 멋있는 남자, 능력 있는 남자인 것처럼 얼마든지 가식적으로 꾸며 보여 줄 수 있거든요. 거기에 속아서 결혼할래요? 아니면, 어차피 우리는 당신이 살아온 환경이 다르고 내가 살아온 환경이 다른 만큼 서로 생각과 사상이 다를 수밖에 없으니 그런 다른 점을 서로 양보하고 보듬으면서 맞춰 가는 게 사랑 아닐까요? 그러니 이것저것 조건 따지지 말고 지금 결정합시다. 우리 결혼해요."

지금 생각해도 정말 대담하게 말을 잘했다는 생각이 든다. 그날은 결국 확답을 얻지 못하여 어떻게 되나 했는데, 며칠 후 그 사람이 학교 앞에서 점심이나 같이 하자고 하여 가 보니 그 사람 어머님이 와 계셨다. 그리고 나를 보자 하시는 말씀이 "우리 딸이 어디가 좋아서 결혼하자고 하는가?" 하셨다.

결국 그 자리에서 승낙을 얻고 나도 부모님께 결혼하겠다고 바로 말씀드렸다. 당시에 나는 집에서 인정받지 못하는 말썽꾸러기 아들이었다. 왜냐하면 중학교, 고등학교 때부터 겨울방학만 되면 가출을 하고 대학교(신학 대학에 진학하기 전에 전남대학교 수의학과를 다녔다.)에 가서도 놀기를 좋아해 늘 밖으로만 나돌았기 때문이다. 전남대학교 내에 처음으로 볼링 서클을 조직했으며, 당구는 700을 쳤으니 얼마나 놀았는지 짐작이 갈 것이다. 그 덕에 친구들은 많았다.

전남대학교 재학 중에 5.18을 만났다. 계엄군이 도청에 진입할 때, 도청 앞에서 태극기를 들고 데모하다가 아버지 눈에 띄어서 집으로 붙잡혀 갔다. 그 다음 날 새벽에 계엄군이 도청을 점령하였고 그곳에 있던 분들은 모두 돌아오지 못할 길을 떠났으니……

충격과 아픔은 나만의 것은 아니었으리라. 방황은 더욱 심했고, 결국 4년제 대학교를 5년 동안 다니고도 졸업장을 받지 못하고 수료장을 받았다. 그리고 신학교에 편입을 했다. 원래 중학교 때 꿈이 목사였으니 어쩌면 수의학 전공이 길을 잘못 들었던 것이 아니었나 한다. 하여튼 파란만장한 청년기를 구가하던 내가 편입하자마자 5월에 느닷없이 결혼을 하겠다고 폭탄선언을 하니 집안에 비상이 걸렸다. 결국 부모님과 형님, 누님이 다 모여 가족회의가 열렸는데, 결론은 결혼을 시키자는 쪽으로 났다. "저 녀석이 지금까지 바깥으로만 돌았는데 결혼을 하면 안정을 찾을지 모르겠다. 시키자." 그래서 7월에 바로 결혼했다.

결혼하고 얼마 후 임신, 그러나 기쁨은 잠시였다. 유산된 것이다. 그 뒤로도 한 번 더 유산이 되어 우리 부부는 쓰린 가슴으로 저녁마다 둘이 손을 꼭 맞잡고 기도했다. 자녀를 허락해 달라고 기도한 그

간절한 소원의 결실이 바로 지애다.

결혼한 지 21개월 만에, 두 번의 유산을 겪은 후 태어난 지애였다. 얼마나 기쁘고 얼마나 소중했던지 모른다. 태어나면서부터 잘 울지 않는 순하고 무던한 성격이기도 했지만, 갓난아이일 때 많이 울면 성격이 나빠진다고 해서 울리지 않기 위해 밤새도록 내가 안고 지새운 적도 많았다. 그래서인지 어려서 엄마보다 오히려 아빠를 더 잘 따랐다. 우유를 먹을 때도 엄마가 먹이면 먹지 않다가도 아빠가 안고 먹이면 끝까지 다 먹었다. (지애 엄마는 모유 수유를 했지만, 모유를 먹이면서 우유도 함께 먹였다. 딸을 배불뚝이 만들려고 그러느냐며 먹이지 말라고 하는 지애 엄마 말을 듣지 않고 건강하고 튼튼하게 자라기만을 바라는 마음에 항상 내가 양껏 먹이곤 했다.)

지애 엄마가 세상 떠난 후, 일곡 병원에서 가족이 지원이 지훈이의 간병 생활을 하던 때 일이 떠오른다. 지원이가 웬만큼 회복되어 걸을 수 있게 되었을 때였다. 지훈이를 업고 지원이를 데리고 병원 근처 식당에 가서 함께 저녁밥을 먹고 들어오는데 등에 업혀 있던 지훈이가 갑자기 나를 불렀다.

"아빠, 오늘은 엄마가 기분이 좋은가 봐요."

갑자기 엄마 이야기를 하니 가슴이 철렁했다. "왜?" 하고 물었다.

"봐요! 엄마 별이 오늘은 반짝반짝하잖아요. 아마 엄마가 오늘은 화장을 했나 봐요."

그 얼마 전에 지훈이에게 하늘에서 가장 밝게 빛나는 별(금성)이 엄마 별이라고 말해 주었는데, 어린 마음에 그 말을 꼭 품고 생각해 왔던 모양이다. 눈시울이 시큰해지는 것을 참으며 맞장구를 쳤다.

"그래? 훈이가 이렇게 예쁘고 건강하게 자라는 걸 보니까 엄마도 좋은가 보다."

그 당시 함께 나가 먹던 중에 병원 앞 일곡국밥이라는 식당의 음식을 아이들이 가장 맛있게 먹었다. 그 기억 때문인지 지금도 내가 광주에 갈 때면 지훈이는 꼭 일곡국밥집 국밥을 사 오라고 한다. 국밥이 맛있기도 했겠지만, 병원 밥이 아니면 솜씨 없는 아빠와 누나가 해준 밥을 먹다가 식당 밥을 먹어서 더 맛있었을 것이다.

아이들이 어느 정도 자라서 활동을 하게 되고 생활도 안정을 찾아감에 따라 내게는 또 하나 걱정거리가 생겼다. 그것은 혹시 내가 죽으면 내 자식들은 고아가 되지 않겠는가 하는 걱정이다. 물론 그런 일이 있어서도 안 되고 있지도 않을 것이라고 다짐해 보지만, 사고도 많고 질병도 많은 세상 일이 그렇게 내 마음대로 되겠는가. 혹시 모르는 일이었다. 그래서 생각한 게 가장 먼저 아이들의 자립심을 키워야겠다는 것이었고, 이 생각을 한 후로 자신이 할 수 있는 일은 스스로 하도록 교육했다. 조금 더 강하게 키우려는 마음에 부드러우면서도 한편으로는 더 엄하게 엄격하게 교육할 수밖에 없었다. 이런 마음을 모르는 아이들은 한편으로는 서운하기도 했을 것이다.

또 한 가지 걱정되는 것은 경제적인 부분이었다. 만약 내가 불시에 죽어 아이들이 고아가 된다면 경제적인 어려움 때문에 뿔뿔이 흩어질지도 모르고, 정상적인 사회인으로 성장할 수 없을 것이라는 생각이 들었다. 그래서 앞에 이야기했던 골프 연습장 하던 친구의 부인에게 상담을 청했다. 혹시 보험 회사에 아는 분이 있으면 저렴하면서도 보상금이 많은 생명 보험을 하나 알아봐 달라고 부탁했다. 그때까지도 빠듯한 살림에서나마 만약의 경우에 대비할 수 있는 최소한의 안전장치는 해 놓고 싶었다. 그런데 친구 부인에게서 연락을 받고 당시 운영하던 설렁탕 식당에 찾아갔더니, 보험을 알아봐 준 것이 아니라 아예 아는 보험 설계사를 통해 내 이름으로 생명보험과 상해보험 두 개를 직접 들어 놓았다. 당연히 보험료를 내 주려고 그렇게 한 것이다. 너무도 고마웠다. 골프 연습장을 하다가 여러 가지 어려움을 겪고 설렁탕집을 하면서, 그 가정도 경제적으로 힘든 상황에서 보험을 두 개나 내 이름으로 들어 주어 우리 아이들이 수령할 수 있게 해주다니……. 정말 고마운 분들이 주위에 너무나 많았고, 그분들이 있었기에 오늘까지 올 수 있었다는 게 사실이다. 지애를 도와준 많은 분들에 대해서는 조금 뒤에 다시 이야기하겠다. 이 장은 지애 엄마의 추억으로 끝맺고 싶다.

내가 지애 골프를 시키느라고 목회 일에 소홀했던 때에도 지애 엄마는 사모로서 정말 열심히 성실하게 모든 일을 돌보았다. 결혼 초에도 내가 총신대 신학대학원에 다니느라고 일주일에 며칠씩 서울에 가 있었기에 교회 일은 대부분 지애 엄마가 하다시피 했다. 주위 사람들을 돌보고 우리 가정과 우리 아이들의 든든한 안식처, 따뜻한 화롯불이 되어 주었던 것은 물론이다. 당시 가까이 지냈던 주니어 선수 부모님들도 더러 지애 엄마를 기억한다. 지애가 대회 나갈 때에는 주로 내가 데리고 다녔지만, 교회 일 때문에 내가 갈 수 없을 때에는 가끔 지애 엄마가 함께 가기도 했기 때문이다. 다른 학부모님들 이야기를 들어 보면 시합장 한쪽 나무 밑에 앉아서 항상 기도하고 교회 다니라고 전도하곤 하였다고 한다. 그분들은 지애가 지금 이렇게 성적을 잘 내고 큰 선수가 된 것이 모두 하늘에서 지애 엄마가 도와주어서 그런다고들 이야기한다.

고마운 사람들

지애의 성장 과정을 되짚어 보면, 이 책에 일일이 다 말할 수 없을 정도로 많은 분들이 도움을 주셨던 기억들이다. 골프 연습장 하던 그 친구는 물론이고 처음에 선뜻 지애를 맡아 가르쳐 주신 하경종 프로, 상비군에 선발된 후 가르침 받게 된 전현지 프로, 무안 컨트리클럽 최재훈 사장님, 또 영광 원자력 발전소(한수원)에서도 큰 도움을 입었다. 원래 영광 원자력 발전소 사택 골프 연습장은 일반인들은 출입금지인데 특례로 지애에게 연습장을 제공해 주셨던 것이다. 낮에는 직원들이 모두 출근하는 관계로 나와 함께 지애 혼자서 연습할 때가 많았다. 아무도 없으니 마음껏 연습할 수 있었다. 지애가 샷을 하면 내가 앞으로 나가서 정확히 어디에 볼이 떨어졌는지 보고 큰 소리로 알려 주고, 앞에서 언급했듯이 10미터 간격으로 볼 박스를 갖다 놓고 정말 원 없이 연습했다. 특히 연습 볼은 자동판매기에서 85개들이 한 박스가 100원에 제공되었기 때문에 보통 100원짜리 20개(2,000원)를 가지고 가면 마음껏 연습할 수 있었다.

그뿐 아니라 영광 원자력 발전소에서 지역 사회를 위한 장학금을 수여할 때도 지애를 수령자로 선정해 주셨다. 처음에는 300만 원 정도였다가 나중에는 무려 500만 원으로 인상되기까지 했다. 당시의 우리에게 그것은 너무나도 큰 액수였다. 그 장학금을 받을 때는 세상에서 제일 부자가 된 기분이었다.

또한 광주 연습장에서 함께했던 광주 광명건설 사장님도 있다. 이분이 지애를 예뻐해 주셔서 가끔 필드에 나갈 때 지애를 데리고 가셨는데, 덕분에 지애는 무안 컨트리클럽 이외 정규 코스에서 라운딩을 하는 귀중한 기회를 선물 받았다. 그리고 시합에 참가해서 좋은 성적을 내고 오면 지애에게 용돈도 많이 주셨다. 물론 그 용돈은 전부 나에게 돌아왔지만…….

광주 네바다 골프 숍 사장님도 특별히 지애를 많이 도와주셨다. 지애에게 필요한 용품들을 원가로, 또는 무료로 제공해 주셨으며 또 PRGR과 연결시켜 주어 PRGR 클럽을 무료로 제공받게 해 주셨다. 이것이 인연이 되어서 프로에 와서도 2009년 최근 시즌까지 줄곧 PRGR 클럽을 사용해 왔다.

처음 지애가 한국에서 프로로 데뷔할 때 클럽 선택에 대한 고민이 있었다. 그때 지애가 일차적으로 선택한 클럽이 투어스테이지, 스릭슨, PRGR 세 가지였다. 그리고 최종적으로 투어스테이지와 PRGR 중에서 하나를 고르기로 했는데 그때 내가 지애에게 말했다.

"PRGR에서 아마추어 때 너에게 클럽을 무료로 제공해 주었는데 프로에 와서 다른 클럽을 쓰면 도리가 아니지 않느냐. 최소한 1년은 아무 대가 없이 PRGR 클럽을 사용하는 게 좋겠다."

이 말을 듣고 지애는 흔쾌히 동의를 했고 그 후 PRGR 클럽으로 많은 우승을 기록했다. 그렇게 좋은 성적이 나와 계속해서 쓸 수 있었는데, 이 당시 PRGR는 한국 진출 초창기여서 지애가 좋은 성적을 거둔 것이 시장 점유율에 꽤나 도움 되었다는 이야기를 나중에 PRGR

직원에게 들어 그나마 조금은 은혜를 갚았구나 생각한다. 이때를 제외하고는 클럽 선택은 전적으로 지애에게 맡겼다. 프로로서 자신이 원하는 클럽을 사용하는 것은 지애의 선택이고, 좋아하는 클럽으로 샷을 할 때 좋은 샷이 나오리라 생각하기 때문이다. 그래서 지금까지 클럽에 대한 용품 계약은 아무리 좋은 조건을 제시해도 고려하지 않았으며 앞으로도 그럴 생각이다. 프로 5년차가 되는 올해에는 어쩌면 클럽을 교체할지도 모른다. 그러나 다른 클럽을 쓰게 되더라도 PRGR에 대한 고마움은 잊지 않을 것이다.

이분들 외에 도움을 주신 분을 이야기 하자면 절대로 빼놓을 수 없는 분이 하이마트 선종구 사장님이다. 스폰서 계약으로, 경제적으로 어려웠던 시기 우리 가정에 경제적인 안정을 갖게 해 주셨다. 물론 지애가 아마추어로 SK 인비테이셔널이라는 프로 대회에 우승했기 때문에 스폰서 계약이 가능했던 것이기는 하나 단순히 회사의 계약 선수로서가 아니라 마치 친딸처럼 사랑해 주셨고 아껴 주셨다. 이제는 미래에셋 자산운용사와 계약을 했지만 선종구 회장님에 대한 감사한 마음이야 잊을 리가 있을까. 더불어 현재 지애의 스폰서인 미래에셋 자산운용사와 박현주 회장님에게도 감사드리지 않을 수 없다. 2009년 새 시즌을 앞두고 지애가 스폰서 문제를 해결하지 못하고 복잡한 상태에서 동계 훈련을 떠나고, 그곳에서 매니지먼트사와 결별하면서 침체된 분위기 속에 ANZ 마스터즈 대회에 나갈 때 쓰고 나갈 마크 없는 모자를 찾는 모습을 보며 내 마음은 정말 착잡하고 지애에게 미안했다. 지애의 가치를 인정받고자 하는 내 욕심이 혹시 경기력에 거꾸로 나쁜 영향을 끼치지나 않을까 염려스럽기도 했다.

그런 상태에서 미래에셋 자산운용사에서 연락이 왔던 것이다. 그리고 계약이 이루어졌다.

거액의 계약을 맺었기에 사인회나 프로암 등 여러 가지 행사를 할 법도 했건만, 박현주 회장님으로부터 지애의 경기력에 지장을 줄 일은 하지 말도록 특별히 지시가 있었다는 말을 전해 들었다. 계약 후 지애가 한국에 와서 회장님과 라운딩할 계획이 있어도 회장님은 꼭 다음에 경기가 있을 장소에 부킹을 함으로써 경기 전에 코스를 경험하게 배려해 주기까지 하셔서 지애가 다른 선수들에게 부러움을 샀다.

지애의 가능성을 믿고 후원하며 금전적으로 매달 도움을 주신 혜민이 어머님, 나의 친구 양시복 변호사, 명성 골프장 김성덕 사장, 전남 골프협회장님, 그 외 여러 친구들과 지인들께도 이 자리를 빌려 다시 한 번 감사드린다. 특히 전라남도 담양군에 있는 파3 골프장인 가산 골프랜드 세 분의 사장님들께도 꼭 감사의 말씀을 드리고 싶다. 그곳에서 훈련을 하면서 결정적으로 지애의 약점을 극복하여 다음 단계로 도약할 수 있게 되었기 때문이다. 더욱이 지애의 열의와 성실함을 보고 선뜻 무료로 라운딩 할 수 있도록 지원해 주시고, 여러 가지로 배려해 주신 고마움은 언제까지나 마음속에 간직할 것이다.

4

염원하던 우승을
발판으로 도약하다

파3 연습장 효과

지애의 약점을 해결하려고 연구하면서 본격적으로 골프 경기에 대한 분석도 하기 시작했는데, 이를 통해 얻은 결론 중 하나가 버디 확률에 대한 것이었다. 자세히 보니 상위권에 있는 선수라면 파3나 파4 홀에서는 버디 잡을 확률이 모두 비슷비슷했다. 또한 파3 홀이나 파4 홀에서 1미터 이내로 바짝 볼을 붙여 흔히 말하는 'OK 버디'를 잡으려면 아무래도 운이 조금은 따라 주어야 한다는 생각이 들었다. 승부는 대부분 파5 홀에서 났다. 파5 홀에서 누가 버디를 많이 잡느냐에 경기의 승패가 갈라진다는 확신이 왔다.

최근의 예를 들면 2008년 지애가 영국에서 열린 LPGA 메이저 대회 '브리티시 오픈'에 월드 랭킹 자격으로 나가서 LPGA 첫 우승을 차지했을 때를 들 수 있다. 그때 지애가 -18로 우승했다. 그런데 그 시합의 파5 홀에서의 성적은, 이글 1개를 포함하여 -13이었다. 파5 홀에서 모두 버디를 잡았을 때, 4일 경기이기 때문에 -16이 최고 스코어가 되는데 무려 -13이라는 스코어를 잡았다는 것은 정말 놀라운 일이었다. 물론 파4 홀, 파3 홀에서도 버디를 잡았고 또 보기도 했지만, 결정적으로 지애를 브리티시 오픈의 최연소 우승자로 만들어 준 것은 파5 홀에서의 성적이었다고 생각한다.

파5 홀에서는 대부분의 선수들은 100야드 안쪽에서 세 번째 샷을 하게 된다. 파4 홀이나 파3 홀에서는 미들 아이언이나 롱 아이언을 잡지만, 파5 홀에서는 대부분 웨지를 잡게 마련이다. 그리고 웨지 샷은 연습만 많이 한다면 1미터 안쪽에 붙여서 OK 버디를 잡을 확률이 월등하게 높아진다. 한참 가산 골프랜드에서 연습할 때 지애가 한 선배에게 한 말이 있다.

"저는 100야드 안쪽에서 열 개를 치면 일곱 개는 버디 잡을 자신이 있어요."

요즈음엔 그 연습이 많이 부족하고, 그래서 조금 확률이 떨어진 것 같다. LPGA 데뷔 첫해에 3승을 했지만, 그 3승 모두 담양에 있는 가산 골프랜드에서 1주일 정도 연습하고 나가서 2게임에서 3게임 만에 우승한 것이었다. 공교로운 것이 아니라 바로 파3 연습장에서의 연습의 중요성을 말해 준다고 하겠다.

당시에는 이러한 경기 분석을 처음으로 하게 됨으로써 지애의 훈련에 또다시 변화가 나타났다. 사고 이후 동생들이 병원에 입원해 있어 광주에서 생활하게 된 까닭도 있지만, 상비군 합숙 훈련을 전후하여 그 겨울부터는 무안 컨트리클럽에 내려가 연습하기를 중단하고 대신 매일같이 담양에 있는 가산 골프랜드를 찾게 되었다. 거기서 오전 연습을 마치고 점심 먹고 광주 연습장으로 가서 연습하는 일정이 반복되었다. 특별히 열심히 연습하던 지애는 그곳 세 분 사장님들 눈에 들어 무료로 마음껏 라운딩을 할 수 있게 되었다. 심지어 손님이 많아 앞 팀이 밀려 있으면 지애가 돌아야 하니 비켜 달라고 순서를 조정해 주기까지 하셨다. 지애는 지금도 한국에 있을 때는 무조건 담양으로 내려간다. 물론 주위에 다른 파3 연습장도 많지만, 특별히 가산 골프랜드를 선호하는 이유는 코스의 오르막 내리막이 적당하고 그런 주변도 정규 시합 코스와 비슷하게 조성되어 있기 때문이다. 뿐만 아니라 프로들이 훈련하러 오면 볼을 여러 개 치도록 허락해 주시는 배려도 해 주셨다.

지난해, 미국에서 인터넷을 통해 한국 뉴스에서 서희경 프로가 지애 다음으로 KLPGA 4관왕을 했다는 소식을 접하고 감회가 새로웠던 기억이 있다. 한국에서 생활할 때 서희경 프로의 아버지와 2년 가까이 투어 생활을 함께했던 경험이 있다. 자연히 서희경 프로의 샷을 접할 기회가 많았다. 연습장에서 샷을 하는 것을 보니 샷이 너무나 좋았다. 아니, 부러울 정도였다. 그런데 성적은 신통치가 않았다. 나는 감탄했다.

"야! 희경이 너도 참, 그런 좋은 샷을 가지고 우승을 못한다는 게 이상하다."

그러면서 그때부터 서희경 프로 경기를 유심히 관찰했고, 문제점을 발견했다. 우선 거리 감각이 많이 떨어지고, 또 볼의 방향도 약간 좋지 않았다. 그래서 여름에 시합 없을 때 지애를 담양에 데리고 가면서 서희경 프로 아빠에게 희경이를 데리고 같이 내려가서 연습하자고 권했다. 그런데 막상 서희경 프로는 내려오지 않는 것이었다. 나중에 그 아버지에게 들으니 예민한 자존심 때문에 안 내려갔던 것이라고 했다.

다음 해에도 희경이는 여전했다. 여름철 일정이 빈 동안에 지애를 데리고 내려가면서 희경이를 데리고 내려오라고 또다시 말했다. 이번에는 다른 일정(프로암)이 있어 못 내려온다고 했다. 그런데 내려가서 며칠 있었더니 문득 따라 내려왔다. 일정이 취소되었다는 것이다. 그래서 지애와 함께 매 홀마다 다섯 개씩 볼을 치면서 훈련에 돌입했다. (다른 파3 연습장에서는 상상도 못할 일이다. 그린에 볼이 열 개씩 떨어져 있는 것을 상상해 보시라! 그런데 가산 골프랜드에서는 그렇게 배려해 주셨다.)

이때 치는 것을 보니 지애는 다섯 개 중에서 네 개를 1미터 안에 붙이는데, 희경이는 다섯 개 중에 네 개가 그린을 벗어나는 것이었다. 물론 파3 연습장이기에 그린이 아주 작은 탓도 있었겠지만, 역시 실수가 많았다. 그래도 그렇게 연습하기를 3일쯤 했을까, 이제는 희경이도 다섯 개 중에서 두세 개는 홀 컵 1미터 주위에 붙이기 시작했다. 그리고 일주일이 지나자 다섯 개 중 네 개를 홀 컵 1미터 안에 붙이는 것이었다.

그렇게 연습하고 올라와서 그 다음 주, 상금이 가장 큰 강원도 하이원 대회에서 희경이가 우승을 거머쥐었다. 물론 희경이의 샷은 원래부터 좋았다. 다만 무엇인지 모르지만 흔히 말하는 대로 '2퍼센트 부족한' 느낌이 있었는데 그 2퍼센트를 파3 연습장에서의 연습이 조금은 채워 주지 않았는가 한다. 18번 마지막 홀을 가는데 희경이 엄마가 옆에 있던 지인에게 흥분한 음성으로 "이번 시합 우승하면 상금의 반은 지애 아빠 줘야 해." 하고 말하는 것을 들었다. 그 말을 듣고 뿌듯했다. 마침내 18번 홀이 끝나고 우승이 결정되었을 때, 희경이 아빠는 당시 캐디를 했기에 많은 사람들에게 둘러싸여 축하를 받고 있었고 나는 멀리서 그 광경을 바라보고 있었는데, 희경이 아빠가 나를 찾았다.

"지애 아빠 어디 있어, 지애 아빠, 어디 있어!"

그래서 "형님, 저 여기 있습니다. 축하합니다!" 하고 다가갔더니 나를 꼭 껴안으면서 눈물을 펑펑 쏟는 것이었다.

"고맙다, 고맙다, 지애 아빠야! 정말 고맙다." 하면서 놓아주지를 않았다. 정말 큰 보람이었다. 또한 우승 후에 서희경 프로가 인터뷰하면서 지애와 파3 쇼트 게임장에 가서 연습한 게 큰 효과를 보았고, 랭킹 1인자라는 지애가 밤늦게까지 열심히 연습하는 것을 보고 자기도 열심히 연습했다고 이야기를 해 주지 않는가! 이후로 담양 가산 골프랜드는 휴식기만 되면 KLPGA 선수들이 가장 많이 찾아가는 명소가 되었다. 서희경 프로 역시 이때부터 1주일 정도의 시간만 되면 무조건 가산 골프랜드로 내려간다.

파3 골프 연습장에서 연습하는 것이 이렇게 중요하다. 파3 연습장에서 연습을 많이 하게 되면 거리 감각과 방향이 좋아질 수밖에 없다. 왜냐하면 파3 연습장은 항상 거리가 똑같기 때문이다. 가산 골프랜드의 1번 홀이 83야드인데, 내일 가도 83야드, 모레 가도 83야드, 1년 후에 가도 83야드이다. 물론 홀 컵 위치에 따라서 조금은 달라지겠지만 그린이 아주 작기 때문에 큰 차이는 없다. 이렇게 연습한 이후에 실제 경기에서 80~85미터짜리 서드 샷이 걸리면 버디 잡을 확률이 대단히 높을 수밖에 없다. 가산 골프랜드의 경우 35미터에서 100미터까지 아주 다양하게 홀이 구성되어 있어 세분화된 연습이 가능하다.

이렇게 파3 연습장 연습의 중요성을 주니어 부모님들께 이야기하면, 어떤 부모는 "우리 애는 모 골프장에서 무료로 마음껏 라운딩하게 해 주기 때문에 거기서 연습하면 돼요." 한다. 하지만 라운딩을 하면서 100야드 안쪽을 마음껏 연습할 수 있다고 하더라도, 드라이버 샷이 얼마나 나갔느냐에 따라서 그 거리는 매번 달라진다. 또한 정규 홀에서의 라운딩은 하루에 한 번밖에 하지 못하지만 파3 연습장에서는 하루에 네 번 이상 반복해서 라운딩 할 수 있다는 것도 큰 장점이다.

거리 감각을 익힐 수 있다는 것 말고도 또 유익한 점이 있다. 파3 연습장에서는 주로 웨지 샷을 쓰는데, 우리가 아는 대로 웨지는 로프트가 높다.(보통 52도에서 60도이다.) 로프트가 높기 때문에 샷을 잘못 하거나, 스위트 스폿에 볼이 맞지 않고 비껴 맞았을 때는 그 편차가 미들아이언이나 롱 아이언보다 크다. 결국 웨지 샷으로 방향을 잘 잡을 수 있다면 자연히 미들 아이언이나 롱 아이언으로도 방향이 좋아질 수밖에 없다. 많은 골퍼들과 부모님들이 이 부분을 간과하는 것 같다. 그래서 파3 연습장보다는 인도어장에서 많은 볼을 치게 하고 라운딩을 많이 돌게 하는데, 경제적으로나 효율 면에서도 손해라고 할 수 있다.

고마운 인연이 가르쳐 준 클럽 피팅의 중요성

또 지애에게 많은 도움을 주셨던 분 중 빼놓을 수 없는 분이 바로 MFS 전재홍 사장님이시다. 지애가 함평 골프 고등학교에 진학했는데, MFS사에서 함평 골프 고등학교와 자매결연을 맺어 클럽 피팅 장비를 제공해 주고 교육시켜 주셨다. 그 인연으로 비로소 지애가 자신에게 맞는 클럽을 피팅해서 쓸 수 있게 되었을 뿐더러 비싼 오렌지 샤프트를 몇 년 동안 무료로 제공해 주시는 도움도 입었다. 더욱이 이로 인해 클럽 피팅에 대해 눈을 뜨게 되었고 피팅의 중요성을 알게 되어, 이후 언제나 자신에게 맞는 클럽을 사용함으로 경기력이 크게 향상되는 계기가 되었다.

나 역시 그때부터 클럽 피팅에 대해 많은 공부를 하게 되었고 지금은 여러 주니어 골퍼 부모님들로부터 클럽에 대해서 질문을 받기도 하고 조언도 해 준다. 재작년 일이다. 지애 친구 중에 아주 장타자가 있다. 바로 이일희 프로인데, 훌륭한 자질을 가지고 있으면서도 성적이 신통찮았다. 그 이유는 장타자인데 OB(아웃 오브 바운드)가 많이 난다는 것이었다. 어떤 때는 한 라운드에 7개의 OB를 낸 것을 본 적도 있다. 너무나 안타까웠다. 그래서 한번은 제주도에서 경기가 끝난 후에 일희를 불렀다.

"일희야, 내가 보기엔 OB가 많이 나는 게 네 스윙이 문제가 아니라 클럽에 문제가 있는 것 같다."

그렇게 말을 하고 클럽의 특성과 피팅에 대해서 자세히 설명해 준 후에 육지에 나오면 한번 찾아오라고 했다. 며칠 후 일희가 찾아왔기에 지애가 쓰던 드라이버 가운데 다섯 개를 주면서 한번 쳐 보고 너에게 맞는 드라이버를 하나 골라 오라고 했다. 다시 며칠 후에 일희가 와서 하는 말이 다섯 개 중에 두 개가 자신에게 맞는 것 같다고 했다. 그래서 그 두 개를 가지고 양재동에 있는 피팅 센터 '클럽 메이커스'에 데리고 가서 스윙 분석 후에 피팅을 해 주었다.(지금은 지애도 양재동 클럽 메이커스에서 피팅한다.) 그런 후 지애는 미국 LPGA 마지막 대회인 ADT 챔피언십에 참가하느라 한국 경기에는 나가지 못했는데, 갑자기 일희한테서 전화가 왔다.

"아저씨! 피팅한 후로 경기를 두 번 나갔는데요, 두 경기 여섯 라운드 동안 OB가 하나도 안 났어요!"

기쁜 목소리로 자랑하면서 너무나 좋아라 하는 것이었다. 보람을 느꼈다. 그 뒤에 일희 재능이 귀해서 지애가 호주 브리스번으로 동계 훈련을 갈 때 함께 데리고 가서 훈련을 시키기도 했다. 조금이라도 도움을 주고 싶었다. 이 해에 동계 훈련을 함께한 기간이 18일쯤 된다. 일희는 그런 후 골드코스트에서 유러피안 대회 중 전통 있는 대회의 하나인 ANZ 마스터즈에 참가했다. 캐리 웹, 로라 데이비스, 챙야니 등 유명 선수들이 많이 참석한 대회였다. 그런데 그 경기에서 첫날 일희가 단독 선두로 경기를 마친 것이다. 너무 좋았다. 하지만 나는 미래에셋과 지애 스폰서 문제로 연락이 되어 그날 밤에 서울로 향할 수밖에 없었다.

서울에 와서도 호주에서 일희가 어떻게 하고 있는지에 계속 신경이 쓰였다. 한데 어떻게 된 일인지 둘째 날 +2, 셋째 날 또 +2를 쳐서 6등인가를 하고 말았다. 실망도 되고 하여 호주로 전화를 했다.

"첫날 잘해 놓고 왜 그렇게 까먹었어?"

그랬더니 대답이 걸작이다.

"아저씨가 없으니까 볼이 안 맞아요."

지금도 내 컴퓨터에는 지애가 쓰는 클럽의 데이터가 고스란히 저장되어 있다. 언제 어디서나 지애가 클럽을 바꾸게 될 때면 그 데이터를 제시하면서 데이터대로 만들어 달라고 한다. 그러면 새로운 클럽이라 할지라도 지애는 항상 똑같은 클럽을 쓰는 것과 같다. 왜냐하면 클럽 중량, 스윙 웨이트(헤드의 무게감), CPM(샤프트 강도), 그립 무게, 그립 두께 등이 항상 똑같기 때문이다. 그런데 대부분의 프로들은 이런 데이터로 자신의 클럽을 만드는 것이 아니라 주먹구구식으로 만들어 쓰는 것을 보게 된다.

한번은 어느 프로 아버지와 이야기를 하던 중 따님 클럽을 바꿔야 하지 않느냐고 말한 적이 있다. 그랬더니 그 아버지가 펄쩍 뛰면서 손사래를 쳤다. 지금 시즌중인데 어떻게 클럽을 바꾸느냐는 것이었다. 클럽을 교체하려면 동계 훈련 가기 전에 바꿔서 동계 훈련 동안 그 클럽에 적응을 해야 한다면서 고개를 저었다. 내 소견으로는 몰라도 너무 모른다는 생각만 들고, 어떻게 보면 안타까웠다. 이런 모습은 그 프로 한 사람만은 아닐 것이다.

한번 생각해 보자. 클럽에 내 몸을 맞추어 샷을 하는 것과 처음부터 내 몸에 맞는 클럽을 사용해서 샷을 하는 것, 어느 것이 더 효율적이겠는가? 프로들은 매년 클럽을 바꾸는데, 그때마다 클럽에 새롭게 적응해야 한다면 보통 일이 아니다. 아무리 적응을 한다고 해도 어딘지 모르게 스윙도 바뀔 수 있고, 생소한 클럽이기에 자연스러운 샷이 나오기 어렵다. 지애는 시즌 중은 물론 대회에 나가 시합하는 중에도 마음에 맞는 클럽이 있으면 바꾸어 잡는다. 2008년 브리티시 오픈 우승할 때나 ADT 챔피언십 우승할 때도 그랬다. 그때 나는 함께 가지 않았기 때문에 집에서 텔레비전으로 경기를 지켜보았는데, 그때 쓰던 것과 전혀 다른 클럽이 화면에 비쳐서 깜짝 놀랐다. 나중에 물어보니 시합장에 가서 마음에 맞는 클럽이 있기에 바로 바꿨다는 것이다.(LPGA에서는 클럽 회사들이 홍보차 자사 제품을 전시해 두고 선수들이 원하면 무상으로 제공해 주며, 항상 피팅 카가 따라다닌다.) 비록 처음

써 보는 클럽이지만 자신의 클럽 데이터를 알고 있기 때문에 세밀한 부분까지 그 데이터대로 조정하여 사용한 것이다. 그렇기 때문에 지애는 몇 년째 다른 클럽을 쥐더라도 늘 같은 클럽을 사용하는 것 같은 좋은 효과를 볼 수 있었다.

지애가 내년에 사용해 보고 싶어 하는 클럽 중에 포틴이라는 아이언이 포함되어 있다. 그런데 그것을 써 보고 싶다고 해서 그 회사에 가서 테스트할 것이 아니라 지애 클럽의 데이터를 이메일로 보내어 그대로 만들어 보내 달라고만 하면 된다.

이처럼 나도 문외한으로 시작했지만 나름대로 골프에 대해 공부하고 연구하다 보니 이제 조금은 남들에게 전달해 주고 도움을 줄 수 있게 되었고, 그래서 프로들이나 부모님들이 조언을 구하면 최대한 도움을 드리려고 한다. 어떤 때는 희경이나 일회에게 한 것처럼 내가 나서서 조언해 주고 나만의 노하우를 알려 주는 경우도 있다. 전에 어떤 매체 기자 분이 이런 질문을 했다.

"서희경 선수나 다른 프로 골퍼들도 모두 신지애 선수의 경쟁자 아닙니까? 신지애 선수 아버님이 노하우를 알려 주시면 신지애 선수에게 손해가 되지 않을까요?"

하지만 나의 대답은 이러했다.

"올해 서희경 프로가 5승을 했고 지애가 7승을 했습니다. 지애는 또 브리티시 오픈을 비롯하여 LPGA 대회들에서도 3승을 올렸습니다. 만약 서희경 프로가 지금처럼 지애를 바짝 추격해 오지 않았더라면 지애는 그 7승을 거두지 못했을 것이고 LPGA 대회에서 우승도 기록 못했을지 모릅니다. 지애가 외국 경기에 나가는 동안 희경이가 우승해서 턱 밑까지 쫓아왔기 때문에 지애도 긴장하고 더 열심히 하고, 그래서 올 한 해 좋은 결실을 맺을 수 있었다고 생각합니다."

항상 지애에게 당부하는 이야기이기도 하다. 남이 못하기를 바라지 말고 명실상부 향상된 자신의 실력으로 우승하는 선수가 되라고 말이다. 더욱이 많은 사람들의 도움으로 발전한 지애가 이제 주위를 도와줄 수 있다는 것이 또 얼마나 행복한 일인가.

전국 대회 첫 우승의 감격, 그리고 화려한 고교 시대의 개막

지애가 지금까지 이루어 온 각종 대회에서의 수많은 우승들이 하나하나 다 소중하고 기뻤지만 가슴이 벅차도록 감격했던 특별한 경기들이 따로 있었다. 그 첫 번째가 바로 고등학교 1학년 때 처음으로 공식적인 전국 대회에서 우승했을 때이다. 경희대 총장배 중고 학생 골프 대회에서였다.

유망주로 주목을 받고 자주 상위권 입상을 하면서도 이전까지는 공식적인 전국 대회 우승이 없어서 안타까움과, 혹 이 부분이 스스로 심리적인 걸림돌이 되지는 않을지 가슴속 깊이 일말의 우려마저 자아내고 있던 지애였다. 공식 대회라 함은 대한 골프협회나 중고등학교 골프 연맹에서 주관하는 대회를 말한다. 이 당시 내 마음으로는, 지애가 분명히 객관적으로 우승을 할 만한 실력은 갖추었는데 결정적인 우승 문턱에서 주저앉곤 하는 것은 다른 것이 아니라 그저 아직까지 우승해 본 경험이 없기 때문이라고 여겼다. 그래서 일단 첫 우승의 맛을 경험하게 하는 것이 시급하다고 생각했다. 생각은 그랬지만, 어디 이게 사람의 마음대로 되는 일이던가?

그런데 마침 아주 좋은 기회가 왔다. 당시 여론에서 청소년 운동 선수들이 학업을 소홀히한다는 문제 제기가 이루어지고, 마침내 교육부에서 이에 대한 대책을 세운 것이다. 그것은 방학을 제외하고 학기 중에는 재학 중인 청소년 선수들이 학기당 3회 이상 전국 대회에 나갈 수 없도록 한 출전 제한 조치였다. 이렇게 되자 주니어 선수들 사이에 비상이 걸렸다. 이제 대회마다 모두 출전할 수는 없게 되었으니 어느 대회에 나갈지 선택을 해야 했다.

앞에서도 말했다시피 주니어 골퍼들과 부모님들이 가장 선망하고 바라는 것이 국가대표 상비군과 국가대표다. 대부분의 부모님들이 이 부분에서는 한마음이기에 국가대표 선발 포인트를 많이 주는 대회 위주로 대회를 골랐다. 하지만 이때 나는 다른 생각을 하고 있었다. 무엇인가 한 발짝만 내딛으면 지애를 가로막고 있는 보이지 않는 울타리를 넘을 수 있을 것 같은 생각에 가장 필요한 것은 전국 대회 우승이라고 믿었다. 그래서 중고 연맹전 중 하나인 경희대 총장배 전국 학생 골프 대회에 참가 신청을 했던 것이다.

지금 생각해도 참으로 현명한 결단이었다. 결과적으로 그 대회에 당시 쟁쟁했던 지애 또래의 국가대표나 상비군 주니어들이 한 명도 참석하지 않았고, 그 덕분인지 지애가 무난히 낙승을 거두었기 때문이다. 스코어도 2등과 9타 차로 월등하게 리드하며 우승을 거머쥐었다. 오히려 쟁쟁한 친구들이 나오지 않아서 우승할 수 있었다고 생각할 게 염려되어 대회가 지난 후 일부러 치켜세워 주는 말을 열심히 해 주었다.

"야, 아홉 타나 차이 나게 우승했으니 대단하지 않으냐. 참 아깝다.

이 정도 스코어면 나연이나 인경이가 나왔더라도 우리 지애가 우승했을 텐데……!"

최나연 프로가 그 당시 최고의 선수였기에 그렇게 말했다. 이 우승이 지애 엄마가 세상 떠난 이듬해 봄의 일이었다. 당시 느낀 기쁨과 대견함, 뭐라 말할 수 없는 고마움은 그 이후 어떤 대회 어떤 우승보다도 특별하고, 가슴 벅찼던 것 같다. 지애 엄마 생각이 정말 많이 났다. '지금 이 기쁨을 함께 누렸으면 좋았을 것을…….' 혼자서 클럽하우스 뒤로 돌아가 콘크리트 바닥에 그냥 주저앉아서 눈물을 삼키면서 먼저 간 아내와 기쁨을 나누었다.

뒷날의 이야기이지만 지애가 프로 전향할 수 있게 된 SK 인비테이셔널 대회에서 우승하고도 그렇게 눈물이 났더랬다. 그 경기 때는 지애도 그렇게 많이 울었다. 나는 그때도 기쁨을 이기지 못해 주차장으로 슬며시 몸을 피했던 기억이 난다.

성격 탓인지 남 앞에 눈물을 잘 보이지 못하고, 아이들에게도 감정을 내색하지 않으며 지금까지 지내 왔다. 첫 우승을 한 후에도 지애에게는 마음속의 감격을 표현하는 대신에 그저 나중에 얼굴 마주했을 때 "수고했다." 한마디 칭찬한 것이 다였다. 돌아보면 지애 엄마를 먼저 하나님께 보낸 이후부터 더욱 감정을 쉽게 드러내지 않게 되었던 것 같다. 아이들에게 강하게 보여야 했고, 주위 사람들에게도 힘들고 어려운 것을 내색하고 싶지 않았기 때문이었을 것이다.

우승할 때마다 거의 매번 그런 식이었으니 어쩌면 지애는 그게 서운했던가 보다. 1년쯤 전 모 매체에 인터뷰한 기사를 보니 거기서 이런 말을 했다.

"우리 아빠는 우승해도 칭찬을 안 하세요. 그냥 수고했다는 한마디가 전부예요."

속마음은 정말 그렇지 않은데, 젊은 시절에는 정말 활달하고 제멋대로였던 내가 어느 사이엔가 변한 모양이다. 학교 다닐 때는 응원단장도 하고 동창회 회장도 하고, 볼링도 전국 대회 나갈 실력으로 치고 다니면서 독불장군처럼 전혀 거리낌이 없었던 나인데 어쩐지 내성적으로 변했다. 아마도 지애를 낳고 기르고 골프 시키는 과정을 통하여 조금씩 변해 오다가 지애 엄마와 이별한 후로 더 심해졌던 게 아닐까. 지애의 인터뷰를 통해 자신을 돌아보고 그 후로는 생각하는 그대로 칭찬도 많이 해 주고 솔직하게 나의 감정을 보여 주려고 노력한다.

한편 지애는 이런 아빠 밑에서 자라나서 그런지 좀처럼 자기주장을 내세우지 않는 습관이다. 너무 힘들게 키워서일까, 아니면 너무 엄하게 키워서일까. 그것도 아니면 타고난 성격일까. 항상 속에 생각을 품고 있다. 아직은 어린 나이이기에 그저 속에 가지고 있는 생각을 표출하면 좋으련만……

지애의 방식은 아빠에게 불만이 있어도 말을 하지 않고 속에 품고 있다. 그러면서 아빠가 하는 말에는 그냥 순종한다. 그래서 요즈음은 나도 지애의 눈치를 본다. 지애의 표정을 읽으려고 노력을 한다. 예전에는 이런 모습은 생각도 못했는데, 이제는 나도 늙었나 보다. 아니면 지애가 이제는 다 컸다고 생각하기 때문에 무조건 아빠 의견대로 하라고 강요하지 않는 것 같기도 하다. 일본에서 열렸던 미즈노 오픈 대회 후에 일본 현지에서 지애 매니저 역할로 수고해 주신 김애

숙 프로에게서 이메일을 받았는데, 거기에도 마음을 찌르는 그런 내용이 있었다.

일본에서 한국 선수들의 이미지를 지애가 바꾸고 있습니다. 텔레비전 방송은 영어로, 일반 언론은 통역을 통해서 이야기하게 하고 있고 시합 후 운영본부를 비롯하여 수고해 준 스태프, 협회, 골프장에 지애가 직접 가서 따로 인사를 하고 있습니다. 토너먼트 운영본부에서 세계 1인자가 수고했다고 인사를 와 준 것은 흔한 일이 아니라며 감동했다, 감사하다는 말을 들었습니다. 지금까지 선수가 직접 와서 인사를 해 준 것은 처음이라면서 지애의 일이라면 어느 스태프든 도와주려고 스스로 앞장섭니다. 토너먼트 운영은 몇 회사가 전 시합을 운영하기에 모두 입소문이 나서 지애의 존재가 존경을 받고 있습니다. 미즈노 시합에서 마지막 날 스타트 홀에 들어 갈 때 누가 시키지도 않았는데 갤러리들이 스탠드에서 일어나 박수를 치는 것을 보고 제가 가슴이 떨렸습니다. 1년에 여섯 대회 출전으로 지애의 존재가 이렇게 인기를 굳혀 가는 것은 지애 스스로 겸손하게 주변을 대하는 동시에 프로로서의 강함이 말해 주기 때문이겠지요.

……호텔 방에서 같이 비디오를 볼 때 엎어져 웃고 뒹굴다 못해 소파에 거꾸로 누워 깔깔대는 모습은 사랑스러운 어린애지만, 한편으로 안쓰럽기도 해요. 그 방을 나오면 그만큼 자유롭지는 않거든요. 서로 메일을 하고 있고 힘든 것을 언제든지 감추지 말고 말하는 사이가 되자고 하고 있어요. 지애는 가슴에 묻어 두는 버릇이 있거든요 애늙이처럼…….

책을 통해서나마 지애에게 말하고 싶다. "지애야, 아빠는 이제 너의 전부를 이해할 수 있을 것 같다. 또 이해하려고 정말 노력한다. 그러니 혹시 속에 품어 놓은 것이 있거든 혼자 힘들어하지 말고 아빠에게 다 내놓을 수 없겠니? 너는 혼자가 아니란다. 우리 가족이 다 함께 사는 게 아니냐." 하고 말이다.

나의 예상대로, 일단 첫 우승을 한 뒤로 지애는 쭉쭉 솟구쳐 오르기 시작했다. 중학교 3학년 때까지 번번이 우승할 뻔했다가 못하던 것을 보상이라도 받듯이 고등학교 첫해에 네 번이나 우승을 기록했다. 그해 주니어 선수들 가운데 최다승이었다.

이렇게 파죽의 우승 행진을 할 수 있었던 것은 경기력의 약점을 보강하기 위한 여러 특훈의 효험과 더불어 문제의 멘탈, 즉 정신적인 자세 변화도 크게 작용했던 듯하다. 여리고 순했던 지애가 엄마가 돌아가신 아픔을 겪고, 동생들에게는 엄마 대신 꿋꿋한 모습을 보여 주려는 노력과 골프로 집안을 일으키겠다는 각오를 통해 성장했을 뿐더러 연습하는 정신력 또한 전보다 더욱 강해졌던 것이다. 국가대표 상비군이 되면 새해 1월에 제주도에서 실시되는 국가대표 합숙 훈련에 함께 참여해야 한다. 그 해 병원에 입원한 동생들을 두고 합숙 훈련에 참가한 21일 동안 지애는 날마다 전화로 동생들의 안부를 묻곤 했다. 그러면서 누구보다도 굳은 결심으로 노력했다.

당시 합숙 훈련에서 국가대표 코치였던 전현지 프로를 만나게 된 것도 지애에게 큰 영향을 준 귀한 인연이다. 기술이나 시합 운영에 관한 도움 말고도 전현지 프로를 통해 지애가 한결 성숙해졌다는 느낌을 많이 받았다. 당시 엄마를 잃고도 자신의 슬픔은 가슴속에 감취 둔 채 힘겨운 싸움을 하던 지애를 전현지 프로는 많은 대화를 통해 이끌어 주셨고, 특히 좋은 책들을 많이 권해 주셔서 읽고 독후감도 쓰게 하여 지애의 생각 주머니를 키워 주셨다. 현재 지애가 저렇게 책을 좋아하고 많이 읽게 된 것이 다 이 시절 전현지 프로가 끼친 영향 덕택이 아닐까 생각해 본다.

또한 골프에서도 스윙에 있어 하경종 프로가 기초를 닦아 주셨다면 전현지 프로는 샷에 대한 이해를 이끌어 내고 체계적인 샷 이론을 정립하도록 큰 도움을 주셨다. 특히 전현지 프로의 특징은 자신의 스윙을 지애에게 시키는 것이 아니라 지애에게 맞는 스윙을 찾아 주었다는 것이다. 레슨을 받을 때도 이렇게 해라 저렇게 해라 지시하는 것이 아니라 '왜 그렇게 해야 하는지'의 원리를 설명해 주신 것이 지금의 지애를 만들어 준 하나의 큰 힘이 되었다고 생각한다. 또한 전현지 프로의 지인 중에 스포츠 심리학 박사님이 계셔서 지애로 하여금 늘 그분과 많은 이야기를 나누게 해 주신 것도 지애의 멘탈을 한 단계 업그레이드 시키는 요인이 되었을 것이다.

지애가 고등학교 1학년 때 우승한 네 개 대회는 다음과 같다. 경희대 총장배를 시작으로 제4회 한미 전국 학생 골프 선수권 대회, 제8회 익성배 매경 아마추어 골프 선수권 대회, 그리고 제85회 전국체육 대회 골프 여자부에서 우승했다. 그렇게 상비군 선발 1년 만에 정식 국가대표가 되었다. 그리고 이듬해 고교 2학년이 되어서는 강민구배 한국 여자 아마추어 골프 선수권 대회, 제23회 한국 주니어 골프 선수권 대회, 송암배 아마추어 골프 선수권 대회 등 굵직굵직한 대회를 모두 우승하여 6승을 기록했으며, 특히 프로 대회인 KLPGA

의 제10회 SK 엔크린 인비테이셔널 대회에 아마추어 초청 자격으로 나가 우승하는 등 드디어 아마추어 골퍼로서 지애의 전성기가 시작되었다.

아슬아슬한 줄타기를 끝내 준 SK 엔크린 인비테이셔널 우승

그 해에 지애가 국가대표인 데다 그렇게 승승장구하며 아마추어 랭킹 1위를 달렸기에, 프로 대회인 오픈 대회에 못해도 몇 번은 참가할 수 있지 않을까 하는 기대가 있었다. 지애의 선생님 전현지 코치께서 몇 번이고 초청 선수에 넣어 달라고 각 대회에 추천도 해 주셨다. 하지만 그 추천도 번번이 무위로 돌아가고, 그러한 일들이 거듭됨에 따라 지애 자신도 조금씩 실망한 듯한 모습을 보이게 되었다. 자신보다 조금 성적이 떨어지는 친구들은 오히려 프로 대회에 초청받아 출전하는데 국가대표이자 아마추어 랭킹 1위인 자신은 계속 추천서를 받아 보내 보아도 불러 주지 않으니 어찌 실망스럽지 않겠는가. 어쩌면 돈 없고 '백' 없는 설움을 겪는다는 생각도 들었다. 내가 아빠로서 능력이 없어 지애를 프로 대회에 내보내지 못하는구나 싶어 미안하고 안쓰러운 마음에 이런 말로 지애를 위로하곤 했다.

"지애야, 우리는 세상의 '백'은 없지만 하나님이라는 가장 큰 '백'을 가지고 있지 않느냐. 아마 하나님께서 우리를 선히 인도해 주실 것이다. 아빠는 하나님을 믿는다."

지애의 믿음이 어떠했는지는 알 수 없지만 나 자신은 그러한 믿음을 가지고 있었고, 그러한 믿음이 있었기 때문에 그 어려움 속에서도 지애를 여기까지 이끌고 올 수 있었다. 지금까지 우리의 형편과 사정을 아는 많은 사람들이 "고생 많았다.""힘들었지?"라고 위로하고 치하한다. 그런데 나는 정말로 전혀 힘든 줄 몰랐다. 불안하지도 않았다. 고민하지도 않았다. 오히려 그런 상황에서도 지애에게 골프를 가르치는 것이 너무나 행복했다. 왜냐하면 지애 어려서부터 운동선수로 키우겠다고 하나님께 기도했고, 또한 하나님께서 인도해 주시리라 믿었기 때문이다. 전혀 걱정이나 염려는 없었다.

실제로 신을 믿지 않는 사람들은 우연이라 하겠지만, 나는 지애에게 골프 시키면서 정말 순간순간 여러 사람을 통해서 도와주시는 하나님의 손길을 느낄 수가 있었다. 대회 참가비가 없어서 출전하기 힘들 때에도 그랬고, 또 불과 300만 원짜리 마이너스 통장이지만 그 잔고가 다 비면 꼭 누군가의 손길을 통해서 채워 주셨다. 뿐만 아니라 앞에서 이야기했지만 지애를 앞에 앉히고 1년 동안 1,700만 원을 쓰고 2년째에는 붕어빵 장사를 하겠다고 말했던 것인데 그 또한 붕어빵 장사를 하지 않아도 되게 채워 주셨다. 왜냐하면 그 해에 지애가 전라남도 전국 체전 대표로 선발되어 한 달에 50만 원씩 훈련 지원비가 나오게 되었기 때문이다. 게다가 전국 체전에 나가 금메달을 땄기에 금메달 포상금으로 또 500만 원인가를 받게 되었다.

게다가 우리 살림을 잘 아는 친구 양시복 변호사와 지애 친구 혜민이 어머님이 또한 한 달에 30만 원씩 보태 주셔서 평균하면 매달 160만 원에 해당하는 금액을 생활비와 지애의 각종 경비로 쓸 수 있었다. 어떻게 보면 골프를 처음 시작할 때보다 차라리 더 풍족해졌다고까지 할 수 있다. 물론 목회할 때에는 교회에서 의식주를 모두 해결해 주었으니 상황이 좀 다르기는 하지만……

그렇게 생활하면서, 일취월장하는 실력에 이제 하루빨리 프로 대회에 나가서 기량을 시험해 보고 싶은데 명색 랭킹 1위가 한 번도 초청을 못 받았으니 낙심할 만도 했다. 하지만 역시 하나님이 우리 가정을 저버리지 않으셨다. 2005년 용인 레이크힐스 골프장에서 열린 한국 주니어 골프 선수권 대회에 참가하고 있던 지애에게 갑자기 연락이 왔다. 그 대회도 지애가 우승했는데, 경기 마지막 날 KLPGA에서 급한 일이라며 경기장으로 연락을 하여 지애를 찾았다. SK 엔크린 인비테이셔널 대회에 초청되었으니 오늘 중으로 당장 참가비를 입금하고 출전 신청서를 작성해 팩스로 보내라는 것이었다.

전혀 생각지도 않았는데 그 연락을 받고 뛸 듯이 기뻐 용인 레이크힐스 사무실에서 부랴부랴 서류를 작성하여 신청서를 제출했다. 나중에 들은 이야기로는 그때 총상금 4억 원으로 당시 가장 큰 대회였던 이 대회의 격을 높이기 위하여 SK측에서 초청 선수를 엄격히 통제하고 무조건 국가대표를 초청하도록 요청했던 것이라고 한다. 그래서 당시 국가대표였던, 신지애, 오지영, 김송희 세 명이 아마추어 대표로 나가게 된 것이다.

기회가 왔다. 지애에게 내색은 안 했지만, 내 입장에서는 언제까지 아마추어로 남아 있을 수는 없었다.(지애는 국가대표로서 2006년 아시안 게임에 나가서 금메달 따는 것을 원했다.) 어떻게든 프로로 넘어가야 할 텐데, 프로 테스트를 보아 합격하면 세미프로 1년을 지내고 그 이듬해에야 정회원이 된다. 시드전까지 고려하면 투어 프로로 활동할 수 있는 것은 빨라야 2년 후라는 결론이었다. 넉넉지 못한 형편에 연습 도구나 환경도 남들처럼 해 줄 수 없고, 어쩌면 한 달 한 달 시한

부 같은 지애의 골프 인생에 그것은 너무나 긴 기간이었다.

　물론 프로로 전향한다고 해서 바로 경제적인 보상이 생기는 것은 아니다. 오히려 아마추어 때에는 전국 체전 대표로서 지원금도 받을 수 있고 다른 사람들에게 도움을 받을 수 있지만 프로 진출한 후에는 그런 것은 일절 바랄 수 없기에, 방법은 무조건 프로 대회에 초청받아 나가서 단번에 우승함으로써 바로 프로 세계에 진출하는 길뿐이었다. 지금도 그렇지만 프로 경기에 아마추어가 나가서 우승하면 테스트 없이 바로 정회원 자격을 준다. 2년이라는 시간을 단축할 절호의 기회였다.

　'여기가 승부다!'

　나는 내심 그렇게 마음을 다졌다. 자신은 있었다. 왜냐하면 그 당시 지애 골프 실력이 절정에 달했기 때문이다. 당시 학부모님들 사이에서는 이런 이야기도 있었다. "미 LPGA는 소렌스탐과 다른 선수들과의 싸움인데, 이곳은 신지애와 다른 선수들과의 싸움이네!"

　단단히 마음을 먹고 2주 후에 열린다는 대회에 대비하기 위하여 서둘러 집으로 내려갔다. 그리고 바로 짐을 챙기고 150만 원을 만들어 가지고 대회장을 찾았다. 대회가 열릴 BA 비스타로 와서는 지애와 마찬가지로 초청을 받은 오지영 선수 아버지와 상의를 했다.

　"지애하고 지영이 연습을 함께 합시다. 연습 라운딩도 해야 하잖아요."

　혼자서는 연습 라운딩을 할 수 없고 최소한 세 명이 있어야 라운딩이 되기 때문에 지영이와 지애 둘에다 하루는 지영이 아빠가, 하루는 내가 교대로 끼어서 그린 피를 내고 함께 돌았다. 그리고 아빠들은 샷을 하지 않고 지애와 지영이가 한 번씩 샷을 더 하도록 했다. 이렇게 오전에 라운딩이 끝나면 오후에는 서너 시간씩 퍼팅 연습을 하고, 퍼팅 연습도 끝나면 이천에 있는 연습장으로 이동하여 마저 다른 연습을 하였다. 이렇게 일주일 동안 준비하고 드디어 SK 엔크린 인비테이셔널 경기에 나가서 지애가 우승을 하였다. 가을이 되어서야 처음으로 프로 대회에 초청을 받아 나가서 거기서 우승한 것이다. 지영이는 5위를 했다.

그때 지애의 캐디는 내가 했다. 마지막 날 선두로 출발했는데 평소 같지 않게 긴장한 기색이 역력했다. 경기하는 중에 자꾸 하늘을 쳐다본다. 나중에 들은 이야기인데 엄마 생각을 했다고 한다. 하늘을 보면서 "엄마, 도와줘요."라고 했단다. 그래서일까, 아니면 1주일 동안 퍼팅 연습을 많이 해서일까. 내가 기억하기론 이 경기가 지금까지 가장 좋은 퍼팅 모습을 보여 준 대회인 것 같다.

물론 2008년 영국에서 열린 브리티시 오픈 대회 때도 퍼팅이 아주 좋았지만 이때만큼은 아니었던 것 같다. 마침내 18번 홀. 중후반까지 그래도 조금 여유가 있었는데 마지막에 배경은 프로가 연속 버디를 하면서 1타 차까지 따라 붙었다. 파만 하면 대망의 우승이다. 남은 거리는 약 85야드, 오르막에 앞에 벙커가 있다.

"지애야, 파만 하면 우승이다. 무조건 벙커를 넘겨야 한다. 그러니 약 3~5야드를 더 길게 보고 쳐라."

드디어 떨리는 긴장감 속에 지애가 세컨드 샷을 했다. 함성이 터졌다.

'아, 함성이 들린 것을 보니 잘 붙었구나. 파는 하겠구나!'

생각하면서 그린에 가 보니, 이건 가까이 붙은 정도가 아니다. 홀컵 5센티미터 위치에 바짝 붙어 있는 것이 아닌가. 이글이 나올 뻔했다. 그때 동반자였던 송보배 프로와 김희선 프로께서 지애를 꺼안으면서 축하해 주었다.

"지애야, 네가 우승이야!"

이 순간이 참으로 너무나도 기뻤다. 지애가 골프 치면서 어쩌면 가장 기쁜 순간이 아니었나 싶다. 이제 됐다, 이제 지애의 앞길이 열렸다는 생각과 함께 주체할 수 없는 기쁨이 흘러나왔다. 모든 꿈이 이루어진 것 같았다.

이날 지애는 우승이 확정되자 하염없이 눈물을 흘렸다. 지금도 가끔 그 당시의 경기 장면을 보는데 정말 지애가 눈물을 많이 흘렸다. 아마도 그동안 힘들게 운동하면서, 아빠의 스파르타식 훈련을 따라가면서 묵묵히 참아 왔던 것들과, 엄마를 생각하며 보고 싶었던 마음과 내색하지 못한 어떤 서러움과, 그리고 그 힘든 가운데 노력하며 세운 목표 하나를 이루었다는 감격이 한꺼번에 표출된 것이리라. 나는 지애가 눈물 흘리며 웃는 모습을 뒤로하고 혼자서 조용히 걸어 나왔다. 흐르는 눈물을 남에게 보이고 싶지 않았다. 아니 어쩌면 너무 벅차게 차오르는 기쁨과 감사를 조용히 혼자, 아니, 혼자가 아니다, 지애 엄마와 단둘이서 누리고 싶어서였던 것 같다. 지애 엄마는 먼곳으로 떠난 것이 아니고 항상 곁에서 우리 가족을 지켜 주는 것처럼, 기쁜 일이 있을 때마다 늘 가장 먼저 생각났다.

이 SK 엔크린 인비테이셔널 우승 이후 나는 계획했던 대로 지애가 프로에 바로 직행하기를 원했는데, 지애의 생각은 달라서 조금 갈등이 있었다. 모처럼 국가대표가 되었는데 가능하면 2006년 아시안게임에 참석하여 금메달을 따고 싶은 꿈이 지애의 마음속에 있었기 때문이다. 그래서 지애는 아시안게임에 나가서 우승을 하면 프로 정회원 자격이 주어지지 않느냐, 그러니 우승하고 프로 전향하면 그것도 시간이 절약될 수 있는 길이라고 나를 설득했다. 그러나 문제는 아시안 게임이 11월쯤 두바이에서 열리기로 예정돼 있다는 점이었다. 그렇게 되면 아시안 게임에 우승해서 정회원이 된다고 하더라도 11월에 열리는 KLPGA 시드전에 나갈 수 없게 된다. 그러면 결국 2007년 1년을 그냥 보내야 한다는 문제가 있었다.

이런 부분들을 지애에게 이야기하고 지애의 마음을 다독이며 양해를 구했다. 결국 바로 프로로 전향하기로 결정하고 대한 골프협회에 이야기를 하였다. 골프협회에서는 비상이 걸리다시피 했다. 랭킹 1위인 선수가 아시안 게임에 나가지 않고 프로로 전향하겠다고 하니 어찌 아무렇지 않을 수 있겠는가. 부회장님을 만나 뵙고 사정 이야기를 하여 허락을 받았다.

그렇게 11월 시드전 신청을 앞두고 2005년 11월 3일에 프로 전향 선언을 하고 프로가 되었으며, 시드전에서 백카운트로 밀려 4위로 통과하여 2006년 KLPGA 투어 자격을 따게 되었다. 지애가 나가지 못한 아시안게임에서는 다행히 유소연, 최혜용. 정재은, 이창희 등이 나가 우승을 가져왔다. 그 소식에 참으로 마음에 무거운 짐을 벗은 느낌이었다.

5

프로 세계를
헤쳐 나갈 무기는 실력뿐

내실을 다진 동계 훈련

이제 지애는 2006년 시즌 투어를 준비해야 한다. 지금까지는 아마추어였지만, 이제부터는 프로다. 진정한 승부다. 한 게임 한 게임이 이제 지애와 우리 가족의 삶을 좌우한다는 생각이 들었다. 그렇다면 철저하게, 충실하게 준비하여야 했다. 바로 당면한 것이 동계 훈련이었다.

처음 동계 훈련 갈 때는 모 골프 아카데미에서 신문 기사를 보고 테스트한 후에 데리고 나갔고, 두 번째는 중학교 2학년 때 지애가 전남 골프협회 대회를 전부 우승하자 전남 골프협회의 모 학부모님이 자기 작은딸과 다른 초등학생 하나를 영광에서 방학 동안 훈련시켜 주는 조건으로 큰딸이 가는 동계 훈련에 지애를 함께 보내 주셨다. 그리고 이후에는 상비군 훈련이나 국가대표 동계 훈련에 참가하는 스케줄이었다. 하지만 이제 다르다. 프로로서 홀로서기를 시작해야 했고, 그래서 내가 직접 데리고 나가기로 하였다. 경비를 마련하려고 궁리를 거듭하며 어찌어찌해서 1,000만 원짜리 마이너스 통장을 만들었고, 거기서 빠져나갈 이자만 남겨두고 모두 찾았다. 그리고 아무리 힘들어도 우리 가족은 항상 함께 있어야 한다는 말을 아이들에게 해 왔고 또 병원에 1년이나 입원해 있었던 지원이, 지훈이를 위로해 주며 견문도 넓혀 주고 싶었기에 겁도 없이 전 재산을 털어 온가족이 지애의 동계 훈련에 동행하기로 했다. 통장에는 잔고 0원, 그리고 마이너스 통장에 -1,000만 원이라는 상황에 모두 함께 비행기를 타고 필리핀으로 날아갔다. 물론 지애가 우승해서 프로 턴을 했기 때문에 스폰서가 생기리라 생각했지만, 아직 스폰서 결정도 하지 않은 채 매니지먼트사에 맡겨 놓고 동계 훈련부터 떠났던 것이다.

지애를 빼놓고는 우리 모두 외국에 나가는 것이 처음이었다. 필리핀으로 동계 훈련을 가기로 결정하고, 출발하기 전 약 3개월에 걸쳐 영어 회화 공부를 부지런히 하였다. 또한 지애와 함께 연습장에서 연습했던 학생 세 명도 우리와 동행했다. 동계 훈련 장소를 필리핀으로 정한 것은 지금 미 LPGA 투어 소속으로 뛰고 있는 지애 친구 이서재 선수와 그 아버지가 약 1년 전부터 필리핀으로 골프 유학을 가서 연습하고 있었기 때문이다. 그래서 우리 모두는 필리핀 마닐라 근처 '알라방'이라는 곳에 있는 이서재 아빠 집에 머무르게 되었고, 명문 골프장인 오차드 골프장에서 전지훈련을 시작했다.(이곳은 회원제 골프장이라서 70만 원을 주고 일부러 회원 등록을 했다. 왜냐하면 내가 찾는 훈련 장소의 조건이 그린이 빠르고 다른 학생들이 동계 훈련을 오지 않는 곳이었기 때문이다.)

필리핀에 도착해서 보니 정말 인건비가 쌌다. 마닐라 대학 나온 영어 과외 선생을 구했는데 함께 기거하면서 한 달에 한국 돈으로 20만 원이란다. 즉시 계약했다. 그리고 지애, 지원, 지훈, 함께 간 친구들까지 모두 하루에 두 시간씩 영어 공부를 시켰다. 아마도 이때 영어 공부 한 것이 지금 지애가 영어를 비교적 수월하게 하는 데 많은 도움이 되었을 것이다. 그때까지는 영어 공부 한 일이 없었는데 처음 본격적으로 하게 되니 힘들고 하기 싫었을지 몰라도, 영어 선생님은 물론 현지에서 살림을 돌봐 주는 도우미 분들도 한국말을 못하니 하나부터 열까지 모두 영어로 의사 소통을 해야 했기 때문이다.

영어 공부뿐 아니라 라운딩도 원 없이 했다. 날씨가 무덥기는 했지만 매일같이 18홀 라운딩을 돌고, 또한 현지에서 필리핀 국가대표 출신이며 투어 프로 출신인 코치도 구해서 레슨을 받게 했다. 모든 게 새롭고 낯설었지만 오히려 새로운 분위기에서 정말 열심히 연습을 했고, 덕분에 훈련 효과도 아주 좋았다.

동계 훈련이지만 연습장에서 연습만 한 것이 아니었다. 동계 훈련 떠나기 전에 미리 협회에 아시아 투어를 신청해 두고 왔던 것이다. 그래서 필리핀에서 훈련하다가 시합이 가까워지면 태국, 말레이시아, 대만 등으로 시합을 다녔다. 훈련의 성과인지 가는 곳마다 성적이 좋아서 어떻게 보면 무모하게 떠나온 동계 훈련의 비행기 삯뿐 아니라 모든 경비를 충당하고 도리어 한국에 올 때 몇 천만 원이라는 돈을 손에 쥐고 돌아왔다.(대만 대회에서는 우승을 했다. 우승 상금이 약 2400만 원쯤 되었다.) 와서는 제일 먼저 500만 원을 감사 헌금으로 하나님께 바쳤다.

필리핀에서 훈련하며 아시아 투어를 다닌다고 하니 처음에 서재 아빠는 연습이나 더 할 일이지 고생하며, 경비 써 가며, 시간 빼앗겨 가며 아시아 투어는 무엇하러 뛰느냐고 쓸데없는 짓 한다고 혀를 찼다. 나는 그때 서재 아빠에게 이렇게 이야기했고, 지금도 다른 프로 부모님에게 똑같은 말을 하곤 한다.

"그냥 샷 연습하고 라운딩하고 하는 것으로 실력 향상되는 데는 한계가 있어요. 문제는 시합 경험이고, 훈련 방법을 어떻게 하느냐지요. 주니어 때 지애가 우승도 많이 하고 이미 국가대표가 되고도 남을 포인트를 일찌감치 획득해 놓고 중고 연맹전 대회에 나가니까 다른 학부모님들이 그러십디다, 신지애 학생은 뭐 하러 이런 시합에 나오느냐고요. 다른 사람들한테도 포인트를 딸 기회를 줘야지 시합마다 전부 나오면 어떡하냐고……. 그때도 난 그랬어요, 어떤 시합이고 나갈 수 있는 시합은 다 나가라고요. 왜냐하면 연습해서 실력이 향상되는 것보다 시합을 뛰면 뛸수록 거기에서 실력이 더 크게 향상되거든요."

사실이다. 연습장에서 아무리 많은 연습을 했다 할지라도 그것을 필드에서 사용할 수 없다면 무슨 소용이 있겠는가? 그래서 나는 지애를 위해 연습으로 실력 향상시키는 것보다, 시합을 많이 뛰게 하여 실력을 향상시키는 방법을 택했던 것이다.

프로로서 첫 동계 훈련 때 아시아 투어를 뛰게 한 것도 마찬가지였다. 아시아 투어를 뛰면서, 이제 오는 해에 한국에서 프로 시합에 데뷔할 텐데 사전에 프로의 맛도 조금 보고 대회에도 익숙해질 수 있는 것이다. 한국에서 주니어 때는 항상 친구들과 경기를 했기 때문에 편하게 했을지 모르지만 아시아 투어를 뛰다 보면 전혀 모르는 외국 프로들과 시합을 하게 되고, 그러다 보면 경기에 집중할 수 있을 뿐더러 혼자서 경기를 풀어 나가는 능력도 키울 수 있을 것이라고 기대했다. 또한 동계 훈련을 왔다고 매일 이 장소에서 연습만 계속한다면 날마다 같은 코스에서 같은 일행들과 함께 같은 스케줄에 따라 훈련하게 되는데, 과연 얼마나 집중력 있는 훈련이 될 것이며 그 훈련의 효과가 과연 얼마나 있겠는가. 하지만 아시아 투어를 뛰게 되면 시합 경험을 쌓을 뿐 아니라 정식 시합이기 때문에 연습 라운딩을 돌아도 신중하게 할 것이고, 단 한 번의 퍼팅을 하더라도 아주 신중하게 할 것이다. 그것이 훈련 효과를 극대화시키는 것이기 때문에 뛰는 것이지 상금을 바라고 뛰는 것이 아니다.

서재 아빠에게 대략 이런 말을 했던 기억이다. 그리고 이런 생각은 큰 성공을 거두었다. 비록 아시아 투어였지만 프로 첫 대회에서 3위에 오르더니, 대만에서는 프로 대회 첫 우승을 경험했다. 결국 지애는 프로 대회에 얼마든지 적응할 수 있는 힘을 키우고, 이미 우승까지 한 자신감을 품고서 동계 훈련을 마치고 한국에 돌아온 것이다.

한국 투어에서 이룬 황금시절, 2006년 5관왕 달성

지애는 그렇게 2006년 KLPGA 투어에 정식으로 데뷔했고, 프로 첫해를 눈부신 성공으로 장식하기에 이른다. KLPGA 사상 처음으로 5관왕을 한 것이다. 신인상, 상금왕, 대상(올해의 선수상), 다승왕, 최저 타수상까지 다섯 개 부문 상을 휩쓸어 초유의 5관왕을 기록한 지애는 또 다음 해인 2007년과 2008년에도 신인상만 제외하고 상금왕, 대상, 최저 타수상, 다승왕을 타 3년 연속으로 4관왕을 하였다. 이 기록 역시 지애가 최초다.

지애가 세운 대단한 기록은 이뿐만이 아니었다. 몇 가지 살펴보자면, 2007년에는 무려 9승을 거두어 최다승 기록(이전 기록은 구옥희 프로의 5승)을 갱신하더니, 2008년에는 KLPGA 7승, LPGA 3승, JLPGA 1승으로 모두 11승을 올려 세계 최초로 한 해에 세계 4대 투어에서 모두 우승을 거둔 프로가 되었다.(브리티시 오픈은 LPGA와 유럽 투어 공동 주최이다.) 또한 세계 4대 투어에서 Q스쿨을 통과하지 않고 시드를 딴 프로가 되기도 세계 최초이고, 한 해에 세계 4대 투어의 모든 시드권을 가진 프로가 되기도 세계 최초이자 지애가 유일하다. 이외에도 최단기간 상금액을 경신했으며, 2008년에는 KLPGA 메이저 대회를 모두 우승하여 최초로 메이저 대회 그랜드 슬램을 달성한 것이다.

2008년에 아쉬웠던 것은 딱 하나가 있다. KLPGA 전 메이저 대회를 우승하여 그랜드슬램을 달성한 데다 LPGA의 메이저 대회인 브리티시 오픈을 우승하였기에 그렇다면 마지막으로 JLPGA 메이저 대회를 우승하여 세계 4대 투어 메이저 대회를 모두 우승하는 진기록도 세워 보자고 11월에 JLPGA 마지막 경기인 리코컵 챔피언십에 도전했다. 하지만 그린의 잔디가 고려잔디라는, 지애가 지금까지 전혀 겪어 보지 못한 생소한 잔디인 데다가 성질이 너무 억세어 역결과 순결의 차이가 아주 심했다. 그 탓인지 결국은 우승하지 못해 한 가지 대기록은 달성하지 못한 게 조그만 아쉬움으로 남는다.

프로 데뷔 첫해 압권은 한국 여자 오픈이었는데, 이 대회는 지애가 한국 투어에서 처음으로 우승한 대회이기도 하다. 이 당시 안선주 프로와 지애가 함께 프로에 데뷔했는데, 선주는 그 전 대회에서 우승하였다. 선주는 2부 투어 상금왕 출신이고 지애는 아마추어 랭킹 1위에 아마추어로 프로 대회 우승하여 데뷔한지라 누가 신인왕이 될 것인가가 관심거리였다. 그런데 선주가 먼저 1승을 올렸고, 모든 스포트라이트가 선주에게로 쏟아졌다. 그러한 상태에서 시즌 세 번째 대회가 태영 컨트리클럽에서 열렸고, 이 대회에는 당시 세계 랭킹 3위였던 크리스티커와 아마추어 세계 랭킹 1위였던 대만의 쳉야니가 초청을 받아 참석하였다. 메이저 대회이면서 내셔널 타이틀이 걸린 대회인지라 압박감이 심했다. 그런데 이 대회에서 지애가 한국 투어 첫 우승을 한 것이다. 특히 마지막 날에는 크리스티커와 쳉야니와 지애가 박빙의 승부였고, 이러한 압박감 속에서도 샷은 흔들림이 없었다. 그리고 마지막 18번 홀까지 절묘하게 붙여서 버디를 잡아 우승한 것이었다. 이 시합 때에는 광주에서 지애와 함께 연습했던 분들이 관광버스를 대절하여 응원 오시는 열정까지 보여 주셨다.

한국 투어 대회에서 또 하나 기억에 남는 대회는 2007년 강원도 평창 피닉스파크 컨트리클럽에서 열린 삼성금융 레이디스 챔피언십 대회이다. 이 대회를 앞두고 지애는 며칠 전에 미리 도착하여 연습 라운딩을 돌았고 그곳에 머무르면서 퍼팅 연습도 아주 많이 하였기에 은근히 우승을 기대하고 있었다. 그런데 시합 이틀 전부터 갑자기 목이 아프다는 것이다. 부랴부랴 가까운 원주 시내의 한 이비인후과를 찾았더니 편도선이 부었다고 했다. 주사를 맞고 치료받고 숙소로 들어왔다. 그런데 그 후에 차도가 없는 것이었다.

다음 날 프로암이 열렸다. 당시 지애 소속사인 하이마트 선종구 사장님과 한 조가 되었다. 그런데 지애의 몸 상태가 너무 좋지 않아 선종구 사장님의 배려로 결국 1번 홀에서 백을 내렸다. 그리고 다시 원주로 가서 치료를 받았으나, 나아지기는커녕 점점 더 심해지기만 했다. 그날 오후 늦은 시각에는 목이 붓고 아픈 정도를 넘어 아예 헐어 버려서 밥 한 톨 삼키지 못하게 되었다. 물도 겨우 삼킬 정도였다. 열도 많이 났다. 할 수 없이 근처 읍내 연세의료원에 가서 영양제를 맞고 숙소에 들어왔다.

밤새 열이 많이 나서 거의 한숨도 못자고 수건에 물을 묻혀서 찜질을 해 주었더니 아침이 되자 열이 많이 떨어졌다. 지애는 아픈 것도 참 잘 참는다. 나는 엄살이 심하다 할 정도로 아픈 것은 참지 못하는데, 지금까지 보아도 지애는 아픈 것을 잘 참아낸다. 그때도 그랬다. 그렇게 열이 많이 나고 힘들었을 터인데도 많이 끙끙거리지 않았다.

아침에 정신 차리고 시합장에 나갔다. 하지만 시합하러 간 것이 아니라 시합을 도저히 뛰지 못하겠다고 말씀드리려고 나갔다. 그래서 조금 늦게 나갔고, 골프장에 가서도 연습을 하지 않았다. 그런데 시합에 참가하지 못하겠다고 하자 협회와 주최 측에서는 난리가 났다. 전년도 5관왕인 데다가 랭킹 1위인 지애가 참가하지 못하게 된다면 스폰서 입장에서는 그만큼 홍보 효과가 떨어지기 때문이다. 그뿐만 아니라 지애를 보기 위해 멀리서 온 갤러리 분들도 많이 있는데 이렇게 되면 난처해진다는 것이다. 그래서 결국 합의를 본 것이 일단 티샷은 하자는 거였다. 그리고 라운딩 중에 도저히 못하겠으면 가방을 빼자고 하였다. 부리나케 돌아와서 지애에게 상황을 설명하고 1번 홀만 마치고 기권하자고 하였다. 그랬더니 지애가 이랬다.

"그렇다면 이왕 하는 것, 하는 데까지 해 보다가 정 힘들고 못하겠으면 나올게요."

그럼 그렇게 하라고 하여 출발했는데, 마음을 비워서일까 아니면 힘이 없어서 힘을 빼고 쳐서일까. 스코어가 잘 나온 것이다. 그러다 보니 18홀을 다 마쳤고 첫날 성적이 71타로 9등이었다. 몸 컨디션을 봤을 때 의외의 성적이었다. 지애는 내일 또 뛰겠다고 한다. 여기서 기권하면 첫날 성적이 너무 아깝다는 것이다. 그래서 라운딩 끝나고 또 부랴부랴 어제 영양제 링게르를 맞았던 병원에 가서 사정 이야기 하고 또 영양제를 맞고 숙소에 들어왔다. 여전히 열이 많아 밤새 찜질하였고, 또 그 다음 날 나가서 18홀을 또다시 다 돌았다. 이날은 67타를 쳐서 단숨에 1등으로 올라섰다. 그런 후 또 병원 가서 영양제 맞고, 다음 날 마지막으로 18홀을 돌았다. 그렇게 결국 우승을 했다. 거짓말 안 보태고 정말 3일 동안 쌀 한 톨도 먹은 것이 없이 오직 영양제 주사만 맞고 밤새 찜질하고, 그런 몸 상태로 우승한 것이다. 그때 느꼈다. 내 딸이지만 정말 정신력과 참을성은 이 세상 최고라고…….

한국 투어 경기 중 하나만 더 이야기하자면 인천 스카이 72에서 열린 2008년 KB투어 파이널 경기를 들 수 있겠다. 왜냐하면 KLPGA 투어 사상 최초로 메이저 대회 그랜드 슬램을 지애가 달성하느냐 못하느냐 하는 마지막 메이저 대회였기 때문이다. 이 대회 전에 메이저 대회인 한국 여자 오픈, 신세계 KLPGA 선수권대회를 모두 우승했기에 마지막 메이저 대회인 KB투어 파이널만 우승하면 메이저 대회를 모두 우승함으로써 지애가 대망의 그랜드 슬램을 달성하는 최초의 선수가 되는 것이다. 그러니 욕심을 부리지 않을 수 없었다. 또한 LPGA 브리티시 오픈을 우승한 다음인지라 내년에는 미국으로 진출할 가능성이 높았기 때문에 한국에서 대미를 장식할 마지막 기회이기도 했다.

특별히 이 대회는 4라운드로 치러졌다. 마지막 라운드에 지애가

3타 차 선두로 나갔다. 그때까지의 지애 성적을 보면 거의 우승이 확실하다고 자신할 수 있었다. 특히 마지막 날에 강하다고 해서 '파이널 퀸'이라는 애칭까지 얻지 않았는가. 하지만 골프는 모르는 것이었다. 번번이 홀 컵이 지애 볼을 외면했다. 반면에 그 세찬 바람 속에서도 최혜용 프로는 코스 레코드를 세우며 따라왔으며, 안선주 프로도 후반에 야금야금 스코어를 줄이더니 결국은 신지애, 최혜용, 안선주 이렇게 세 명이 연장전에 돌입하게 되었다.

연장전 이야기가 아니다. 정규 마지막 라운드 마지막 18번 홀 이야기를 하고 싶은 것이다. 긴 홀인 데다가 맞바람이 불어서 우드로 온 그린을 시켜야 했다. 지애가 파 퍼팅을 하는데, 결과적으로 이곳에서 약 3미터짜리 슬라이스 라이 파 퍼팅을 남겨두게 되었다. 이 파 퍼팅을 성공해야만 연장전에 갈 수 있었다. 하지만 너무나 어려운 라이였다. 훅 라이보다 슬라이스 라이가 지애에게는 어려운 라이인데 (지애뿐 아니라 골퍼들 열에 여덟은 훅 라이보다 슬라이스 라이를 어려워한다.), 더구나 거리도 그렇게 길었다. 나는 차마 보지 못하고 안절부절 왔다 갔다 하면서 두 손을 쥐고 하나님께 기도하고 있었다. 그런데 갑자기 환성이 터졌다.

'아, 성공했구나.'

안도의 한숨과 함께 이제는 연장전에서 이길 수 있다는 확신이 들었으며, 결국 연장 1차전에서 안선주 프로가 탈락하였고, 연장 2차전에서 최혜용 프로가 탈락하여 지애가 우승하였다. 마침내 메이저 대회 그랜드 슬램을 멋지게 달성한 것이다. 미국으로 진출하기 전에 마지막 선물이자, 한국 투어에서 유종의 미를 거두었다고 할 수 있다.

이때까지 지애가 한국 투어에서 올린 승수는 19승이었으며, 1승만 더 하면 한국 투어 영구 시드를 획득하게 된다. 물론 지금도 10년 투어(한 해에 메이저 대회에서 2회 이상 우승하면 각각 5년씩 10년 시드를 준다.)를 가지고 있기에 큰 의미는 없지만, 기록이라는 의미에서 빠른 시일 안에 달성하고 싶다.

지애가 갈등을 해결하는 법

훈련과 대회 출전, 다시 연습과 라운딩으로 이어지는 매일의 일과 속에 무던한 지애도 더러는 신경이 날카로워지는 때가 있었다. 더욱이 주니어 때에는 워낙 고된 연습으로 주위에 소문이 자자했으니, 노력파인 지애라고 해도 때로 지치거나 사춘기를 맞아 심적으로 어려운 시기를 겪기도 하였으리라. 당시 주위의 주니어 선수 부모님들은 아마 지애가 전국에서 연습을 제일 많이 하는 선수일 것이라고들 수군거렸는데, 그 사실은 골프를 하는 지애 친구들이나 선배 언니들도 익히 아는 사실이었다. 나중에 들은 이야기지만 그렇게 힘들게 훈련하면서도 아빠에게 아무 불평도 하지 않는 지애를 보고 언니들이 조언을 했다고 한다.

"지애야, 아빠가 무섭더라도 한번 맘먹고 대들어 봐. 그러면 아빠는 어쨌든 너를 골프 시켜야 하니까 결국에는 아빠가 너에게 질 수밖에 없어, 그렇잖니!"

조언이 그럴싸했던지 지애가 한번은 그대로 실천을 했다. 이때가 아마 고등학교 1학년 국가대표 상비군 시절이었다. 시합을 하고 내려오는 길이었다고 생각하는데, 평소 같지 않게 부루퉁한 태도를 보이고 있더니 난데없이 아빠에게 반항하고 나선 것이다.

생전 그런 일이라고는 없었던 까닭에 나에게는 충격이었다. 지애의 반항에 실망스럽기도 하고 화도 심하게 냈던 것 같다. 심지어는 골프채를 다 집어던지고 그 중 하나는 잡고 부러뜨리기까지 했다. 그뿐만 아니다. 골프협회에 전화를 해서 제주도에서 있는 다음 경기 참가를 취소한다고 통보를 했다. 그리고 지애에게 이렇게 이야기했다.

"아빠는 골프 잘 치는 딸보다는 아빠를 존중하는 딸이 더 좋다. 네가 골프를 조금 잘 친다고 해서 아빠 말에 거역한다면 차라리 골프를 시키지 않겠다. 골프 그만둬!"

그렇게 큰소리를 지르고 집을 나와 버렸다. 내 생각에 그러면 지애가 "아빠, 잘못했어요." 하고 말을 할 줄 알았는데 아무 말이 없었다. 그리고 잠시 후에 혼자만의 시간을 갖고 싶다고, 시내에 나갔다 오겠다고 전화가 왔다. 속으로는 '이러다 정말 골프를 그만두면 어쩌지.'라는 생각도 들었다. 그렇다고 교육상, 그리고 아빠의 체면상 다시 골프를 하는 게 어떻겠느냐고 할 수도 없는 처지였다.

"그럼 동생들과 같이 나가고 12시 안에 들어와." 했더니 오늘은 혼자만 나가겠다고 한다. 결국 허락할 수밖에 없었다. 그러고 나서 곧바로 오지영 프로 엄마에게 전화를 했다.

그 당시 오지영, 김송희, 신지애 이렇게 셋은 삼총사라고 소문날 정도로 친하게 지냈다. 마침 그때 지영이 얼굴에 뭐가 나서 치료를 받기 위해서 다음 날 광주에 내려오기로 되어 있었기 때문에 지영이 엄마에게 전화를 해서 오늘 있었던 일을 자초지종 이야기하고, 내가 내 입으로 골프 계속 하라고는 말 못 하겠으니 지영이 어머니께서 내일 오시면 지애와 이야기 좀 해 주십사고 부탁을 드렸다. 아빠한테 잘못했다고 하고 다시 골프를 하도록 설득해 달라고 한 것이다. 또 협회에 전화해서 지애를 꾸중하면서 자극을 주기 위해서 취소 신청했던 것이라고 사정 설명을 하여 취소 신청을 다시 취소했다.

다음 날 지영이 어머니께서 오셔서 지애와 많은 이야기를 나누고 결국 지애가 다시 골프 치기로 했는데, 지애가 지영이 어머니에게 이렇게 이야기했다고 한다.

"언니들이요, 아빠한테 한번 '개기면' 아빠는 저를 골프 시켜야 하니까 아빠가 저에게 양보할 수밖에 없고, 그다음부터는 편하게 골프 칠 수 있다고 해서 한번 그래 봤는데요, 우리 아빠에게는 안 통해요."

지금 생각하면 우습기도 하지만 사실 아찔했던 순간이었다. 왜냐하면 만약 그때 지애가 빌지 않고 그냥 골프를 안 치겠다고 했다면 내 성격상 내가 굽히면서 골프를 치라고 설득하지는 않았을 거라는 생각이 들기 때문이다. 설령 아무리 큰 손해를 본다고 해도 자존심을 굽힐 줄 모르는 성격을 고쳐야 할 텐데 하는 마음도 든다.

이런 일은 몇 년 후에 한 번 더 있었다. 바로 프로 진출 선언 후 갔던 필리핀 동계 훈련에서다. 그때 훈련에 병행하여 아시아 투어를 뛴 것은 앞에 말한 대로다. 태국, 말레이시아, 그리고 대만에서 두 게임이 있어 모두 네 게임을 뛰었는데, 태국에서 열린 첫 대회에서는 우승할 기회가 있었는데 3위에 머무르고 말았다.

매우 아쉬웠던 것이, 마지막 날 9번 홀까지 공동 선두를 달렸던 것이다. 10번 홀은 파5 홀이었는데 커다란 호수를 끼고 도는 코스였다. 나도 캐디가 처음이었고 지애도 프로 경기가 처음이다 보니 여유가 없었다. 티샷을 잘해서 투 온도 가능할 듯했다. 지금 같으면 여유 있게 돌아갈 것인데 그때는 이번 홀에서 결판을 내자고 성급하게 생각했고 지애에게 투 온을 시도하라고 했다. 이때 지애는 잠깐 머뭇거렸는데, 아빠 말대로 투 온을 시도했고 결과는 해저드에 빠지게 되었다.

그러고는 해저드를 가로질렀기에 다시 그 자리보다 조금 앞쪽으로 드롭을 하여 재차 투 온을 시도했는데 이번에는 그린을 훌쩍 넘겨 버렸다. 거기서 더블 보기를 범했고 우승은 손아귀를 빠져나갔다. 결국 9번 홀까지 지애와 공동 선두였던 태국의 논타야 선수(지금 LPGA 대기 시드권자이다.)가 우승하고 준우승은 박희영 프로가 했으며 지애는 3등에 머물렀다.

이 경기를 치르고 다시 필리핀으로 돌아가서 2주 정도 연습하고 이번에는 말레이시아로 가서 대회 출전했으며, 그 경기가 끝난 후에도 마찬가지로 필리핀에 돌아와 2주 연습 후에 대만으로 가서 연속으로 두 경기를 치렀다. 그리고 대만에서 마침내 일이 터졌다. 첫 경기를 마친 후, 결과가 좋지 않아서 지애를 꾸짖었던 것이다. 말없이 듣는 것이 보통인 지애인데 그때는 우리 부녀 사이에 무엇이 어긋났던지, 내가 한참 꾸중을 하다가는 그만 내 성질에 못 이겨서 덜컥 이런 말을 해 버렸다.

"그래? 아빠 말이 듣기 싫단 말이지? 그럼 아빠는 한국에 갈 테니 너 혼자 다녀 봐라!"

그런데 다른 때 같으면 잘못했다고 하든지 아무 말도 하지 않고 듣고만 있어야 정상인 것을, 갑자기 지애가 혼자 해 보겠다고 한다.

이미 엎질러진 물이다. 한번 내뱉었는데 여기서 내가 번복을 하게 되면 앞으로 지애 교육시키는 데 끌려다닐 수밖에 없다는 생각이 들었다. 그래서 "알았다, 그럼 너 혼자 해 봐!"라고 말하고 짐을 챙겨서 호텔을 나와 버렸다.

그러나 막상 호텔을 나왔지만 앞이 막막했다. 한국으로 돌아가자니 그렇고, 그렇다고 다시 호텔로 돌아가자니 아빠 위신이 추락할 것 같고, 고민하다가 호텔 옆 한국 식당에 들어가서 홧김에 맥주를 한잔 마셨다. 그러고 있는데 윤수정 프로 아빠가 식당으로 찾아왔다.

"아니, 지애 아빠, 여기서 뭐 하고 있어요? 지애가 지금 얼마나 찾는데 여기서 이러고 있어요!"

얘기를 들으니, 지애가 아빠가 한국 간다고 진짜로 짐을 싸 가지고 나가 버렸다고 울면서 아빠를 찾아다닌다는 거였다. 속으로는 쾌재(?)를 부르면서 수정이 아빠에게 끌려가는 것처럼 해서 다시 호텔로 들어갔다. 나중에 안 이야기이지만, 이 또한 선배 언니들이 그렇게 하라고 시켰다는 것이었다.

"설마 외국에 나와서까지 그러시겠니? 정말 이번에 꼭 한번 대들어 봐."

하지만 두 번째 반항도 그냥 그렇게 수그러들었던 것이다. 지애는 이 일이 있고 나서 남아 있던 두 번째 시합인 대만-일본 프렌드십 골프 대회에서 우승을 했다. 이때 준우승한 선수가 대만의 쳉야니 프로이다.

더 넓게 힘차게 너의 가지를 뻗어라

지애가 한국 투어를 첫해를 성공적으로 마친 덕분에 우리 가정에 어느 만큼 경제적인 여유도 생기게 되었다. 앞에서 이야기했던 담양 가산 골프랜드에서의 연습 때문에 그때까지는 거주지를 경기 지역으로 옮길까 하는 생각이 있어도 자제하고 지냈는데, 첫해를 마친 후 다시 이사를 고려하게 되었다. 집이 수도권에서 멀다 보니 자꾸 지원이, 지훈이만 놔두고 돌아다니게 되어 마음이 편치 않았다. 지애의 투어를 효과적으로 다니기 위해서 역시 이사를 해야겠다는 필요성을 느꼈다. 그래서 한국민속촌 앞 보라동에 있는 쌍용아파트로 이사를 했다. 무려 54평, 궁궐이었다. 아이들을 이렇게 좋은 집에 데리고 온다는 기쁨을 주체할 수 없었다.

그때까지는 보증금 1000만 원에 월세 40만 원 하는 광주 첨단 지구의 아파트에서 살았다. 그런데 비록 전셋집이지만 궁궐 같은 집으로 이사하게 된 것이다. 아이들만 데리고 온 것이 아니라 할머니, 할아버지까지 모시고 와서 함께 살게 되었다. 광주에서는 고모와 할머니께서 왔다 갔다 하시면서 애들을 돌봐 주셨지만 경기도로 이사 오게 되면 그럴 수 없기 때문에 아예 모시고 올라오게 된 것이다. 지애가 고마워 넌지시 이런 말도 했다.

"지애야, 고맙다. 네 덕분에 아빠가 할머니 할아버지를 모실 수 있게 됐구나."

집을 장만했을 뿐 아니라 좋은 차도 생겼다. 프로 첫해에 지애는 레이크사이드 오픈 대회에서 홀인원을 해서 현대 그랜저 승용차를 받았다. 하지만 아직은 우리가 그런 승용차를 타고 다닐 형편이 아니었다. 그래서 그 차는 팔고 그 돈에다가 약간의 돈을 얹어서 그 당시 새로 출고되었던 그랜드카니발이라는 크고 좋은 차를 사게 되었다.

차량 이야기가 나와서 잠시 여담을 하면, 지애가 골프 대회에서 지금까지 받은 차량이 모두 다섯 대이다. 남들은 평생 한 번 받을까 말까 하는데 이것도 대단하다. 한국에서 홀인원해서 부상으로 받은 것이 그랜저와 BMW 승용차이고, 또 일본 경기에서 우승을 세 번 했는데 세 번 모두 차량이 부상으로 주어진 대회였기에 벤츠 승용차, 벤츠 밴, 그리고 시보레라는 스포츠카를 받게 되었다. 이중 BMW는 업그레이드해서 지애가 타고 다니지만 나머지는 모두 팔았다. 단 최근에 일본에서 받은 스포츠카만은 아직 그냥 두고 있는데, 아마도 팔지 않고 한국으로 가져오게 될 것 같다. 지애가 차에 대해서 취미가 많고 또 언제부터인가 스포츠카를 욕심내었기 때문이다.

그런 결실을 가져다 준 대회들을 준비하면서, 프로 2년차 2007년 시즌을 바라보고 동계 훈련을 떠날 시기가 왔다. 이번에는 동생들은 한국에 놔두고 가기로 계획을 세웠다. 이제부터는 정말 본격적으로 심도 있게 훈련해야겠다는 생각이 들었기 때문이다. 그래서 누구 다른 사람도 데리고 가지 않고 지애랑 나 단둘이 훈련을 하기로 했으며, 또 아마추어 때는 느끼지 못했던 체력 훈련의 필요성을 새롭게 느끼게 되어 전문 트레이너를 구하여 훈련에 동반했다. 장소는 태국이었다.

태국에서도 전지훈련 할 장소는 무조건 그린이 빠르고 다른 동계 훈련생이 없는 장소를 물색하고자 했는데, 하이마트에서 주선해 주셔서 방콕 근처의 멤버십 골프장을 택하게 되었다. 숙소에서 아침에 나가서 오전에는 지애 혼자 9홀 라운딩을 돌았으며, 라운딩 후에는 드라이빙 레인지에서 30야드부터 100야드까지 30개씩 샷을 한 후에 다른 샷을 연습하게 했다. 특히 드라이빙 레인지에서는 지애 외에는 연습하는 사람이 없어서 볼이 떨어지는 장소에 내가 가서 서 있다가 지애가 볼을 치면 몇 미터 짧았다, 몇 미터 길었다고 소리쳐 주어 거리 조절 연습을 하였다. 그리고 드라이빙 레인지에서의 연습이 끝나면 점심을 먹고 잠시 휴식을 취한 뒤에 어프로치와 퍼팅을 두 시간씩 하는 것으로 골프장에서의 연습을 마쳤다. 특히 퍼팅 연습할 때는 홀 컵에서 약 1.5미터 떨어진 위치에 볼을 30개쯤 빙 둘러 놓고 30개를 연속 성공할 때까지 연습하게 하였다. 이런 방식으로 둥글게 볼을 놓고 연습하면 오르막, 내리막, 슬라이스, 훅 라이를 모두 연습할 수 있기 때문에 효과적이었으며 실제로 이 연습 이후에 지애의 쇼트 퍼터가 아주 좋아져 성적을 내는 데 큰 도움이 되었다. 처음 한동안은 30개를 연속으로 성공하는 데 많은 시간이 걸렸다. 그러나 훈련 막바지에는 연속해서 136개를 성공한 적도 있다.

이렇게 연습을 마치고 숙소로 들어와서 한국 슈퍼에서 사 온 한국 음식으로 요리를 해 먹고, 저녁에는 트레이너와 함께 두 시간씩 웨이트 트레이닝을 하였다. 이렇게 하다 보니 아마도 지금까지 그 어떤 대회 훈련보다 더 충실하게 동계 훈련을 하지 않았나 생각된다.

이뿐만이 아니다. 지난해에 했던 대로 시합 일정도 잡았다. 동계 훈련 마무리 단계에서 그 당시 아시아 투어에서는 가장 큰 대회 중 하나인 태국 여자 오픈에 참가해서 그동안 훈련한 성과를 테스트해 보고 또 훈련만 하느라 무디어졌을 실전 감각을 찾기로 계획을 세웠다. 그리고 계획대로 참가한 결과 2등과 10타 차로 우승한 것이다. 제대로 연습 효과를 보았으며, 또한 우승 상금이 만만치 않아서 트레이너를 동반하는 데 소요된 경비와 웨이트트레이닝 센터가 있는 방콕 호텔의 체재비 등 과감히 투자했던 동계 훈련비를 충당하고도 남았다.

또한 이제 시야를 동남아시아 투어에서 좀 더 넓히기로 했다. 그리하여 호주에서 유러피안 투어 대회가 2개 열린다는 소식을 듣고 방콕에서 날아가 참가하였다. 그렇게 나가게 된 것이 호주 여자 오픈과 ANZ 마스터즈이다. 이 두 대회들에 참가함으로써 세계적인 선수들과 나란히 기량을 겨루어 볼 수 있게 되었고 그러한 경험이 지애에게는 더없이 큰 도움이 되었다. 당시에 대회에 참가했던 선수들 중에는 캐리 웹이나 나탈리 걸비스도 포함되어 있다. 그러한 대회에서 지애가 캐리 웹에 이어서 준우승(ANZ 마스터즈)을 함으로써 자신감을 얻은 것이 정말 큰 수확이었다.

그 이후 지애 행보를 보더라도, 일본, 미국, 유럽 등등 세계 어디든지 나갈 수 있는 대회는 다 찾아서 나갔다. 한때는 많은 분들이 무리한다고 이야기했다. 한국 투어에 전념하라고 했다. 하지만 내 생각은 달랐다. 어차피 골프로 세계를 제패하고자 한다면 계획을 세워서 세계로 향해야지, 우물 안 개구리가 되어서는 세계 최고가 될 수 없다고 생각했다. 그리고 그러한 생각에서 하게 한 여러 가지 경험들이 오늘날 지애를 세계적으로 인정받는 선수로 만드는 데 크게 일조했다고 생각한다. 여기서 다른 부모님들에게 한마디 하고 싶다. 그것은 조금 더 시야를 넓게 가지고 세계를 바라보시라는 것이다. 정말 내 자식의 골프 실력을 믿는다면 그 실력을 발휘할 수 있는 무대를 마련해 주라는 것이다. 부모가 생각하는 만큼, 부모가 가지고 있는 꿈의 분량만큼 자식은 큰다는 것을 기억했으면 좋겠다.

한국 투어에서 3등 안에 들면 LPGA 몇몇 대회에 참가할 수 있다. 그래서 몇몇 선수들이 LPGA 대회에 참석했다. 그리고 그들에게 2009년 LPGA US 여자 오픈에 참가할 기회가 주어졌다. 그런데, 그 중의 한 부모님이 그 대회에 참석하지 않겠다고 한다. 왜 그러냐고 했더니 대답이 이러했다.

"가 봤자 성적도 안 날 거고 경비만 많이 깨지잖아요. 미국 대회 경험은 지난번 나비스코 때 나가 봤으니 그걸로 됐죠."

물론 경비는 많이 깨질 것이고, 성적 또한 지난번에 예선 탈락했으니 이번에도 예선 탈락할 수 있다. 그렇지만 US 여자 오픈이 어떤 대회인가. 골퍼라면 꼭 한번 참가해 보고 싶은 세계 최고의 대회, 참가만 해도 영광인 그런 대회가 아닌가. 세계 제일의 기량을 뽐내는 기라성 같은 선수들이 너도 나도 참가하는 그런 대회에서 내 딸이 나란히 겨루어 본다는 것이 얼마나 자랑스러운 일인가. 비록 예선에서 떨어질지 모르지만, 그러한 큰 무대에서 세계적인 선수들과 겨루었다는 귀중한 경험이 장차 그 딸에게 더없이 큰 영향을 줄 것이다. 많은 프로들이 애타게 소원해도 아무나 참가하지 못하는 대회인데, 그런 대회에 참가할 수 있는 자격이 있음에도 단지 경제적인 문제와 한국 투어에서의 성적을 생각하면서 포기한다는 것이 내 생각으로는 이해가 되지 않았다. 당장 현실에 급급해서 하루하루를 살아가듯이, 당장 눈앞의 성적만 바라보면서 자식에게 골프를 시킨다면 어떻게 내 자식이 큰물에서 놀 정도의 기량을 쌓을 수 있겠는가?

많은 분들이 지애의 기량과 배짱, 멘탈을 칭찬하고 화제 삼는다. 그러한 것들이 어디에서 나온 것인가? 선천적? 천만의 말씀이다. 지애의 삶과, 지애의 골프 행로를 자세히 살펴보면 바로 도전 의식과 그로써 겪어 온 다양한 체험들이 오늘날 지애의 게임 능력을 만들었다는 것을 알 수 있다. 그리고 프로 데뷔 2년이 되던 그 해에 지애는 한국 투어 17게임에 나가서 9승을 올리는 놀라운 성적을 내었다. 모두 그러한 생각이 기반이 된 것이다. 지금도 도전 정신에 대한 나의 생각은 그때와 변함이 없으며, 항상 어떻게든 지애에게 활기와 도전 의식을 불어넣어 주고자 늘 궁리하고 노력한다.

골퍼로서 성공하기 위해서 골프 연습에 매진하는 것이 당연하겠지만, 인생 전체를 놓고 볼 때는 골프 이외에 다양한 경험을 갖는 것도 중요하다는 생각을 언제나 해 왔다. 그래서 한편으로 지애에게는 골프 이외에도 여러 가지 시도를 하도록 격려한다. 특히 전현지 프로가 알려 주시고 소개해 주신 덕택에 지애는 여러 가지 흔치 않은 경험을 해 볼 수 있었다. 프로 2년차를 마치고는 힙합을 배웠다. 음악을 좋아하는 지애가 좋아하는 분야에서 취미도 키우고, 땀 흘려 춤추다 보면 자기도 모르게 체력 훈련도 될 뿐 아니라 리듬감도 몸에 배고, 즐거운 일을 하다 보니 스트레스 해소도 되는 등 이로운 점이 많았다.

또 프로 3년차를 마치고는 노래를 좋아하는 지애의 특기를 살려 가수 이승철의 노래 「안녕이라고 말하지 마」를 리메이크한 음반을 내었다.(지애는 실제로 가수협회에 가수로 등록돼 있다.) 음반을 내고 보니 이것이 미 LPGA에서도 화제가 되어 이런저런 자리에서 가끔씩 지애가 노래 부를 기회도 생기고, 그로써 사람들과 더 친숙해지는 결과도 낳았다. 2009 브리티시 오픈 때도 영국에 음반 일이 알려지면서 BBC 방송국에서 지애에게 노래를 보내 달라고까지 하였다.

2009년 시즌이 끝나자 이번에는 지애가 피아노를 배우고 싶다고 한다. 어려서 피아노를 쳤던 기억 때문에 다시 시작하고 싶은가 보다. 나는 그림을 그리든가(어렸을 때 그림에도 무척 소질이 있었다.), 아니면 마술을 배우라고 권한다. 왜냐하면 피아노는 단기간에 배우기 어려운 반면 마술 같은 것은 한번 배워 두면 어디에서나 대인관계를 원만하게 이끌 수 있으리라는 생각 때문이다. 무엇을 배우든지 모든 것이 지애의 삶과 골프에 도움이 될 것이다. 다양한 경험이 주는 자양분은 훈련이 채워 줄 수 없는 2퍼센트를 채워 주는 필수 요소이기도 하다.

6

가장 높은 곳, 꿈의 무대를 향하여

미국 무대 진출의 관문을 뚫다

2008년 8월 3일, 지애가 영국에서 열리는 LPGA 메이저 대회인 브리티시 오픈에서 우승을 하였다. 역대 브리티시 오픈 최연소 우승이란다. 2006년에 한국 투어에서 상금왕을 하였기 때문에, KLPGA 상금왕에게 주어지는 자격으로 지애는 2007년부터 미국 대회에 도전하고 있었다. 2007년 US 여자 오픈 때에는 우승 직전까지도 갔다. 3라운드 10번 홀까지 단독 선두로 나갔던 것이다. 그런데 일기가 좋지 않아서 2라운드부터는 1라운드에 다 마치지 못했던 홀을 2라운드 날 새벽에 마치고 오후에 2라운드에 들어가고, 또 다 마치지 못해서 3라운드 날 새벽에 2라운드 잔여 경기를 마치고 오후에 3라운드를 해야 했다. 그런 식으로 날마다 새벽에 잔여 홀을 하고 오후에 그날 코스를 가는 라운딩이 이어졌다. 그러다 보니 마지막 날에는 퍼팅을 하면서도 졸음이 쏟아졌다고 한다. 결국 6위로 아쉽게 경기를 마쳤다. 그래도 이 경기에서 얻은 것은 자신감이었으며, 그 후로도 씩씩하게 도전하다가 결국 2008년 브리티시 오픈에 우승을 달성한 것이다.

지애가 프로에 입문하고부터 지애에게 항상 해 왔던 말이 있다. 한국 프로들이 미국으로 진출하는 것이 유행처럼 번질 때였다. 이때 나는 지애에게 두 가지를 이야기를 했다. 첫째는 Q스쿨을 통해 미국 투어에 진출하는 것은 생각하지 말라는 것이었다.

"지애야, 아빠는 Q스쿨을 통해서는 미국 투어에 가지 않겠다. 네가 미국 LPGA에 가기를 원한다면 초청되어 나가는 대회에서 우승을 해서 정회원 자격을 따서 진출해라."

그리고 미국 진출을 서두르는 것에 대해서도 반대한다는 이야기를 했다.

"네가 미국 무대에 진출할 때는 진출하는 첫해부터 우승을 노릴 수 있는, 항상 상위권에서 맴돌 만한 실력을 가지고 있을 때여야 한다. 처음에는 그저 그런 존재로 중하위권에 머물다가 1년 있다 20위 안에 들고, 그 다음 해에는 톱 10 안에 들고, 또 그 다음 해에 가서야 우승을 노리겠다는 그런 마음가짐이라면 안 된다. 자기도 모르게 안 일해지고 결국 중위권에서 맴돌다 끝나는 그런 선수들이 얼마든지 있기 때문이다. 그래서 아빠는 미국에 가는 것을 서두르지 않고 네가 정말 우승을 노릴 만한 실력이 되었다고 생각될 때 미국 무대에 진출하겠다."

그런 주관이 있었던 데다, 지애의 골프 실력을 나 스스로 냉정하게 가늠해 보았을 때 미국 무대에서 우승을 노리기에는 아직 무엇인가 조금 부족하다는 생각을 늘 하고 있었다. 물론 처음 나갔던 LPGA 메이저 대회인 크래프트 나비스코에서 15위를 하고 US 여자 오픈에서도 6위를 했으니 가능성은 확실히 보였지만, 이때 나간 경기들은 초청 선수로 나가서 뛴 대회였기 때문에 정말 실력이라고 믿을 수 없었다. 초청 선수일 때에는 '잘 치면 좋고, 못 치면 본전'이라는 편한 자세로 경기에 임할 수 있지만 장차 정식으로 LPGA 무대에서 뛰게 된다면 여러 가지로 복합적인 요인들이 지애를 압박할 텐데 그렇게 되면 그처럼 좋은 성적은 낼 수 없으리라는 생각이었다. 특히 간간이 이렇게 LPGA 무대를 경험하면서 일류급 프로들과 지애와 비교해 봤을 때, 특히 러프에서의 어프로치와 벙커 샷, 그리고 퍼팅이 많이 미숙하다는 것을 절실히 느꼈기 때문이다.

2007년 호주에서 유러피안 투어 대회 중 하나인 ANZ 마스터즈가 열렸을 때 지애가 준우승을 하고 캐리 웹이 우승을 차지한 일이 있다. 마지막 날 캐리 웹과 지애가 한 조가 되어서 출발을 하였다. 그 당시 캐리 웹이 누구인가. 아니카 소렌스탐과 박세리와 함께 경쟁하던 세계 여자 골프계의 3두 마차 중 한 사람이 아닌가. 지금은 나이가 많이 들어 실력이 조금 무디어지기는 했지만 그 당시 캐리 웹과 지애가 함께 라운딩을 하는 모습을 보며 정말로 느낀 점이 많았다. 샷은 지애가 더 좋았다. 드라이버 거리도 딸리지 않았다.(캐리 웹이 5야드 정도 더 나가거나 비슷했다.) 드라이버 페어웨이 정확도나 온 그린 정확도는 지애가 더 좋았다. 하지만 러프에서의 어프로치와 퍼팅 실력은 지애가 따라갈 수 없었다. 그저 감탄할 수밖에 없는 실력이었다. '역시 세계적인 선수는 세계적인 선수구나!' 하는 것을 느꼈다.

그날 경기에서, 볼이 깊은 러프에 들어가면 지애는 경험이 없기 때문에 파 세이브하기가 매우 힘들었다. 그런데 캐리 웹은 달랐다. 볼을 아주 높게 띄우는 로브 샷으로 러프에서 핀에 짝짝 갖다 붙이는 것이었다. 너무나도 쉽게 파 세이브를 한다. 퍼팅도 마찬가지였다. 그 당시 한국 선수들에게는 보통 2~3미터면 버디를 잡을 수 있는 기회라고 생각했지만, 캐리 웹은 5~6미터가 되면 무조건 버디 찬스였고 또 실제로 버디를 많이 잡는 것이었다. 여기에서도 수준 차이를 느낄 수가 있었다.

한국 골프장은 어떠한가. 진행을 빨리 해야 하는 한국적인 상황 때문인지 몰라도 러프라는 것이 거의 없다. 특히 그린 주변에서의 러프는 찾아볼 수도 없다. 하지만 미국 무대는 달랐다. 그린을 놓치면 그린 주변이 거의 러프였다. 러프도 보통 러프가 아니라 볼이 아예 보이지 않을 정도의 러프다. 그뿐 아니라 벙커는 지애 키보다 높은, 흔히 말하는 '항아리 벙커'가 부지기수이다. 한국에서는 그러한 벙커를 솔모로 컨트리클럽 등 몇몇 골프장 이외에서는 볼 수 없다. 대부분 평이한 벙커이지 않은가. 결국 한국 투어를 뛰면서 그런 경험을 전혀 해보지 못했던 지애였기에 그린 주변의 쇼트 게임에는 어려움을 겪을 수밖에 없었다.

그린은 또 어떤가? 한국은 기후 때문에 그린을 짧게 깎지 못한다. 그러다보니 그린 스피드가 느리고, 그린 스피드가 느리다 보니 볼을 굴리는 식의 퍼팅 스트로크가 아니라 때리는 식의 퍼팅 스트로크를 하게 된다. 자연히 그린 스피드가 빠른 그린에 적응하기가 힘들었다. 한국에서는 때리는 식의 스트로크를 하다 보니 볼이 라이를 덜 타는 경우가 많다. 힘 조절을 잘 못했다 하더라도 스피드가 느리기 때문에 멀리 도망가지 않는다. 그래서 조금 과감하게 퍼팅을 할 수 있다. 하지만 미국 무대 그린은 빠르기 때문에 굴려야 하고 굴려야 하다 보니 흔히 말하는 대로 '라이를 태워야' 하고, 한국에서 보았던 것보다 조금 더 보아야 한다. 그러니 적응이 쉽지 않았다.

그런데 이와 같은 부분들은 한국에서 기량을 연마하기가 쉽지 않았다. 물론 레슨을 해 주는 좋은 프로들이 많이 계신다. 볼이 보이지 않을 정도의 깊은 러프에서의 어프로치 방법이나 탈출 방법은 그분들도 이론적으로 잘 알고 계신다. 하지만 실제로 그러한 상태에서 탈출해 본 경험은 러프가 길지 않은 한국적 특성상 많지가 않다. 또한 투어에서 그런 상태에 빠져 본 경험도 많지 않기 때문에 다양한 상황에서 다양한 기술을 구사하는 데는 레슨 프로들이 가르치는 이론만으로는 한계가 있다고 생각되었다. 결국은 몸으로 부딪쳐서 많은 경험을 하고 부단히 연습하는 수밖에 없었고, 이런 생각을 가지고 외국 대회에는 나갈 수 있으면 모두 출전하는 모험을 강행했다. 지애에게 또 이렇게도 이야기했다.

"우리의 최종 목표는 미국 무대이지만, 미국에 가기 전에 한 2년쯤 일본 투어를 경험하고 나서 가도록 하자. 너는 어리기 때문에 더 다양한 경험을 하고 가도 늦지 않을 것 같다."

그런 생각을 했던 까닭은 일본은 미국보다도 더 그린이 빠르기 때문이다. 또한 일본 그린은 딱딱하기 때문에 볼을 세우기도 쉽지 않다. 텔레비전 중계를 통해 일본 선수들의 어프로치 샷과 퍼팅을 보면 정말 정교한 쇼트 게임 능력을 가지고 있는 것을 보게 된다. 왜냐하면 일본 골프장의 특성상 어프로치와 퍼팅을 잘하지 못하면 살아남을 수 없기 때문이다.(러프는 일본 골프장이 한국보다 길지만 미국보다는 짧다.) 그 당시 상황은 깊은 러프에서의 샷은 미국 진출하기 전까지 미국 대회에 최대한 많이 초청받아 나가서 경험을 쌓는 수밖에 없었다. 바로 이러한 상태에서 브리티시 오픈을 우승한 것이었다.

함께 영국에 가지 않았기 때문에, 한국 집에서 온 식구가 모여 손에 땀을 쥐고 밤새 텔레비전을 시청하였다. 버디를 잡을 때마다 펄쩍펄쩍 뛰면서 환호하였고, 위기의 순간에는 두 손을 꼭 잡고 하나님께 간절히 기도하였다. 그리고 마지막 18번 홀, 그런데 턱이 높은 벙커 샷이다. 행여나 지애가 긴장해서 실수하면 어쩌나 하는 생각이 들었지만, 비록 떨어져 있어도 내가 불안해하면 안 된다는 생각으로 마음을 다스렸다.

"그래, 우리 지애는 빵신(한국 투어 뛸 때 벙커 샷을 잘한다고 해서 안선주 프로가 붙여 준 별명이다.)이니까 잘할 수 있어, 잘할 수 있다, 잘

할 수 있고말고.”

혼자서 수도 없이 입속말을 되뇌며 거실을 왔다 갔다 하였다. 그리고 마침내 ‘나이스 샷!’ 우승이었다! 나도 모르게 만세를 외치며 온 집안을 뛰어다녔다. 식구들이 다같이 서로 껴안고 좋아했다. 지훈이는 그렇게 좋아하는 아빠 모습을 처음 본다면서 아빠 뒤를 따라다니면서 함께 펄쩍펄쩍 뛰었다.

‘드디어 해냈구나, 지애가 드디어…….’

메이저 대회를 우승했다는 것이 특히 더 꿈만 같았다.

더 큰 발전을 위한 투자

브리티시 오픈 우승 이후 언론에서 화제가 된 일이 한 가지 있다. 지애가 영어로 인터뷰를 했다는 점이었다. 그 당시 영어로 인터뷰하는 지애를 보고 언제 영어 실력이 저렇게 늘었나 하고 나도 놀랐다. 물론 완벽한 영어는 아니었지만, 그 무렵 한국 선수들이 우승하면 일부 선수를 제외하고는 대부분 한국말로만 인터뷰를 하는 바람에 LPGA에서 영어 사용 문제가 대두되던 그러한 때였다.

골프 선수로 성공하고자 꿈을 키우면서부터는 학교 수업에 등한할 수밖에 없었던 까닭에 친구들처럼 정상적으로 학교에서 영어를 배우지는 못한 지애였다. 지애가 영어 공부를 한 것은 필리핀에 전지훈련 갔을 때가 거의 전부이다. 그나마 훈련 기간은 3개월이었지만 투어를 병행하다 보니 실제 공부한 것은 1개월 정도가 아니었나 생각한다. 그 이후에는 프로 생활을 하면서 장차 미국 무대에 진출할 것을 생각하고 영어 공부의 필요성을 느껴, 시즌 후 동계 훈련 전에 또 한 달쯤 하루에 2시간씩 원어민에게서 영어를 배우도록 한 적이 있다. 그 정도가 다였기에 지애의 영어 실력은 보잘 것 없으리라고 생각하고 있었다. 그런데 영어로 우승 인터뷰를 하였다는 것이다.

그때는 놀랐지만, 이후로 미국에서 지애와 함께 투어를 뛰면서 느낀 것은 지애가 외국어 학습 습득 능력이 뛰어나다는 것이었다. 또 그만큼 자기 자신이 노력하고 있다는 것도 발견할 수 있었다. 함께 투어를 뛰면서 숙소에서 지애 방에 가 보면 항상 영어 회화 책과 일본어 회화 책이 있었다. 특히 일본어는 정식으로 배운 적이 한 번도 없지만 가끔 일본 선수들을 만나면 일본어와 영어를 섞어 가면서 대화하곤 했다. 이러한 노력과 함께 지애의 외국어 실력이 급격히 좋아진 원인 중 하나라면 담대한 성격도 일조했으리라 생각한다. 외국인과 스스럼없이 대화하는 지애가 신기해서 이렇게 물어본 적이 있다.

"외국인과 대화할 때 혹시 틀리면 어쩌나 하는 생각이 들지는 않더냐?"

"나는 미국 사람이 아니고 한국 사람인데, 영어를 잘 못하는 게 당연하지 않아요?"

나도 미국 투어 생활을 위해서 영어 회화 공부를 몇 달씩 했지만 혹시 틀리면 어떡하나 하는 생각 때문에 입 열기가 망설여지는데, 지애는 그처럼 활달한 사고방식 덕분인지 오히려 자기 쪽에서 적극적으로 말을 걸며 영어를 습득해 나가는 것 같다. 이러한 적극성으로 외국 선수들과도 퍽 친하게 지내곤 한다. 영어 공부뿐 아니라 투어 생활에도 도움이 되는 성격이다. LPGA에서는 한국 선수들을 위해서 한국인 영어 교사를 채용해서 도움을 주고 있는데, 지애는 시즌 중에도 틈만 나면 그 영어 선생님과 약속을 정해 매주 한두 번씩 영어 공부를 하곤 한다.

지애가 영어 실력을 쌓은 데는 또 한 가지, 캐디 딘 허든의 역할도 컸다. 외국인 전담 캐디를 두게 된 데는 사연이 있다. 2007년 한국 투어 시즌을 끝내고 지애와 나는 호주로 동계 훈련을 갔고, 동계 훈련 기간 중에 유러피안 대회 중의 하나인 호주 오픈과 ANZ 마스터즈에 출전했다가 지금의 전담 캐디인 딘 허든을 만났다. 그리고 그 자리에서 나로서는 일종의 모험인 큰 결정을 하게 되었다. 딘을 지애의 전담 캐디로 한국에 데리고 가겠다는 결정이었다.

앞에서 이미 언급했지만, 나는 지애 스스로가 자부심을 갖게 해주기 위해서 여러 가지 생각을 하였고 시도를 하였다. 지애가 한국 투어에서 사상 최초로 외국인 전담 캐디를 쓰게 된 것도 그중 하나이다.(2008년도에 KPGA의 모 선수도 외국인 전담 캐디와 함께했지만 그분은 그 프로의 레슨 코치였다.) 그 당시 지애의 롤렉스 월드 랭킹이 10위 안에 있었기에 나는 이렇게 말했다.

"세계 랭킹 10등 안에 들었는데, 세계 랭킹 10위 안에 드는 선수 중에 전담 캐디가 없는 사람은 너 하나뿐이다. 세계 랭킹 10위 안에 드는 선수가 전담 캐디가 없다는 것은 말이 되지 않지 않느냐. 딘 허든을 어떻게 생각하느냐, 네가 좋다면 그 사람과 이야기해서 너의 전담 캐디로 한국에 데리고 갔으면 한다."

이러한 아빠 말에 지애도 동의를 하였고, 그래서 그에게 여러 가지 조건을 제시하면서 한국에 데리고 올 수 있었다.

그 당시 한국 투어 뛸 때 대부분의 선수들은 아빠가 캐디를 하든지, 아니면 하우스 캐디에게 맡겼다. 하우스 캐디를 쓸 때 사례금은 한 경기당 보통 40~60만 원이다. 1년에 20경기를 뛴다고 치면 많이 들어야 1200만 원 정도면 해결될 수 있었다. 하지만 딘 허든을 한국에 데리고 가기 위해서는 급료뿐 아니라 항공료와 모든 숙식을 제공해야 했기에 1억 원 정도 경비가 들었다. 하지만 지애의 장래를 위해서 과감히 결정을 하게 되었다. 또 그 이면에는 딘 허든이 한국말을 전혀 하지 못하기 때문에 그와 함께 매일매일 생활하다 보면 영어 실력도 늘 것이란 생각도 하였다. 그러한 결단은 대성공이었다.

전에는 연습 라운드를 할 때 지애가 직접 코스 파악하고 거리 체크하고 그린 상태를 보는 등 모든 일이 다 지애의 몫이었으나, 전담 캐디를 사용한 이후부터는 조금 더 여유 있게 연습 라운드를 할 수 있게 된 것이다. 또한 전담 캐디이기 때문에 거리를 측정하고 바람을 읽고 하는 것에 다른 일반 캐디보다 더 정밀하고 정확하게 측정해 주어 지애의 경기력 향상에 큰 도움을 주었다. 그리고 더 나아가서 지애의 영어 실력도 하루하루 부쩍 늘게 되었다. 이러한 여러 가지 이유로 인해서 2008년도에 KLPGA 투어에서 7승, LPGA 투어에서 3승, JLPGA 투어에서 1승을 올리는 최고의 한 해를 보내게 되었다.

심란했던 동계 훈련, 그리고 미국 데뷔전

언론에서는 브리티시 오픈을 우승하자마자 지애가 내년부터 미국에 진출할 것이라는 기사가 나오기 시작했다.

나의 경우 먼저 일본에 진출한다는 생각은 변함이 없었다.(한 번쯤은 샷과 퍼팅이 유난히 잘 떨어져서 우승할 수도 있기 때문이다.) 그러나 마음 한구석에서는 그래도 LPGA 메이저 대회를 우승한 선수가 미국 무대를 외면하고 일본 무대를 뛴다는 게 조금은 격이 떨어지는 것도 같아 내심 고민하고 있었다. 일본 무대에 대한 생각을 쉽게 접지 못한 또 한 가지 이유가 있다. 지애가 프로 데뷔하고 한국 투어에서 신인상을 받은 후에 앞으로 일본 신인왕과 미국 신인왕도 수상하여 3개 투어에서 신인왕을 수상하는 최초의 선수가 되어 보자는 목표를 세웠기 때문이다. 그래서 브리티시 오픈 우승 후에 지애와 통화를 했다. 인터뷰하면서 미국 무대에 진출한다는 말은 성급하게 하지 말라고 주의를 주었다. 그리고 지애가 귀국한 후에 심도 깊게 이야기를 나누었는데, 지애는 미국 무대에 진출해 보고 싶다는 의견을 넌지시 드러내 보였다. 고민이 아닐 수 없었다.

그런데 아직 무엇인가 조금 부족하지 않은가 하는 아빠의 생각을 뒤엎듯이 그 후 일본에서 열린 미즈노 오픈과 ADT 챔피언십에 둘 다 우승했다. 이제 망설일 필요가 없었다. 한 번이라면 운으로 우승할 수 있지만 세 번이나 우승한 것을 보면 운이 아니라 어느 정도 실력이 갖추어져 있다고 생각되었다. 완벽하게 약점을 보완해서 미국 무대에 진출할 수 있으면 더 좋겠지만, 이제 미국 무대에서도 통한다는 생각이 자리 잡았고 2퍼센트 부족한 것은 어차피 한국에서 채우기 힘드니 본격적으로 미국 투어를 뛰면서 배워 나가자고 생각했다. 그리고 그때까지 일본 투어에 다섯 경기 출전하여 우승 2회, 준우승 3회를 했으므로 혹시 일본 신인상도 받을 수 있지 않을까 하는 기대도 은근히 해 보았다.(첫 대회에서 우승했기에 일본 시드를 획득한 상태였다. 하지만 아쉽게도 신인상 수상 자격이 안 된다는 연락을 받았다.)

2008년 KLPGA 7승, LPGA 3승, JLPGA 1승(이중 LPGA의 미즈노 오픈은 JLPGA와 공동 주최로 JLPGA의 기록상으로는 2승으로 등재되어 있고, 브리티시 오픈은 유러피안 투어와 공동 주최로 유러피안 1승으로 등재되어 있다.) 등 총 11승을 올리는 성공적인 한 해를 보냈다. 이제 2009년 LPGA 데뷔를 준비해야 한다. 성공적인 한 해를 보냈기 때문에 연말에 언론사 인터뷰와 방송 출연 등으로 바쁜 일정을 소화했다. 그리고 1월에는 또 하이마트와 3년간의 스폰서 계약이 끝났기 때문에 스폰서 협상 등 여러 가지 일들이 많았다. 하지만 결국 스폰서 계약을 맺지 못한 채 동계 훈련을 떠나게 되었다.

장소는 호주 브리스번이었다. 이곳을 택한 이유는 날씨도 따뜻했지만, 동계 훈련 마무리에 유러피안 투어 대회 중 하나인 ANZ 마스터즈에 참가해서 시즌 시작 전에 경기 감각을 찾으려는 계획도 있었다. 그토록 바라던 꿈의 무대인 LPGA에 데뷔하기 위해서는 준비를 철저히 해야 한다. 그래서 그때까지 지애가 몸담고 있었던 매니지먼트사에 속해 있는 트레이너의 경비와 트레이너비를 모두 책임지기로 하고 데리고 갔다. 또한 전현지 프로도 며칠 후에 합류하게 되었다.

스폰서 이야기는 예민한 부분이지만, 여러 가지 이유로 협상이 원만히 진행이 되지 않았다. 어떻게 보면 내 고집 때문이었다고 할 수도 있다. 내 생각은 돈이 많고 적음이 아니라, 정말 열심히 훈련해 왔고 최선을 다해서 훈련과 시합에 임한, 그리고 거기에 걸맞는 성적을 낸 지애의 가치를 인정받고 싶었다. 최악의 경우 스폰서 없이 투어를 뛸 수도 있다고 생각했다.

금전적인 문제라면 오히려 마지막에 가서는 스폰서 측에서 제시하는 금액에 사인했을 것이다. 왜냐하면 제시한 액수가 몇 억이라는 금액이었기 때문에, 1년 동안 스폰서 없이 투어를 뛴다면 경비도 문제려니와 몇 억이라는 돈을 손해 보는 것이기 때문이다. 하지만 이때 나는 지애에게 이렇게 이야기했다.

"아빠는 내 딸의 가치를 인정해 주지 않으면 스폰서 계약하지 않겠다. 만에 하나 1년 동안 스폰서 로고가 없는 빈 모자를 쓰고 뛰게 된다고 하더라도, 네가 그 1년 동안 더 좋은 성적을 내서 너의 가치를 인정해 주는 곳과 계약을 맺으면 되지 않겠느냐. 아빠는 그렇게 생각한다."

어떻게 보면 우직한 고집이다. 그러나 나는 지애 스스로 자신의 가치를 높일 수 있는 자부심을 심어 주고 싶었고, 아빠가 지애를 어떻게 생각하고 있는가를 보여 주고 싶었다. 그러는 가운데 스폰서 계약이 지지부진하여 지애가 소속되어 있는 매니지먼트사에 나도 다른 루트를 통해서 스폰서를 알아보겠다고 했더니, "그럼 우리와 정리를 한 후에 그쪽 루트를 통해서 알아보라."라는 답변이 돌아왔다. 이 상태로 훈련을 떠난 것이다. 결국 며칠 후 전현지 프로가 합류한 날 저녁에 이 문제에 대해서 많은 이야기를 나누었고, 끝끝내 매니지먼트사와 헤어지게 되었다. 일이 이렇게 되자 전 매니지먼트사 소속이었던 전현지 프로는 이틀 후에 귀국을 하였고, 같은 소속이었던 트레이너 역시 4일 후에 돌아갔다.

동계 훈련 계획이 모두 흐트러지고 말았다. 지애도 많이 낙심한 표정이었다. 분위기가 흥이 안 날 수밖에 없었다. 할 수 없이 지애와 나, 그리고 데리고 갔던 이일희 프로 이렇게 세 명이서 열심히 할 수밖에 없었다. 그 기간이 18일 정도였다. 엎친 데 덮친 격으로 이 해 호주 날씨는 엘니뇨 현상 때문에 12년 만이라는 더위였다. 너무 더워 아침 일찍 나가서 9홀 라운딩 하고, 점심을 먹고 한낮에는 더위서 연습을 할 수기 없었다. 오후 3시부디 오후 연습에 들어가서 퍼딩과 어프로치 연습을 한 후 드라이빙 레인지에서 연습하는 스케줄이었다. 전혀 체계적인 연습을 할 수가 없었다. 그러는 중에 다른 매니지먼트사에게서 연락이 와서 나 혼자 한국으로 돌아와 현재 스폰서인 미래에셋 자산운용사와 계약을 하였다. 전 매니지먼트사와 계약이 해지된 이후에 어떤 매니지먼트사와도 계약하지 않았으며, 미래에셋 자산운용사와 계약한 이후에야 다른 매니지먼트사와 계약을 하였다. 지애가 처음 동계 훈련 갈 때 목표는 드라이버 거리를 늘리는 것과 쇼트 게임을 조금 더 정교하게 가다듬는 것이었는데 이렇게 계획에 차질이 생겼고, 전혀 훈련다운 훈련을 하지 못하고 LPGA 개막전을 맞이하게 된 것이다.

2009년 2월 12일, 드디어 LPGA 데뷔전이다. 하와이 터틀베이에서 열렸던 SBS 오픈이었다. 2008년 이 대회 때 초청되어 나갔다. 그때가 LPGA 처음 참가하는 대회였다. 그런데 처음 참가한 그 대회에서 단독 7위를 하였다. 그리고 이제는 데뷔전이지만, 전년에 한 번 경험했던 코스다. 전년도에 7위를 하였고, 경험해 본 코스이고, 그 사이에 LPGA 대회를 3개나 우승했기 때문에 시합 전까지만 해도 자신감에 넘쳐 있었다고 할 수 있다.

여기서 잠시 이야기를 돌려 지애의 골프 감각 이야기를 하려고 한다. 다른 것은 다 그렇다 치고, 코스에 대한 기억력 하나는 지애에게 타고난 데가 있었다. 언젠가 지애가 나에게 이런 말을 한 적이 있다.

"프로에 와서 경기한 모든 경기의 거의 모든 샷을 기억하고 있어요."

그 말을 듣고 놀랐다. 나는 기억에 남을 만한 샷이나 코스가 아니면 며칠만 지나도 잊어버리기 때문이었다. 실제로 2007년 동계 훈련을 태국으로 가서 태국 여자 오픈에 참가해서 우승했을 때, 몇 번 홀인가 기억이 나지 않지만, 내가 캐디를 보면서 홀 컵에서 볼 하나 정도 오른쪽 바깥쪽을 보고 라이를 가르쳐 주었더니 지애가 말했다.

"내가 2년 전 아마추어 때 이곳에서 시합했는데, 그때와 똑같은 위치예요. 이곳에서는 약간 착시가 있어서 왼쪽을 봐야 해요."

그러더니 정말 버디를 잡는 것이 아닌가. 또 캘리포니아 댄빌에서 열렸던 CVS/파마시 LPGA 챌린지 대회에 참석했을 때에는 이런 일도 있었다. 마침 그 대회 전 대회인 삼성 월드 챔피언십 마지막 날부터 지애가 왠지 목이 조금 아프다고 하였다. 그러나 이제 2주 후면 한국에 갈 수 있으니 예정대로 남은 경기를 하고 가자고 댄빌로 향했던 것인데, 막상 가서 대회가 열릴 코스를 보니 질리지 않을 수가 없었다. 코스의 업 다운이 너무나도 심했다. 그때까지 수없이 많은 경기를 치렀고 세계 각지의 코스를 다녀 봤지만 이렇게 업 다운이 심한 골프장은 처음이었다. 그리고 홀과 홀 이동은 또 어떤가. 긴 곳은 홀과 홀 사이 이동 거리가 400미터나 되었다.

대회 주최측에서는 연습 라운딩 때 전동 카트를 제공해 주었고, 모든 선수들이 전동 카트를 타고 연습 라운딩을 돌았다. 그래서 나도 당연히 지애를 향해 너도 전동 카트를 타고 연습 라운딩을 하라고 하였다. 하지만 그때 지애가 이런 말을 했다.

"전동 카트를 타고 연습 라운딩을 하면 코스를 빨리 지나쳐 버리잖아요. 그러면 코스를 제대로 파악하기도 어렵고 잘 기억할 수도 없을 테니 그냥 걸어서 라운딩할래요."

그러더니 몸도 편하지 않은 아이가 정말 걸어서 연습 라운딩을 했다. 그 탓이었는지 편도선염이 더 심해져서 결국 그 대회는 기권하게 되었지만, 그때 그 모습에서 지금까지 보지 못했던 지애의 또 다른 면모, 철저한 승부 근성을 발견할 수 있었다.

이런 지애였기에, 내색은 하지 않았지만 코스를 잘 기억하고 있으리라는 은근한 기대를 가지고 SBS 오픈 시합에 임했다. 첫날 성적은 이븐 파로 32등. 만족할 만한 성적이 아니었지만 별명이 '파이널 퀸'이니까 둘째 날, 셋째 날에 치고 올라갈 수 있을 거라고 믿었다. 그런데 웬걸? 둘째 날 +9를 쳐서 예선 탈락한 것이다. 아무리 바람이 많이 불었다고 해도 프로에 와서 기록한 최악의 스코어였다. 솔직히 망연자실할 수밖에 없었다. 지금까지 프로 경기를 뛰면서 처음으로 예선 탈락을 한 것이다.

이 대회는 한국 기업인 SBS 텔레비전이 스폰서였기 때문에 한국 기자들도 많이 취재를 온 터였다. 당장 많은 기사가 떴다.

"한국과 미국은 수준이 다르다. 작년에는 초청 선수였기에 부담이 없었지만, 지금은 정식 멤버로 참가하기 때문에 다를 것이다."

"신지애 프로가 미국 투어에 적응하기가 쉽지 않을 것이다."

심지어는 "1승도 올리기 어려울 것이다."라는 내용의 기사도 났다. 기대를 너무 크게 가지고 있어서였던지 예선 탈락하고 나니 얼굴이 펴지지가 않았다. 비행기 표 시간을 바꿔서라도 빨리 한국으로 떠나고만 싶었다. 그런데, 그러한 상태에서 지애는 루키 아워를 채우겠다고 한다. 루키 아워가 무엇인가 하면, LPGA에 데뷔하는 신인들에게 1년에 16시간 의무적으로 봉사 활동 같은 것을 부과하는 제도이다. 그런데 바쁜 투어의 와중에 그 시간을 채우기가 만만치 않았다. 그러니 틈이 나면 그때그때 해야 한다고 했다. 이때 지애는 예선 탈락을 하더니 바로 루키 아워를 신청했다. 룰러와 함께 카트를 타고 다른 선수들이 3라운드를 하는 것을 따라다니면서 교육도 받고 룰도 배우고 한다.

'참, 어지간하다. 성격이 무던해도 원!'

솔직히 내 생각은 이랬다. 아빠는 속에서 부글부글 화가 나는데, 정작 당사자인 지애는 웃으면서 다른 동료들의 시합을 지켜보고 루키 교육을 받는 것이었다. 물론 이것은 지금도 언론에서 이야기하는 지애의 강점이지만, 그 당시 내 눈에는 아이처럼 철없어 보이기만 했다. 정말 속도 없구나 싶었다. 지애를 믿고 거액의 스폰서를 해준 미래에셋자산운용이 의식됐다. 그렇지 않아도 금융 위기로 불경기가 오고 인터넷에 미래에셋 투자자들로부터 항의의 글도 많이 올라온다고 하는 상태에서 좋은 성적은커녕 예선 탈락하였으니 쥐구멍에라도 들어가고 싶은 심정이었다.

그렇게 한국으로 돌아왔다. 하루속히 명예를 회복하고 싶었다. 그래서 2주 후에 태국에서 열리는 혼다 오픈에 참가하고자 했다. 그런데 대회 진행측에 연락을 했더니 혼다 오픈에는 예선 없이 60명만 참가하기 때문에 전년도 성적순으로 참가 선수를 선정한다고 했다. 따라서 루키들은 참가할 자격이 없다는 것이다. 할 수 없이 시합을 포기하고 늘 가던 담양 가산 골프랜드로 내려가 2주 동안 연습이나 하자고 김하늘 프로와 이일희 프로도 함께 데리고 내려가 연습하고 있었다. 그렇게 1주일을 연습했는데, 갑자기 연락이 왔다. 지애가 주최측 초청으로 참가하게 되었다는 것이었다.

부랴부랴 가산 골프랜드 연습을 중단하고 짐을 싸서 태국으로 향했다. 대회가 끝나고 거둔 성적은 13등이었다. 게임 내용은 마음에 안 들었지만, 전 대회에서 맛본 예선 탈락의 아픔은 어느 정도 달랠 수 있었으며 지애의 골프가 LPGA에서도 통할 수 있다는 가능성을 엿볼 수 있는 경기였다. 그리고 일주일 후, 싱가포르에서 열린 HSBC 여자 챔피언스 대회에 출전한 지애는 마침내 우승을 차지하였다. 한시름 놓았다. 무엇보다 미래에셋에 대하여 느끼고 있던 무거운 부담감을 비로소 벗을 수가 있었다. 미래에셋에서는 아시아의 금융 허브라고 할 수 있는 싱가포르에서, 또한 세계적인 금융회사인 HSBC 은행이 주최한 대회에서 우승하였기 때문에 더 좋아하셨다는 말을 나중에 들었다.

"파이널 퀸이 돌아왔다!"

HSBC 여자 챔피언스 대회 현장 이야기를 해 보자. 이 대회는 마침 지애가 2008년에 한 번 뛰었던 코스에서 진행되었다.(KLPGA 상금왕에게 참가 자격이 주어지기에 뛰어 볼 수 있었다.) 드라이버 정확도만 높으면 그렇게 어려운 코스가 아니었다.

그러나 1라운드 스코어는 그리 좋지 않았다. 버디 3개, 보기 3개로 이븐파였다. 공동 25위. 지애도 짧은 퍼팅 실수를 많이 해서 아쉬움이 많이 남는다고 했다. 그리고 이어진 2라운드에서는 버디 5개, 보기 1개, 더블 1개, 트리플 1개로 토털 스코어는 73타였다.

힘든 하루였다. 10번 홀부터 출발이었는데 출발부터 트리플을 했다. 세컨드 샷이 그린 앞 벙커에 박혀 버렸다. 그 벙커는 높이가 지애 키의 1.5배나 되는 가장 턱이 높은 벙커인 데다 볼 위치도 그린 쪽 벙커 턱 밑에 있었다. 내가 볼 때 도저히 빠져나올 수 없는 상태였는데 지애는 과감히 탈출을 시도했고 결국 한 번에 탈출하지 못했다.

두 번째 시도 때는 높은 벙커를 탈출하려고 크게 쳤는지 그린 오버했고, 결국 어프로치 후에 2퍼팅으로 트리플을 했다. 왜 그렇게 여유가 없었는지 이해가 되지 않았다. 조금 더 여유 있는 마음으로 레이아웃을 한 후에 어프로치를 했으면 보기로도 막을 수 있는 상황이었다. 한국 투어 뛸 때는 여유 있는 플레이를 하던 지애인데, 그러한 모습을 찾아보기 힘들었다. 아마도 데뷔전인 SBS 오픈 때 예선 탈락한 이후로 조금 조급해진 것 같았다.

그러나 이후에는 이러한 과감한 공격적인 플레이가 적중했는지 13, 14, 16번 홀에서 연속해서 버디를 잡고 스코어를 원점으로 돌려놓았다. 하지만 과감성은 또 위험을 초래하는 법! 17번 홀 보기 후에 18번 홀로 넘어갔다. 롱 아이언을 잡는 긴 파4 미들홀이었다. 그린 경사는 왼쪽 해저드를 향해 기울어 있는 데다가 핀 위치도 왼쪽 해저드에 가깝다. 여기서도 지애는 과감하게 핀을 공략하더니 결국 해저드에 빠져서 더블 보기를 했다. 이후 버디를 2개를 더 잡아 스코어는

+1, 순위는 공동 32등.

저녁 식사를 하면서 지애에게 말했다.

"빨리 스코어를 줄이기 위해서 너무 공격적인 플레이를 하는 것 같더라. 공격적인 플레이를 하더라도 돌아가야 할 때는 돌아가야 하는 것 아니냐. 10번 홀 같은 경우 돌아갔다면 보기로 막을 수 있었고, 18번 홀 같은 경우 세컨드 샷 거리도 먼 데다가 해저드 바로 뒤에 핀이 있는데 핀을 바로 보고 공격하니 해저드에 빠지지 않느냐. 아빠가 누차 말해 왔지만, 모든 홀을 버디 잡을 수 없다. 그리고 인정할 것은 인정해야 한다. 보기 할 수 밖에 없는 상황이면 이 홀은 보기 하자고 생각해야 하는데, 무리하게 파 세이브를 하려고 하니 더블이 나오고 트리플이 나오고 하지 않느냐."

지적과 함께 또 격려와 고무의 말도 해 주었다.

"오늘도 드라이버 페어웨이 적중률 100퍼센트에 버디 다섯 개 아니었냐. 또 그 버디 다섯 개가 모두 1~2미터짜리 버디였지 않으냐. 오늘 제일 많이 버디 잡은 사람이 여섯 개인데, 너는 다섯 개니 너의 샷에는 문제가 전혀 없다. 다만 어떤 이유에서인지 작년과 올해 게임 운영 요령에 여유가 없는 것 같다. 기다리고 돌아갈 줄 알아야 한다. 한 게임 한 게임에 너무 조급해하지 말고 멀리 넓게 보자, 한 게임이 아니라 1년 투어 성적을 생각하면서 조금 더 여유를 가지자."

말한 대로 지애의 샷에는 크게 문제가 없었다. 그래서 큰 걱정은 하지 않았지만 많은 분들의 성원과 스폰서 측에 미안했다. 하지만 LPGA 데뷔 초창기에 이러한 여러 가지 경험한 것이 그 당시에는 서운하고 안타까웠지만, 지애를 믿는 아빠 입장에서는 오히려 지금의 모습이 지애의 골프 인생에 큰 도움이 되리라 자위했다. 여러 가지 문제점들이 초반에 나오게 되고, 이러한 문제점들을 헤쳐 나가다 보면 더 발전이 있으리라 생각했다.

지애는 스코어가 좋지 않아 기분도 안 났을 터인데 더운 날씨에 스코어 피켓을 들고 다니는 진행 요원과 기록하는 요원에게 자신이 플레이했던 볼에 일부러 사인해서 건네준다. 그리고 3라운드에 들어갔다.

오늘은 모든 게 좋았다. 페어웨이 적중률 100퍼센트, 그린 적중률 1개 미스(6번 홀), 롱 퍼팅 2개 성공. 하지만 골프란 잘 치든 못 치든 항상 아쉬움이 남는다. 오늘 -6을 치고도 아쉬움이 많았다. 3, 9, 11, 14, 15, 16번 홀은 모두 1.5~3미터 정도 버디 찬스였는데 하나도 들어가지 않았다. 반면에 1번 홀에서는 10미터쯤 되는 롱 퍼팅이었는데 아주 강하게 쳤다. 크다 싶었는데 홀 컵 정중앙을 맞았는지 홀 컵 맞고 튀어 올라서 그대로 홀 인하는 행운의 버디를 잡았다. 이후로 좋은 샷이 계속되었다. 오늘 잘 쳤다고 해서 만족해선 안 될 것이다. 꾸준히 잘 쳐야 하기 때문이다. 경기 후 밥을 먹으면서 또 지애에게 말했다.

"내일 욕심내지 말고 하자. 스코어나 성적에 연연하다 보면 힘이 들어가게 마련이다. 중요한 것은 자신의 골프를 치는 것이다. 한국 투어에서 네가 역전승이 많은 것은, 물론 네가 잘 쳐서 우승한 것도 있지만 상대방이 무너져서 우승한 경우가 참 많지 않았느냐. 그러니 항상 우승에 조급해하지 말고 너 자신만의 골프를 칠 수 있도록 늘 노력해라. 내일도 마찬가지다. 참고 기다리면 상대방의 실수로 우승하는 경우가 더 많다."

그리고 또 말했다.

"오늘 -6을 쳐서 32위에서 6위까지 치고 올라왔지만, 그렇다고 우승해야겠다는 욕심일랑 품지 마라. 그저 톱 10 안에만 들자는 마음으로 내일 플레이를 하는 거다, 알았지?"

이제 마지막 날이다. 선두 캐서린 헐과는 6타 차이다. 어젯밤 지애에게 말했듯이 나 자신도 오늘 잘 쳐서 톱 10 안에만 들면 된다고 생각을 다스리고 있었다. 왜냐하면 지애에게 톱 10 안에 들면 된다고 해 놓고 나 자신은 우승을 바라게 된다면 저절로 초조해질 것이고, 그러한 마음이 내 행동에 나타나 경기 중인 지애의 눈에 띈다면 지애도 같이 초조해질 것이기 때문이다. 실제로 지애와 나에게는 이심전심이랄까, 저절로 통하는 일이 많이 있었다. 이게 혈육이라는 것인가 보다. 실제로 주니어 때 이런 경험이 있다.

주니어 때는 갤러리를 할 수 없기 때문에 1, 9, 10, 18번 홀에서만 부모들이 자식들의 경기를 관람할 수 있었다. 그런데 어떤 골프장은 산등성이로 올라가면 몇 개의 홀을 볼 수 있는 구조였다. 그래서 주니어 때는 항상 쌍안경을 가지고 다니면서 지애의 플레이 모습을 찾아내어 훔쳐보곤 하였다. 그런데 이상하게도 꼭 아빠가 보면 지애가 보기를 하는 것이었다. 아마도 어린 마음에 아빠 앞이라서 부담이 되었던가 보다. 그래서 어느 순간부터는 지애 경기를 큰 나무나 장애물 뒤에 숨어서 몰래 보곤 하였다. 그런데 나중에 지애가 말하기를 아무리 아빠가 숨어서 보더라도 이상하게 아빠가 어디에 있는지 보이더라고 했다. 그 넓은 숲 속에서도 어느 한 곳에 시선을 주면 꼭 거기에 아빠가 있었다는 것이다. 보이기만 하는 게 아니라 지애가 실수했을 때, 지애가 들을 수 없을 만한 조그마한 소리로 한숨을 쉬거나 '에이!' 하면 그 소리가 다 들린다는 것이었다.

이후부터는 우선 나부터 초조한 모습을 보이지 않기 위해서 노력을 했고, '내 자식을 내가 안 믿으면 이 세상에서 누가 내 자식을 믿겠는가.' 하는 생각에 항상 긍정적으로 생각하기로 했다. 그러면 또 그 생각대로 되는 것을 많이 경험하였다.

마지막 날 출발부터 좋았다. 1번 홀, 2번 홀 세컨드 샷이 잘 붙어서 버디를 쉽게 잡았다. 3번 홀도 짧은 파3였기 때문에 기대를 하였다. 그런데 티샷한 볼이 그린을 약간 벗어나서 프렌지에서 어프로치를 하게 되었다. 버디는 전혀 생각하지도 못한 상태였는데 어프로치로 칩인 버디를 잡았고, 이어서 4번 홀까지 버디를 잡아서 출발부터 연속 4개 홀 버디다. 가슴이 마구 뛰었다. 셋째 날까지 지애와 6타 차로 선두를 달리던 캐서린 헐이 지애 뒤 팀에서 따라왔다. 지애를 따라가면서 뒤 팀의 경기를 유심히 관찰했다. 그때까지 캐서린 헐은 버디를 하나도 못 잡고 있었다. 5번 홀은 파5인 롱홀이고 어제 버디를 잡은 홀이었다. 연속해서 5홀 버디가 나올 것 같아 설레었다.(지애의 버디 기록은 2008년 서경 오픈에서 나왔던 6홀 연속 버디이다.) 그러나 어디 골프가 사람 생각대로 되던가! 아쉽게 파로 마무리했다. 이후로 9번 홀에서도 아깝게 버디를 놓친 반면 캐서린 헐은 7번과 9번 홀에서 버디를 잡아 다시 4타 차로 도망갔다. 지애가 쉬운 파5 홀인

9번 홀에서 버디를 놓치자 오늘 우승도 할 수 있겠다는 기대는 그만도로 슬그머니 꼬리를 내렸다.

후반 아홉 홀이 남았다. 이제 마음을 비웠다. 다만 상위권 성적을 기록하기 위해 어려운 10번 홀을 잘 넘어가기만 바랄 뿐이었다. 세컨드 샷이 그린을 오버했다. 어프로치 스탠스도 어렵다.

'잘 붙여라, 지애야.'

간절히 기도하는 심정으로 두 손을 모으고 바라보는데, 이런! 골프 치는 사람들이 '퍼덕거린다'라고 말하는 상황이 나오고 말았다. 이제 홀 컵까지는 내리막 약 5미터, 보기할 수밖에 없는 상황이었다. 그런데, 놀랍게 그것을 파로 세이브했다.

'위기 다음에 찬스'라 했던가. 지애의 플레이는 상승세를 탔고 그다음 11번 홀, 어려운 파3 홀에서는 버디를 잡았다. 반면에 캐서린 헐은 10번 홀에서 세컨드 샷이 벙커에 빠졌고 1타를 잃어 다시 순식간에 둘 사이 간격이 2타 차이로 좁혀졌다. 코스에 있는 스코어 보드를 통해서 지애가 2타 차로 쫓아온 것을 보았을까? 결국 헐이 먼저 무너졌다. 파5인 13번 홀에서 티샷을 잘못 하여 볼을 왼쪽 숲으로 날려 버렸고, 언플레이 볼을 선언한 뒤 1벌타를 받고 세 번째 샷을 해야 했으며, 결국 더블 보기를 해서 지애와 공동 선두가 되었다. 이후 지애는 파5인 15번 홀에서 버디를 잡았고, 캐서린 헐은 파3인 14번 홀에서 티샷을 벙커에 빠뜨리며 고전하다 1타를 잃고 말았다. 결국 순식간에 2타 차이로 선두가 된 지애는 남은 홀에서 타수를 더 줄이지 못하고 헐이 마지막으로 힘을 내어 17번 홀에서 버디를 잡아내면서 1타 차까지 쫓아왔으나, 18번 홀에서 또다시 티샷을 오른쪽 러프로 날려보내어 보기로 홀 아웃하면서 지애의 우승이 확정됐다.

드디어 LPGA 정식 데뷔한 이후로 그렇게 기다렸던 첫 우승이다. 한국에서도 데뷔한 후 세 게임 만에 우승했는데(한국 오픈), 미국 투어도 데뷔 세 게임 만에 우승했다. 처음 시즌이 시작할 때 지애의 올 한 해 성적은 우승을 언제 하느냐에 달려 있다고 생각하고 있었다. 왜냐하면 많은 기대를 가지고 데뷔를 했기 때문에, 지애도 자기가 내색은 하지 않더라도 분명히 우승을 갈망하고 있었을 것이기 때문이다. 그런 상태에서 우승이 늦게 나오면 경기를 하면 할수록 초조해지고 그 자신의 플레이를 제대로 할 수 없을 것이다. 그러면 결국 성적도 좋을 리가 없지 않겠는가.

그런 의미에서 데뷔 3게임 만에 우승했다는 것은 지애의 성공적인 데뷔 첫해를 위해서는 매우 고무적인 일이었다. 자신감을 회복하고 자신의 플레이를 펼칠 수 있게 된 것이 무엇보다도 큰 소득이었고, 우승도 너무나 기쁜 일이지만 그보다 넘어야 할 고비를 한 고비 넘겼다는 부분에서 한시름 덜 수 있어 더욱 기뻤다. 우승에 대한 조급증을 털어 버린 지애는 앞으로 더 강한 모습을 보일 것이다. 이번 우승으로 자신감을 회복한 만큼 자신의 스타일대로 경기 운영을 하게 될 것이고 그러면 더 좋은 모습을 보여 줄 수 있을 것이란 생각을 했다. 뿐만 아니라 응원해 주시는 많은 분들의 기대에 어긋나지 않았고, 물심양면으로 도와주신 스폰서 미래에셋 자산운용사에 대해서도 무거운 짐을 벗을 수 있었다. 그날 저녁에 인터넷을 통해서 한국 신문 기사를 읽었는데, 가장 먼저 눈에 뛴 제목이 이것이다.

"'파이널 퀸'이 돌아왔다!"

7

세계 골프 역사의
한 장을 쓰다

외로운 투어 생활

이후로 성공적인 투어 생활을 하는 중에 지애와 나에게 한 번 위기가 있었다. 나는 한식 이외에는 거의 음식을 먹지 못한다. 이것이 처음 외국 생활을 하는 나에게 있어서는 가장 큰 곤욕이었다. 이러한 나에 비해서 그동안 국가대표로나 또 한국 투어를 뛰면서 호주, 동남아, 중국, 유럽 등 세계 여러 나라를 다니면서 경기했던 지애는 어떤 음식이든지 다 잘 먹었다. 오히려 한식보다는 다른 나라 음식을 더 좋아했다. 양식은 물론이고 태국 가면 태국 음식, 중국 가면 중국 음식, 필리핀 가면 필리핀 음식 등 가리는 음식이 없었다. 한번은 지애가 선배 언니에게 이런 말을 하는 것을 들은 적이 있다.

"미국에서 투어를 뛰면서 햄버거가 그렇게 먹고 싶었는데, 지난주에는 한 번도 햄버거를 못 먹어서 햄버거가 먹고 싶었던 것 아세요?"

"아니, 먹으면 되지, 왜 못 먹었어?"

"아빠 때문에 그렇죠, 뭐. 우리 아빠는 한국 음식 아니면 못 먹거든요. 그러니 나 혼자 가서 먹을 수도 없고……."

반면에 내 지론은 한국 사람은 한국 음식을 먹어야 힘을 쓴다는 것이다. 특히 1년 동안 투어 생활을 하려면 체력 관리를 잘해야 한다. 그래서 경기 장소에 가면 가장 먼저 찾는 것이 한국 음식점이었다. 혹시 한국 음식점이 없는 지역에 가게 되면, 그 전 대회 장소에서 미리 아이스박스에 한국 음식을 가득 채워 가지고 가서 숙소에서 해 먹이곤 하였다. 이 부분에서는 지애보다 1년 먼저 미국 투어에 진출한 오지영 프로 부모님의 덕을 많이 보았다.

마찰은 음식 문제만이 아니었다. 친구들과 어울리기를 좋아하던 나는 줄곧 대회를 따라다니며 지애를 뒷바라지하느라 지인들과 만날 수 없는 미국 생활이 힘들 수밖에 없었다. 경기가 대부분 일요일에 끝나고, 그 다음 주에는 또 다시 화요일에 연습 라운딩하고 수요일에 프로암하고, 또 목요일부터 일요일까지 경기를 치러야 하는 관계로 일요일 경기 끝나고 곧바로 이동을 해야 하는 일정이 차츰 부담스럽게 다가왔다. 어떤 때는 경기를 끝내고 다음 장소로 이동하는데 차로 14시간을 운전해 가야 한다. 보통 차로 10시간 정도 거리라면 비행기를 타는 것보다 차라리 차가 더 편하다. 비행기를 타고 이동하려면 항공 스케줄에 맞춰야 할 뿐더러 한두 시간 전에 미리 공항에 도착해야 하며, 다음 장소에 도착해서도 짐을 찾고 공항에서 시내로 이리저리 옮겨 다니다 보면 걸리는 시간도 비슷하고 오히려 더 피곤할 수 있기 때문이다. 그래서 때로 밤새도록 10시간 14시간씩 운전해 갔는데, 미국 고속도로는 한국처럼 휴게소가 있는 것이 아니기 때문에 아무 곳에나 차를 세우고 잠을 잘 수도 없었다. 중간에 기름을 넣기 위해서 고속도로에서 빠져나가 기름 넣는 시간 약 10분씩 두 번 차를 세우는 것 외에는 한 번도 쉬지 않고 계속 운전해 갈 수밖에……. 가끔 지애가 한 시간이라도 자신이 운전하겠다고 했지만, 경기 이후에 피곤하기도 하고 또 다음 경기를 위해서 체력 관리를 해야 하는 지애에게는 운전대를 맡길 수 없었다.

이러한 생활을 하다 보니 향수병에 걸렸는지 자꾸만 우울해지고 한국에서의 지내던 생활이 그리워지기 시작했던가 보다. 내 행동에 조금씩 지애의 마음에 들지 않는 모습들이 나타났다.

문제는 나뿐이 아니었다. 1년 전 출연한 방송에서 지애는 남자 친구가 있다고 말한 적이 있다. 매일 골프만 치는 지애의 생활에 어떤 활력을 불어넣어 줄 수 있다는 점에서 나도 남자 친구 사귀는 것은 반대하지 않았다. 그런데 지애가 미국 투어를 뛰다 보니 자연히 서로 자주 만날 수가 없었다. 사람은 자주 만나지 않으면 멀어진다던가. 자세한 내막은 모르지만 어떻게 된 이유인지 한국에 있는 남자 친구에게 연락이 잘 안 된다는 이야기를 언뜻 들었다. 그러더니 결국은 헤어진 것 같았다.

하필 이러한 상태에서 안 그래도 힘든 지애에게, 향수병에 젖은 내 모습이 마음을 편하게 해 주지는 못했던 것이다. 지애도 나도 이렇게 서로 기분이 가라앉은 상태였으니 좋은 컨디션을 유지할 수 없지 않은가. 어느 순간 지애는 나와 말도 하지 않았다. 내 모습에 불만이 많은 표정이었다. 나 또한 아빠에게 말도 하지 않고 퉁명스럽게 대하는 지애가 서운할 수밖에 없었다. 이러한 상태가 약 2주간 지속되었다.

그렇다고 언제까지나 이러한 분위기를 가지고 갈 수는 없었다. 어느 날 경기를 끝내고 다음 경기 장소까지 10시간 정도를 밤새 운전하여 이동하는 동안에, 잠을 자지 않고 있던 지애에게 말을 걸어 이야기를 나누었다. 그래도 지애의 마음이 풀어지는 것 같지 않아 뒷좌석에 있는 내 컴퓨터를 열어 그 전날 지애에게 쓴 편지를 읽어 보라고 했다. 2주 가까이 서로 소원하게 지내면서 마음이 편하지 않았기 때문에 지애에게 아빠의 마음을 전하고자 전날 밤에 편지를 쓰기 시작했는데, 속에 있는 말을 다 쓰다 보니 장장 A4 용지로 7장에 해당하는 분량을 썼던 것이다. 무덤덤하게 편지를 읽던 지애가 불쑥 이런 말을 했다.

"아빠, 나 한국에 갔다 오면 안 돼요?"

물론 한국에 갈 수 없다는 것을 지애가 누구보다도 더 잘 알고 있었겠지만, 마음이 여리고 정이 많은 지애 성품에 남자 친구에게 많은 정을 주었고 이별의 아픔에 힘이 들어 나온 말이었으리라. 나는 그제야 지애가 남자 친구와 헤어진 것을 알게 되었다. 그때까지는 단지 아빠에게 불만이 많아서 말도 안하고 퉁명스럽게 대하는 줄로만 알았는데, 알고 보니 지애 자신이 그런 이별의 아픔을 삭이느라 애를 쓰던 상태에서 내가 불난 데 기름을 부었던 것이다. 이날의 고백과 대화를 통해 부녀지간의 서먹함은 그런 대로 원만히 해결되었다. 하지만 남자 친구와 헤어진 아픔은 쉽게 아물지 않았을 것이다.

이러한 일이 있었던 때가 하필이면 US 여자 오픈, 에비앙 마스터즈, 브리티시 오픈 등 굵직하고 중요한 대회가 몰려 있던 시기의 바로 직전이었다. 그 당시 심정으로는 정말 내가 한국에 달려가서 그 친구를 혼내 주고 싶었다. 아무리 어리기로서니 중요한 대회를 앞두고 있는 그 시점에⋯⋯. 조금 생각이 깊은 친구였다면 브리티시 오픈 끝나고 한국에 올 것인데 그때까지 보류해 두었을 것이다.

하지만 지애는 그 아픔을 이겨냈다. 전반기에 다섯 번밖에 톱 10 안에 들지 못했던 지애가 후반기에 와서는 일곱 번 톱 10에 들었으며, 몸살과 편도선염으로 기권한 대회를 제외하면 우승 1회에 6게임 연속 톱 10 안에 드는 성적을 내게 되어 상금왕을 확정했다. 뿐만 아니라 마지막 대회까지 올해의 선수상을 두고 로레나 오초아와 승부를 펼치는 좋은 경기 모습을 보여 주었다.

두 번째 우승, 웨그먼스 대회

이제 지애가 두 번째 우승했던 웨그먼스 대회를 돌아보고자 한다. 바로 전 주에 메이저 대회인 맥도날드 LPGA 챔피언십에서 3위 입상을 한 후에 1주일 동안 경기가 없었기에 월요일에 뉴욕으로 이동하고 화요일, 수요일은 여자 US 오픈 열리는 장소에서 연습 라운딩을 하고, 목요일에 남자 US 오픈이 열리는 장소로 다시 이동해서 금요일에는 US 오픈 갤러리로 관전을 하였다. 그리고 토요일, 웨그먼스 시합이 열리는 뉴욕 주 끝자락의 로체스터로 이동하였다. 시합이 없는 한 주였지만 나름대로 바쁘게 돌아다닌 한 주이며 한편으로는 의미 있는 한 주이기도 했다. 지애는 US 오픈 갤러리 구경 갔다가 최경주 프로께서 반갑게 맞아 주셔서 함께 클럽하우스에서 식사도 하고, 배상문 프로께서는 지애에게 퍼팅해 보라고 해서 그곳에서 퍼팅도 해 보는 등 보람찬 시간을 보냈다. 지애가 퍼팅하고 있을 때 타이거 우즈가 와서 퍼팅 연습을 했기에 뒷날 타이거 우즈와 함께 퍼팅 연습을 해 보았다고 주장할 수 있겠다는 이야기도 했다. 그래서일까, 지애의 컨디션은 좋은 것 같았다. 연습 라운딩이 끝나고 캐디 딘 허든에게 지애의 샷이 어떠냐고 물어봤더니 2주 전 맥도날드 챔피언십 때보다 좋아졌다고 한다. 2주 전에는 볼을 임팩트한 후에 파고들어

가지 못하고 쓸어 치는 식이었다면 이번 주는 제대로 파고든다고 한다. 어떻게 보면 딘 허든이야말로 지애의 샷과 컨디션을 가장 잘 알고 있는 사람이다. 좋은 예감 속에 1라운드를 맞이했다.

후반 10번 홀부터 출발하여 좋은 감각 속에 쳐 나가다가 16번 홀에서 천둥번개로 게임이 잠시 중단되었다. 그때까지의 상황은 10번 홀 약 8미터 거리의 버디 퍼팅 성공, 11번 홀 파5, 서드 샷이 투 바운드된 후 굴러서 핀 맞고 튀어서 홀 컵 15센티미터 정도, 결국 이글성 버디. 13번 홀에서는 티샷이 러프에 빠졌으나 러프에서 샷이 좋아서 핀에서 5미터 정도, 이 또한 버디 성공. 정말 퍼팅 감이 좋았다. 그런데 이후에 버디 찬스를 놓치고 특히 16번 홀에서 정말 아쉽게 버디를 놓친 후 경기가 천둥 번개로 중단되었다. 한편으로는 염려도 되었지만, 한편으로는 자칫 침체될 수도 있는 상황에서 분위기를 전환할 계기가 될 수도 있겠다는 생각이 들었다. 결론은, 정말 그랬다. 중단되기 이전에는 그리 샷이 좋았다고 할 수 없는 상황이었다. 다만 퍼팅이 너무 잘 되었다는 것뿐이다. 경기가 중단되고 재개되기까지 약 2시간 30여 분, 그 사이 비도 오고 바람도 불더니 게임 재개되기 30분 전부터 비도 그치고 바람도 잤다. 그리고 지애는 그 사이에 드라이빙 레인지에서 연습도 하고 안 되었던 샷도 잡을 수 있었다.

게임 재개된 후에는 샷이 잘 되었다. 후반에 버디를 네 개 잡았는데 하나는 약 5미터 거리였지만, 나머지 세 개는 모두 1미터에서 1.5미터 거리에 붙여서 잡았다. 게임 재개된 첫 홀, 17번 홀에서는 파5였기 때문에 버디를 노렸는데 홀 컵 1센티미터 앞에서 멈추어 아깝게 버디를 놓쳤다. 직전에 비가 와서 그린이 덜 구른다는 것을 생각했어야 했는데 그 점을 고려 못했던 것 같다. 하지만 18번 홀에서는 세컨드 샷이 그린에 못 미쳐서 러프에 빠졌지만 어프로치를 절묘하게 잘해서 파 세이브를 했다.

후반에 들어와서는 분위기가 정말 호조였다. 그런데 그날 1등인 산드라 갈 선수가 지애 앞 조였는데, 따라가면 도망가고, 또 따라가면 도망가고 하였다. 산드라 갈은 정말 이날이 되는 날이었다. 5, 6, 7, 8번 홀에서 연속으로 벙커에 빠졌는데 파 세이브하고, 특히 7번 홀은 파 퍼팅이 약 5미터쯤 되는 것을 파 세이브했다. 양희영 프로 아빠랑 그것을 보면서 골퍼들의 은어로 "오늘은 산드라 갈에게 그님이 오신 날이다."라고 하면서 웃었다. 설상가상으로 9번 홀에서는 내리막 약 6~7미터 정도 되는 것을 버디로 잡는 것이 아닌가.

어찌되었든 이날의 경기 중 비와 번개 때문에 잠시 경기가 중단된 것은 지애에게 전화위복이었다. 게임 재개된 후에는 바람도 조금 수그러들었고, 또한 오늘 게임을 다 못 끝낼까 걱정했는데 지애 뒤 두 팀까지만 마치고 나머지 선수들은 내일 새벽에 재개한다고 했다. 새벽에 하는 팀들은 바로 또 오전 조 티오프해야 하니, 마칠 수 있었던 것이 그나마 다행이었다. 스코어도 -7. 보기 없이 버디 7개를 쓸어 담았다. 선두 산드라 갈에 1타 뒤진 2위에 올라, 지난 3월 싱가포르에서 열린 HSBC 여자 챔피언스 우승 이후 미국 본토 대회에서 첫 우승을 노릴 수 있게 되었다. 이날 스코어는 신지애가 2009년 LPGA 투어 정식 멤버가 된 이후 자신의 최저 타수다.

다음 날 2라운드는 정말 피곤한 하루였다. 아침 6시 30분에 일어나서 7시에 아침 식사, 7시 40분경 골프장 도착, 9시 36분 티샷, 1번 홀 티샷 후에 세컨드 샷 하려고 하는데 천둥번개로 게임이 중단되었다. 50여 분 대기 후에 게임 재개되었지만, 5번 홀 퍼팅 하려고 하는 순간 또 게임이 중단되었다. 이후 약 4시간여를 대기하다가 3시 30분에 경기 재개되었고, 오후 6시 30분경 마침내 경기를 마칠 수 있었다. 스코어 카드를 제출하고, 사인회 하고, 미디어 센터에 가서 인터뷰하고 나니 저녁 7시 30분이다. 할 수 없이 바로 한국 식당에 가서 저녁 먹고 숙소에 들어오니 9시 10분이었다. 결국 2라운드 경기를 다 치르는 데 14시간이 걸린 셈이었다.

처음 출발하면서 컨디션이 좋았다. 그러나 두 번째 경기 중단 후에 시작하고 보니 좋았던 샷감과 퍼팅감이 오전 같지 않았다. 내가 봤을 때, 왠지 스윙이 빨라진 느낌이었다. 버디 찬스도 몇 번 왔지만 번번이 놓치고, 벙커 샷 후에 약 1.3미터짜리 파 퍼팅을 놓쳐서 이번 시합 처음으로 보기를 기록하였다. 이후 침체되는 듯했으나 13번 홀에서 마침내 버디를 잡으면서 다시 분위기를 살리게 되자 이후로는 감이 좋았다. 마지막 18번 홀 세컨드 샷, 러프에서 절묘하게 샷을 하여 투 바운드 후 온 그린 시켜 홀 컵 약 3미터 버디 퍼팅, 여기에서 한 번 더 버디를 기대했지만 아쉽게 빗나가서 파로 마감했다. 어제는 노 보기에 버디 6개를 잡았으나, 오늘은 버디 5개에 보기 1를 기록하여 -4, 토털 -10이다. 이러한 지애에 반해, 어제 위기를 잘 넘겼던 앞 조의 산드라 갈. 위태위태하더니 결국은 후반에 무너진 모습을 보였다. 처음 보기 하기 전에 연속해서 깊은 숲 속으로 티샷이 가던데, 기가 막힌 퍼팅 실력으로 파 세이브를 했다. 하지만 계속적인 드라이버 난조로 결국은 보기를 기록했다. 짧은 16번 홀에서는 페어웨이가 좁아서였는지 아니면 드라이버가 불안해서인지 미들홀인데 아이언으로 티샷을 한다. 세컨드 샷 러프, 서드 샷 벙커, 네 번째 만에 올렸지만 투 퍼팅으로 더블을 기록한다. 어제부터 정말 좋은 퍼팅으로 파 세이브해 왔는데 결국은 한계가 있다는 것을 느꼈다. 개인 성적을 보면 보기 두 개에 더블 보기도 하나 있는데도 퍼팅 수는 이틀에 49개였다. 샌드 세이브가 네 개다. 즉 벙커에 네 번 빠졌는데 모두 원 퍼팅으로 파 세이브 했다는 것이다.

3라운드는 1번 홀에서 버디로 출발하였다. 하지만 이날 전반 9홀은 샷이 좋지 않았고 퍼팅도 좋지 않았다. 1번 홀 버디로 기분 좋게 출발했지만 2번 홀, 그리 길지 않은 홀인데도 짧아서 러프로 들어갔다. 아마도 조금만 더 짧았으면 벙커로 들어갔을 것이다. 하지만 어렵게 파 세이브를 했다. 이후로 샷감과 퍼팅감이 흔들려서 6, 7, 8, 9, 10번 홀 연속으로 온 그린을 시키지 못했다. 계속 짧거나 방향이 틀어졌다. 걱정이 되는 한편으로, 1, 2라운드에서는 그렇게 좋았던 샷 감각이 하루 만에 이렇게 흔들릴 수 있다는 것을 느낀 날이었다.

'이대로 가면 힘든 게임이 될 터인데, 얼른 이 분위기를 바꿀 계기가 있어야 할 텐데……'

이런 생각을 하고 있는데, 침체된 흐름을 바꿀 수 있는 계기가 나왔다. 바로 10번 홀에서의 칩인 버디였다. 이 칩인 버디를 계기로 상승세를 타더니 이후 여덟 개 홀에서 네 개의 버디를 추가하여 4타 차단독 선두로 나서게 되었다.

골프란 흐름의 경기라는 것을 다시 한 번 확인시켜 준 하루였다. 전날도 두 번째 경기 중단 후에 상승세 흐름이 끊겼지만 13번 홀에서 분위기를 반전시킨 것처럼, 이날은 10번 홀에서 분위기를 상승세로 바꾸는 데 성공했다.

'골프는 흐름의 경기, 그리고 세계적인 선수들은 바로 침체되었을 때 그 침체된 흐름을 바꿀 수 있는 능력을 가지고 있는 선수다.'

절절하게 깨달은 사실이다. 물론 여기서 말하는 '침체된 흐름을 바꿀 수 있는 능력'이란 어떤 테크닉이나 기교가 아니다. 다만 침체된 분위기 속에서, 샷이 뜻대로 되지 않는 상황에서도, 속으로는 속상하지만 그것을 내색하지 않고 소처럼 우직하게 묵묵히 때를 기다리는 능력이라고 할 수 있다.

이날 지애 앞 팀에는, 출발할 때 우승 상대자로 강력하게 생각하고 있었던 한 선수가 있었다. 초반에 지애에게 2타 차(-9)까지 따라왔다. 그래서 유심히 그 경기를 관찰했는데, 그 잘 치던 선수가 6번 홀에서 실수하더니 화를 벌컥 내는 모습이 보였다. 그 이후로 결국은 더블 보기 2개를 포함해서 7타를 까먹고 -2까지 내려갔다가 겨우 -4로 끝내는 것을 보았다. 또 지애와 한 조였던 모 프로는 17번 홀에서 투온을 시도했다가 벙커에 빠졌고, 벙커 탈출 후 버디를 잡지 못하고 파 세이브를 한 후에 퍼터를 캐디에게 전해 주지 않고 던져 버리는 모습을 보이더니 결국은 18번 홀에서 티샷이 왼쪽 러프로 감겨서 결국은 보기. 이 선수는 1번 홀에서 약 15야드 정도 되는, 엣지에서 한 버디 퍼팅이 그냥 들어가서 버디를 하는 등, 초반에 10야드 넘는 퍼팅이 2개나 들어갔는데……. 그 좋은 흐름을 이어가지 못한 원인이, 1미터밖에 안 되는 짧은 버디 퍼팅을 놓친 후 그 상승세를 이어갈 흐름을 마음으로 스스로 놓고 만 게 아닌가 생각한다. 이글을 잡았으니만큼,

이후에 17번 홀 같은 경우 버디를 못 잡았더라도 파를 세이브했으니까 '그래, 아까 이글 잡았으니……' 하면서 스스로 위안했더라면 아마도 18번 홀에서도 버디는 아니더라도 파는 잡지 않았을까 하는 생각도 들었다. 내가 그 선수의 마음속을 들여다볼 수는 없지만 화가 나서 퍼터를 던지는 모습을 보고 한 생각이다.

이러한 부분을 생각했을 때, 지애의 강점이 바로 그렇게 '묵묵히 때를 기다리는' 부분이 아닌가 생각한다. 항상 웃는다고들 하지만, 또 떨림도 없을 것 같다고들 하지만 지애가 인터뷰한 내용에서 자신도 떨리기도 하고 속상하기도 하지만 내색하지 않고 오히려 그러한 분위기를 즐기려고 한다는 이야기를 읽은 적이 있다. 분위기에 빠지는 것이 아니라 오히려 즐기려고 한다는 이것, 바로 이것이 지애의 강점이 아닐까.

이제 4타 차 선두로 마지막 라운드를 맞이했다. 우승을 기대하면서 골프장으로 향했다. 결과는 7타 차 우승. 언론에서 7타 차 승리여서 여유 있게 우승했다고 하지만, 지애나 나는 그렇게 여유 있지는 못했다. 이곳 골프 코스는(대부분 미국 코스가 그렇지만) 자칫하면 한꺼번에, 그리고 순식간에 스코어를 잃을 수 있기 때문이었다. 어제 지애와 동반자였던 모건 프리셀의 경우도 전반엔 잘 치다가 후반에 무려 7타나 잃어버렸지 않은가? 또 지난번 맥도날드 챔피언십 시합 때도, 모 선수는 그 어려운 코스에서 첫날 -5를 쳐서 상위권에 있다가 둘째 날 한 홀에서 9타를 치고, 결국 그날만 +10을 기록하여 예선 탈락하고 말았지 않은가. 이렇듯 깊은 러프에 빠지거나 하면 쉽게 더블을 할 수 있는 코스이기 때문에 항상 어느 때든지 긴장할 수밖에 없었다.

1번 홀부터 출발이 좋았다. 그러나 3번 홀에서 1번 홀과 비슷한 위치에서 한 버디 퍼팅이 빗나가자 약간 주춤하기 시작했다. 그리고 8번 홀부터 빗방울이 떨어지기 시작하더니 10번 홀부터는 본격적으로 비가 오기 시작하였다. 그러한 가운데 나는 다른 선수들보다 지애가 집중력은 조금 낫다고 생각했기 때문에 비가 오거나 바람이 불면 집중력에서 조금은 더 유리하겠다는 생각은 했다. 더구나 이곳은 페어웨이가 좁아서(아주 좁은 곳은 15~20야드 정도) 바람이 불면 티샷이 아주 애를 먹는데 지애는 드라이버에 강점이 있지 않는가. 어제까지 드라이버 정확도가 참가 선수 중에서 1위였다.

게임은 이러한 내 생각대로 풀려 나갔다. 결정타는 10번 홀이었다. 핀 위치가 오른쪽 사이드였는데, 하필이면 또 언덕이 그린 뒤에서 앞으로 길게 나 있는 그곳에 있어서 버디가 힘든 홀이었다. 그런데 절묘하게 핀 곁에 붙여서 쉽게 버디를 하고, 거기에 지애를 쫓아오던 그때까지 2위 선수 프리셀은 보기를 해 버리니 실제 승부는 거기서 갈린 셈이다.

그런데 지애가 12번 홀 마치고 스코어보드를 보는 모습이 보였다. 그때까지 지애의 상대는 모건 프리셀과 스테이시 루이스였는데, 스테이시 루이스가 12번 홀에서 보기를 해서 결국은 6타 차이가 만들어진 상황이었다. 앞으로 6홀 남았는데 6타 차이니, 내가 보기엔 이때부터 지애의 긴장감이 조금 떨어지지 않았나 싶었다. 이후에 티샷도 러프로 가고, 세컨드 샷도 방향이 안 맞고 하여 결국은 13, 14번 홀은 보기로 마쳤다. 그래서 속으로 '저러면 안 되는데.' 하는 말을 되뇌었다.

'이번 한 시합으로 끝나는 게 아닌데……. 좋은 샷 감각을 다음 경기까지 계속해서 이어 가려면 긴장을 늦추지 말아야 할 텐데.'

왜냐하면 골프 스윙은 한번 흐트러지면 한순간에 산산이 흐트러질 수 있는 것이기 때문이다. 한편으로는 이런 생각도 들었다.

'어쩌면 긴장이 풀린 것이 아닌지도 모른다. 이번 시합은 이틀 동안 계속 시합하다 중단하고 시합하다 중단하고, 그래서 체력적으로 지친 것이 아닐까?'

시즌 초반에는 미국 본토에서 하는 시합은 페어웨이가 좁고 러프가 길어서 지애에게 유리한 코스가 많을 것이라고 기대했는데, 이상하게 추세가 페어웨이가 넓어지고 러프가 짧아지고, 반면에 거리는 길어지는 경향이 있어서 조금 힘들었다. 그래도 아직까지는 '역시 골프는 거리보다는 정확도(방향)가 우선'이라는 생각이었다. 왜냐하면 이번 시합 같은 경우 장타자들이 거리상 이익을 못 봤기 때문이다. 결국 대표적인 장타자들인 쳉야나 미셸 위 같은 선수들은 결국 1, 2라운드를 해 보고 나서야 3, 4라운드에서는 주로 우드로 티샷을 하는 모습을 보여 주었으며, 드라이버 거리 순위가 90위권이었던 지애가 7타 차로 우승을 가져왔다.

이 시합에서 지애의 프로 의식을 엿볼 수 있었던 에피소드가 하나 있다. 마지막 날 후반에 비바람이 매우 심하게 몰아쳤다. 그런데 지애는 다른 선수들과 달리 비옷을 입지 않는 것이었다. 그냥 면 티셔츠를 입은 채 비를 맞으며 샷을 하고, 잽싸게 우산 밑으로 들어가곤 했다. 이 모습이 중계방송에 잡혀 경기 끝난 후 우승 인터뷰를 할 때에 왜 비옷을 입지 않았느냐는 질문이 나왔다. 지애의 대답은 이러했다.

"텔레비전에서 중계를 하는데, 저한테 스폰서 로고가 있는 비옷이 없었거든요. 비옷을 입으면 스폰서 로고가 가려지잖아요. 그래서 안 입었어요."

P&G 뷰티 우승, 대기록을 향한 도전

세 번째 지애의 우승은 P&G 뷰티 아칸소 챔피언십 대회에서, 유선영 프로와 안젤라 스탠포드 프로와 3자 연장전을 치른 끝에 이루었다. 그 전 대회가 캐나다에서 열렸기에 P&G 뷰티 대회가 열리는 미국 아칸소까지 이동해야 했다. 그래서 캐나다에서 월요일 아침 8시 비행기를 타고 미국 덴버로 갔다가 덴버에서 아칸소로 이동하여 오후 5시경에 도착했다.

덴버에서 아칸소로 오는데 정원 48명인 작은 비행기에 골프 선수만 10여 명 탔더니 중량이 초과되어 짐을 비행기에 다 실을 수가 없었다. 이런 경우가 가끔 있다. 그래서 비행기에 탄 채 창을 통해 수화물 옮기는 것을 살짝 내다봤더니 골프백을 4개인가 빼놓는 것이 아닌가! 그 중에 지애 골프백처럼 보이는 가방도 하나 있어서 도착할 때까지 걱정스러웠다. 아칸소에 도착해 보니 다행히 지애 골프백은 왔고, 박희영 프로 등 몇몇 프로들 백은 오지 못했다. 미국에서는 이렇게 짐을 다 싣지 못하여 다음 날 오는 경우도 많다고 한다. 작년에는 김인경 프로 골프백이 경기 시작할 때까지 오지 않아서 장정 프로 아버지의 골프 클럽을 빌려서 시합에 나간 적도 있다는 일화를 들었다. 숙소에 가서 짐 정리하고 빨래하고, 저녁 식사는 한국 식당에 가서 LA갈비를 맛있게 먹고 숙소에 들어왔는데, 지애가 내일 아침에 5시 30분에 아침 식사하고 골프장에 일찍 나가자고 한다. 조금 이르지 않을까 생각했지만, 지애가 마음을 단단히 먹었나 보다 생각하면서 알았다고 했다. 그리고 다음 날 아침 5시 30분에 아침 식사를 하고 6시쯤 골프장에 도착했는데 해뜨기 전이어서 캄캄했다. 아침에 시원한 공기를 마시며 연습하고 6시 30분경 연습 라운딩을 나갔다. 페어웨이와 그린의 컨디션은 아주 좋고, 지애의 컨디션도 아주 좋은 것 같았다. 짧지만 아기자기하고, 캐디 딘의 말로는 오거스타 코스가 생각날 정도라고 한다. 전 주에 컨디션과 경기 감각을 다소 회복한 듯해서 다행이었다.(마지막 날 바람이 거센 가운데서도 -9를 기록했고, 많은 분들이 어떻게 이런 날씨에 그런 스코어를 기록할 수 있느냐고 말하면서 놀랐다.)

연습 라운딩을 해 보니 이곳 코스는 장타자라고 해서 유리한 것도, 또 정교한 선수라고 유리한 것도 아닌 아주 공평한 코스라는 생각이 들었다. 장타자가 유리한 홀이 있는가 하면 정교함을 요하는 홀도 곳곳에 도사리고 있는 것이 한번 해 볼 만한 코스로구나 싶었다. 내 생각도 그랬고 캐디인 딘도 지애에게 딱 맞는 코스라고 하지 않는가. 원체 골프라는 운동이 예측 불가의 운동이라서 어떤 경우에든 장담은 할 수 없지만, 그래도 왠지 잘할 것 같은 예감이 들었다.

1라운드를 맞이했다. 이번 시합은 프로암이 이틀이었는데 이틀 동안 비가 내리고 천둥 번개가 치고 해서 정상적으로 프로암이 열리지 못했으며 연습도 제대로 할 수 없었다. 그래서였을까, 샷은 정말 좋았다. 드라이버 페어웨이 미스 1개, 온 그린 미스 1개였다. 하지만 퍼팅이 34개다. 결국 보기 1개에 버디 2개 해서 -1을 기록했다. 너무 아쉬운 경기였다. 이러한 경기 모습은 2라운드에서도 마찬가지였다. 2라운드에서도, 페어웨이 미스 1개, 그린 미스 2개, 퍼팅 33개, 스코어 -1. 샷은 정말 환상적이었다. 그런데 퍼팅이 영 말을 안 듣는 것이었다. 심지어는 3번 홀과 15번 홀에서는 스리 퍼팅까지 했다. 거기에다 들어갔다 싶었는데 홀 컵이 외면했는지 홀 컵을 돌고 나온 게 3개였다. 정말 답답할 정도로 경기가 안 풀렸다.

경기 끝나고 지애와 캐디와 상의를 했다. 하지만 퍼팅이 안 되어서 그런 것인데 특별한 방법이 없었다. 그런데 내가 갤러리로 따라다니면서 지켜보았더니 어쩐지 퍼터 헤드 무게가 조금 가벼운 듯한 느낌이 들었다. 볼이 가볍게 움직인다 싶었다. 그래서 홀 컵 주변에서 변화를 많이 받은 모양이었다. 이런 이야기를 지애에게 하고 피팅 카에 가서 퍼터 헤드에 납 테이프를 붙였다. 그리고 두 시간쯤 연습을 했다. 결과는 조금 좋아진 것 같았다. 다행히 샷은 좋기 때문에 큰 걱정은 하지 않았다. 샷에 문제가 있다면 기복이 심한 게 당연하지만, 샷은 문제가 없는데 단지 퍼팅이 잘 되지 않아 스코어가 안 나온다면 언제든지 퍼터만 떨어지면 치고 올라갈 가능성이 있기 때문이다.

다음 날, 이번 경기는 3일짜리라 3라운드가 파이널 라운드였다. 선두는 김송희 프로로 -9, 지애는 -2로 7타 차이다. 한국에서 2007년에 제주도에서 열린 MBC 투어 엠씨스퀘어 컵 크라운 컨트리클럽 오픈에서 7타 차를 따라잡고 연장까지 가서 우승한 적이 있었다. 하지만 이곳 미국 무대는 세계적으로 내로라하는 선수들이 모인 무대이다. 아무래도 좀 힘들지 않겠나 싶었으나 샷이 워낙 좋았기에 일말의 기대감은 있었다. 아침에 일찍 나갔더니 이지영 프로 아버님이 계셨다. 은근히 속에 품고 있던 이야기를 농담 식으로 말했다.

"오늘 -7만 쳐 주었으면 좋겠는데……."

이 말에 지영이 아빠가 "그럼 우승이지!" 하고 화답한다.

"우승은 -10에서 -11쯤 되지 않을까요?"

"모르지, 선두권에서 어떻게 칠지. 하지만 오늘도 바람이 많이 불어서 쉽지는 않겠던데……."

오늘 -7을 쳐 주기를 바라기는 했으나 그렇게 치더라도 우승까지는 생각하지 않았다. 지애가 -7을 쳐 준다 해도 토털 -9인데, 선두인 김송희 프로 스코어가 현재 -9이고 아무리 못해도 오늘 -1 이상은 치지 않겠는가 싶었기 때문이다.

출발은 아주 좋았다. 1번 홀 약 2미터로 붙여서 버디, 2번 홀 파5 홀인데 이곳에서도 약 2미터에 붙였는데 아쉽게 빠졌다. 문제는 3번 홀이었다. 내가 보는 견지에서는 핸디캡 1번 홀이었다. 그래서 파만 해도 좋겠다고 생각을 했다. 왜냐하면 지애가 1라운드, 2라운드 모두 보기를 기록했던 홀이기 때문이다. 더욱이 오늘은 핀도 어려운 데 꽂혀 있고 바람도 맞바람이었다. 앞 조의 지은희와 비키 허스트도 보기로 넘어가지 않았는가.

드디어 지애가 샷을 했다. 멀리서 보았을 때 이 정도 거리에 맞바람이면 5번 우드 정도 잡지 않을까 싶었다. 그런데 그 샷이 기가 막히게 떨어졌다. 홀 컵 약 60센티미터. 버디를 잡았다. 1, 2, 3번 홀 모두 샷이 좋았다. 뭔가 이루어질 것 같았다. 그런데 그 기쁨도 잠시, 오늘도 샷은 정말 좋은데 또 퍼팅이 안 되려나 보다 하는 생각이 들었다. 3번 홀 이후 9번 홀까지 파 행진만 계속했다. 9번 홀은 약 1미터 20센티미터 정도 되는 버디 퍼팅을 뺐다.

그런 와중에 강한 바람이 불었고 11번 홀부터는 비까지 내리기 시작했다. 우승권에 있는 마지막 조보다 1시간 50분 먼저 출발했기에 지애가 일곱 홀 정도 앞에서 플레이하고 있을 텐데, 날씨가 이러면 그만큼 지애가 이익을 보고 있다는 생각이 들었다. 그때까지 10, 11번 홀에서 버디를 잡아서 선두와 3타 차까지 따라간 상황이었다. 그렇다면 이제부터는 모른다고 생각했다. 바람이 강해지고 비까지 내리니 선두권에서 스코어를 쉽게 줄이지 못할 수도 있다고 생각했다. 그러한 기대감을 가지고 지애의 경기를 관전하였다.

그런데 기대한 게 무색하도록 오히려 9번 홀에 이어서 12번 홀과 13번 홀 모두 1.2미터에서 1.5미터짜리 짧은 버디 퍼팅을 다 놓치는 게 아닌가. 역전 우승하려면 그런 버디 퍼팅을 실수하지 않고, 또 롱 퍼팅이 1~2개 들어가 줘야 우승하는데 오히려 짧은 버디 퍼팅을 빼고 있으니……. 그때까지도 선두권이 아무런 문제 없이 플레이하고 있어 스코어가 전혀 줄지 않으니 더 안타까웠다. 그래서 갤러리 하면서 생각했다.

'만약 우승 못한다면 저 짧은 버디 퍼팅 세 개를 놓친 탓이다. 그 중에서도 두 개만 넣어 줬으면…….'

이렇게 생각하고 있는데, 극적인 퍼팅이 하나 나왔다. 16번 홀에서 10여 미터 오르막 퍼팅이 그대로 홀 컵에 빨려 들어가서 버디를 잡는 것이었다. 16번 홀은 파4이지만 파5 홀과 같다. 도르렉 홀인 데다가 맞바람이어서 거의 모든 선수가 우드를 잡아야만 온 그린 시킬 수 있었기 때문이었다. 그런데 그런 홀에서, 그것도 10미터나 되는 롱 퍼팅을 성공한 것이었다. 그리고 선두권 스코어를 보니 선두권은 여전히 제자리걸음이었다. 이제 선두권과는 1타 차, 그리고 18번 홀은 파5에 투 온까지 가능한 홀이기 때문에 분명히 버디를 잡아야 했고, 버디를 잡으면 공동 선두. 그리고 지금 선두권이 스코어를 줄이지 못하고 있고 16번 홀 같은 어려운 홀이 몇 개 있으니 그곳에서 스코어를 잃는다 치면 18번 홀에서 버디를 잡는다 해도 연장전 갈 수 있겠다는 분석이 되었다. 생각대로 18번 홀에서 버디를 잡아 -9로 경기를 끝냈는데, 이후 텔레비전 중계를 보는데 역시 선두권에서 스코어를 까먹는 것이 아닌가. 하지만 아직 쉬운 18번 홀이 있었다. 연장전을 가겠구나 생각을 했다.

오늘 버디는 1번 홀은 약 2미터, 16번 홀은 약 10미터, 나머지는 거의 1미터 안쪽이었던 것 같다. 거기에다 9, 12, 13번 홀을 짧게 잘 붙였는데 버디를 못 잡았다. 실은 퍼터를 바꾸어 들고 나간 시합이었다. 2008년 하반기부터 핑 퍼터를 사용하기 시작했는데, 캐나다에서 너무 실수를 많이 하기에 그때까지 5년 동안 사용해 왔던 오딧세이 #5로 바꿨다. 그런데 오딧세이 퍼터가 핑 퍼터보다 헤드 움직임이 조금은 가벼웠다. 그 탓에 1,2라운드에 실수를 많이 했고, 2라운드 끝나고 퍼터 움직임과 볼이 가볍게 움직여 변화가 많다는 결론을 내리고 납 테이프를 붙였는데 그것이 어느 정도 효과를 거두어 그나마 노 보기에 버디 7개를 잡아 연장전에 들어가게 된 것 같다.

예상대로 경기는 끝났고, 유선영, 안젤라 스탠포드, 지애 이렇게 세 명이 연장전을 가게 되었다. 실은 연장전을 18번 홀에서 하면 지애가 불리하다고 생각했다. 왜냐하면 안젤라 스텐포드나 유선영 프로는 여유 있게 투 온을 시킬 수 있는 장타자였기 때문이다. 여기에 비해서 지애는 3번 우드로 투 온을 시도하자니 탄도가 낮아서 그린에 맞더라도 그린을 넘어갈 공산이 크고(뒤에는 벙커와 러프이고 내리막이 심하기 때문에 그렇게 투 온 시킨다면 투 온을 시키나 안 시키나 큰 차이가 없을 것으로 생각했다.), 그래서 5번 우드를 잡으면 짧아서 거의 45도 경사가 되는 내리막을 타고 다시 페어웨이까지 굴러 내려가 버리기 때문이다. 그런데 룰러가 와서 이번 시합 연장전은 18번 홀에서 하고, 승부가 안 나면 15, 16, 17, 18번 홀 순으로 연장전을 한다는 것이다. 그래서 첫 번째 연장전 홀만 동타로 넘어가면 우승 확률이 높을 것이라 생각했다. 왜냐하면 1라운드 때 지애가 파3인 15번 홀에서 약 1미터에 붙였던 경험이 있고(그것도 뺐지만), 또 오늘 핸디캡 1,2위를 다투는 그 어렵다는 3번 홀 파3에서 흔히 말하는 오케이성 버디를 잡는 등 이날 하루만 파3에서 버디를 2개 잡았기 때문이다. 그래서 아이언 샷으로 결정되는 파3에서는 해볼 만하다고 생각했는데 역시 그대로 되었다.

연장 첫 번째 18번 홀, 꼭 투 온 시켜야겠다는 생각에서인지 힘이 들어가 보였다. 그래서일까? 투 온 가능한 18번 홀 티샷이 벙커로 들어가는 것이 아닌가. IP 지점에서 지애의 티샷을 보는데 건너편 페어웨이 벙커 모래가 많이 튀는 것이 보였다. 그래서 '박혔구나!' 라고 생각했다. 정말 입이 바싹바싹 말랐다. 그런데 천만다행으로 튕겨 나왔던지 지애가 러프에서 세컨드 샷을 하는 것이었다. 그나마 다행이었다. 그렇다고 할지라도 투 온을 시도할 수 없는 상황. 끊어 갔는데 110미터가 남았다. 가파른 오르막이다. 그런데 이 지점은 1라운드 때 버디 잡았던 때와 거의 비슷한 지점이었다. 그래서인지 서드 샷을 기가 막히게 붙여서 버디를 잡았다. 한편 유선영 프로는 투 온을 시도해서 그린 뒤편에 있는 벙커에 빠졌지만 버디, 안젤라 스탠포드는 약간 짧아서 어프로치 후 버디를 기록하여 모두 연장 2차전을 하기 위해 15번 홀로 이동했다.

이곳에서도 역시 예상대로였다. 유선연 프로는 온 그린이 안 되었고, 안젤라 스탠포드는 겨우 온 그린 되었으며, 지애는 홀 컵과 안젤라 스탠포드의 볼 사이에 볼을 떨어뜨렸다. 안젤라 스탠포드의 퍼팅을 통해서 어느 정도 라이도 파악할 수 있는 좋은 자리였다. 결국 유선연 프로와 안젤라 스탠포드는 파로 마무리했고, 마지막 지애 퍼팅이 홀 컵에 빨려 들어가 우승을 차지하게 되었다.

이 대회 우승으로 신인왕은 거의 굳혔고 상금왕, 올해의 선수상, 다승왕에서 1위로 치고 올라가게 되었다. 카나디안 오픈 때부터 요즈음의 샷은 한국에서 뛸 때 절정에 달했던 그런 샷이 나온다. 반면에 퍼팅이 조금 안 따라와 준다. 3라운드도 18번 홀에서 페어웨이 미스 한 개와 그린 미스 두 개가 나왔다.

우승을 생각하지 못하였기에 숙소에서 짐을 챙겨 오지 못했다. 그런데 연장전까지 치르다 보니, 오후 3시 40분쯤 경기가 끝나는 것이 아닌가, 다음 시합 장소인 샌디에이고에 가는 항공편이 6시 43분으로 예약되어 있었기 때문에 시상식도 못 보고 부리나케 숙소에 가서 짐을 꾸려 가지고 나왔다. 원래는 체크아웃이 오후 2시까지였고, 우리 경기가 12시 30분쯤 끝날 것 같기에 경기 끝나고 가서 짐을 싸도 되겠다 생각했는데 일정이 틀어진 것이다. 결국에는 오후 5시경이 되어서 모든 행사가 끝난 후에 공항으로 나가느라고 한바탕 소동을 빚고 간신히 비행기에 탔다.

3관왕을 노리는 마지막 승부

P&G 뷰티 아칸소 챔피언십 대회 이후의 성적은, 삼성 월드 챔피언십 3위, 하나은행-코오롱 챔피언십 6위, 미즈노 클래식 5위, 로레나 오초아 인비테이셔널 3위 등 연속해서 톱 10 안에 들어서 여전히 최저 타수를 제외한 모든 기록에서 1위를 달리고 있었다. 하나 마음에 걸리는 것은 로레나 오초아가 올해의 선수상 부문에서 8점 차로 따라붙은 것이었다. LPGA 역사상 31년 만에, 1978년 낸시 로페즈 이후로 신인이 신인왕과 상금왕. 올해의 선수상을 모두 석권하는 대기록을 세울 수 있다고 모든 언론이 언급을 하였다. 이때까지의 지애와 로레나 오초아 경기를 비교했을 때, 대기록을 달성할 수 있을 것도 같았다. 로레나 오초아가 우승만 하지 않는다면, 지애가 7위 안에만 들면 올해의 선수상을 수상하게 된다. 또 로레나 오초아가 4위 밖으로만 밀려나면 지애의 성적에 상관없이 무조건 수상하게 되는 그러한 유리한 상태였다. 그런데 마지막으로 한 가지 걸리는 것이 있었다. 미즈노 클래식 대회 때, 박희영 프로가 마지막 날 17번 홀까지 단독 2위였고, 로레나 오초아는 3위로 경기를 마친 상태였다. 박희영 프로의 마지막 18번 홀은 약 50센티미터의 파 퍼팅을 남겨두어 무난

히 파 세이브를 할 수 있는 상태였다. 그런데 그 짧은 파 퍼팅을 박희영 프로가 놓쳐서 보기를 범하고 결국 로레나 오초아와 공동 2위를 하는 것이 아닌가. 2등은 올해의 선수상 포인트가 12점이고 3위는 9점이기 때문에 3점 차이가 있다. 이 3점이 마지막 경기 내내 마음에 걸렸다. 만약 이때 박희영 프로가 파 퍼팅을 성공했다면 지애와 로레나 오초아와의 차이는 11점이 된다. 그렇게 되면 로레나 오초아가 마지막 투어 챔피언십 대회에서 3위를 한다고 하더라도 지애가 올해의 선수상을 수상하게 된다. 그런데 그것을 놓치는 바람에 8점 차이가 되고, 이렇게 되고 보니 만약 로레나 오초아가 3위를 하고 지애가 톱 10 안에 들지 못하는 경우 올해의 선수상은 로레나 오초아에게 돌아가는 것이었다. 이것은 큰 차이였다.

이런 상태에서 마지막 LPGA 투어 챔피언십 대회를 위해서 휴스턴에 도착하였다. 한국 언론에서나 미국 언론에서도 과연 지애가 대기록을 세울 것인가에 커다란 관심을 가지고 연일 언급하였다. 지애도 의식하고 있었으리라. 하지만 조금이나마 지애 마음의 부담을 덜어주고자 나는 격려부터 해 주었다.

"혹시 올해의 선수상을 놓친다 하더라도 우리가 연초에 세웠던 기록은 200퍼센트 이상 달성하지 않았니! 정말 잘했다. 올해 정말 최고였다."

이렇게 말은 했지만, 올해의 선수상을 수상할 수 있다는 생각엔 변함이 없었고, 그것을 내색하지 않으려 무진 애를 썼다. 그런 상태에서 맞이한 LPGA 투어 챔피언십. 지애는 하나은행-코오롱 챔피언십에서부터 6주 연속으로 시합에 출전한 참이었다. 그것도 한국, 일본, 멕시코, 미국으로 이어지는 장거리 레이스였다. 하나은행-코오롱 챔피언십 대회 이전까지 친다면 일본에서도 경기가 있었고, 한국에서도 하이트컵에 나갔다.

휴스턴은 아침저녁으로는 매우 기온이 낮아서 추웠다. 게다가 빡빡한 일정에 지친 탓인지 지애는 몸이 무겁다고 했다. 멕시코가 고지대이다 보니 많은 선수들이 멕시코에 갔다 온 후로 몸이 무겁고 피곤함을 느낀다고 호소하고 있었다. 그래서 연습 라운드 당일 라운드를 하지 않고 1번 홀과 9번 홀만 라운드하고 코스 잔디 파악과 분위기 파악만 한 상태였다. 프로암을 치렀는데, 내 느낌으로는 코스가 전혀 생소한 코스같이 느껴졌다. 먼저 페어웨이 잔디가 지금까지 경험했던 잔디와는 좀 달랐다. 종은 잘 모르겠지만, 매우 부드러워서 지면에 딱 달라붙는 그런 잔디였다. 그러다 보니 잔디 뿌리도 얕게 뻗어 있고, 거의 맨땅 비슷한 느낌을 주는 그런 잔디였다. 거리가 긴 홀은 아주 길고, 짧은 홀은 매우 짧았다. 멕시코는 페어웨이 주변에 나무가 많았는데, 이곳은 나무가 전혀 없어서 장타자들이 마음껏 드라이버를 휘두를 수 있을 것 같았다.

지애는 피로가 쉬 풀리지 않았는지 프로암이 끝난 후에 점심을 먹고 주차장에 주차되어 있는 승용차 안에서 약 45분 동안 수면을 취했다. 한숨 자고 난 후에 퍼팅 40여 분, 어프로치 30분, 샷 점검 20분 정도 연습하고 한국 식당에 가서 저녁을 먹고 숙소에 들어갔다.

드디어 첫날 1라운드. 초반 상승세를 이어가지 못한 게 아쉬웠다. 10번 홀부터 출발하여 16번 홀까지 보기 없이 버디만 4개 잡아서 초반에는 좋은 경기 흐름을 가지고 갔는데, 17번 홀에서 그 흐름이 끊겼다. 파3 홀인데 티샷이 그린을 많이 오버한 것이었다. 결국은 보기, 그리고 후반 홀 넘어가서 버디 1개, 보기 2개 해서 토털 -2로 1라운드를 마쳤다. 이날은 지애의 컨디션이 최악이었다. 지애는 항상 경기 2시간 전에 경기장에 나가서 20분 정도 투어 카에서 마사지를 받는데 오늘은 여러 가지 일로 인해서 마사지를 받지 못했다. 그리고 드라이빙 레인지에서 연습을 하는데, 때로는 탑 볼도 나오고, 샷이 마음에 안 드는지 샷한 이후에 손을 놓치기 일쑤고, 몸이 무겁고 찌뿌둥한지 자꾸만 몸을 비틀고, 손을 깍지 끼고, 목을 비틀고 하는 것이 아닌가.

그 모습을 보면서 걱정을 많이 했다. 그런데 막상 경기에 돌입하니, 샷이 아주 잘 떨어지는 것이 아닌가. 특히 세 번째 홀(12번 홀)부터 바람이 불기 시작하더니 갈수록 더 심해져서 대부분의 세컨드 샷을 하이브리드나 우드를 잡아야 할 정도로 바람이 거셌다. 그러면서도 연속 3홀을 버디 잡는 등 분위기가 좋았는데, 17번 홀(8번째 홀)에서 파3에 맞바람이 강한 것을 바람 계산을 잘못했는지 다이렉트로 그린을 넘겨서 보기를 하더니 거기서부터 흐름이 바뀌어 버린 것이다. 결국 후반에 갈수록 힘들어하고 좋은 스코어를 내지 못했다. 여기에 비해서 오늘 오초아는 잘 쳤다. 잘 쳐서 우승한다면야 할 수 없지만, 문제는 상위권에 오초아를 견제할 선수가 많지 않다는 게 조금은 마음에 걸렸다. 이상할 만큼 잘 치던 선수들이 상위권에 많이 보이지를 않았다. 지애가 너무 피곤해하는 것 같아서 저녁 식사 후에 발마사지를 받았다. 그리고 지애에게 이렇게 이야기했다.

"오초아 선수하고 4타 차이라고 생각하지 말고, 1타 차이라고 생각해라. 오초아가 우승하면 할 수 없지만, 그렇지 않다면 너와 4등과는 1타 차이밖에 나지 않지 않느냐."

다음 날 2라운드는 오전 출발이어서 아침에 골프장에 나갔다. 그런데 우천으로 경기를 하지 못한단다. 일기예보로는 오늘 하루 종일 비가 오고 천둥 친다고 한다. 경기 진행이 안 될 것 같았다. 결국은 둘째 날 취소, 그리고 셋째 날도 취소되었다.

셋째 날 오후부터는 비도 오지 않았는데 페어웨이에 배수가 되지 않아서 경기를 속행할 수 없다고 했다. 그러더니 주최측에서 나흘간의 경기를 3일로 축소하고 월요일까지 연장해서 진행하겠다고 통보해 왔다. 그리고 맞이한 넷째 날. 이날은 일요일이었는데 아침에 일어나서 커튼을 걷어 보니 찬란한 햇빛이 내리비치고 있었다. 그래서 경기장에 나갈 준비를 하고 있는데 또다시 매니저에게서 연락이 왔다. 페어웨이 배수가 여전히 미흡해서 오늘도 경기 진행이 안 된다는 것이었다. 이해할 수 없었다. 비는 전날 오후에 이미 그치고 오늘은 이렇게 햇볕이 내리쬐는데도 경기 진행이 안 된다니!

그러나 이후에 경기장에 가 보니 정말 바닥이 진흙이었다. 흙탕 때문에 갤러리들이 걷기도 힘들 지경이었다. 결국 어찌어찌해서 원래대로라면 아침에 출발해야 할 지애가 이날 오후 1시에 출발했다. 그러다 보니 17번과 18번 홀을 당일에 마치지 못하고 다시 다음 날로 미루어 아침 6시 45분에 17번 홀로 이동하여 플레이하고, 그런 뒤 두 시간을 기다렸다가 3라운드를 해야만 했다.

비 탓으로 본의아니게 휴식을 취했기 때문인지 이날 지애는 -5를 치고 로레나 오초아는 이븐을 쳐서 오히려 지애가 1타 앞선 상태에서 마지막 라운드를 맞이하게 되었다. 솔직히 이때만 해도 올해의 선수상을 거의 손에 쥐었다고 생각했다. '파이널 퀸'이라는 지애의 별명이 말해 주는 것처럼 지애는 원래 마지막 라운드에서 성적이 좋았기 때문이다. 오초아가 우승만 하지 않고 지애가 6등 안에만 들면 되는데, 그 가능성이 더욱더 높아졌지 않은가.

그리고 맞이한 3라운드. 오초아가 지애 앞 조에서 출발했다. 신경이 쓰이지 않을 수 없다. 그런데 출발할 때부터 오초아는 1번 홀부터 3번 홀까지 연속 버디를 잡는다. 그 반면에 지애는 1번 홀 출발을 보기로 출발했다. 어제도 오초아가 지애 앞 조여서 플레이를 보았는데, 어제는 퍼팅이 정말 안 들어갔다. 그런데 오늘은 퍼팅감이 아주 좋은 것 같다. 여기에 비해서 지애는 어제 퍼팅감이 정말 좋았는데, 오늘은 홀 컵이 외면을 한다. 튕겨 나오고 돌아 나온다. 지애가 경기 끝나고 인터뷰했지만, 이것은 안 들어갈 수 없다고 생각한 볼도 튕겨 나왔단다. 그리고 17번 홀, 그 때까지 오초아는 공동 2등, 지애는 5등이었다. 이 상태로 끝나면 올해의 선수상을 수상한다. 17번 홀에서 오초아 티샷이 벙커에 빠졌다. 내리막 벙커였다. 그래서였는지 벙커를 실수했다. 두 번째 만에 벙커를 탈출하고 보기 퍼팅이 남았는데, 거리 약 6미터였다. 여기서 더블 보기를 하게 되면 4등으로 밀려난다. 그러면 지애가 본인 성적과 상관없이 올해의 선수상을 수상하게 된다. 그런데 그 어려운 보기 퍼팅을 성공했다.

이어서 상승세를 힘입어 18번 홀에서 버디. 만약 17번 홀에서 더블 보기를 하였다면, 18번 홀에서 버디 잡기 힘들었으리라. 여기에 비해서 지애는, 오초아와 마찬가지로 17번 홀에서 벙커에 빠뜨렸다. 게다가 스탠스도 안 좋다. 결국 보기를 하였다. '왜 핀을 보고 샷을 했을까? 그린 중앙을 보고 그저 투 퍼팅만 한다고 했더라면…….' 하는 생각이 몇 번이나 들었으나 이미 결정되고 난 후였다.

이후 18번 홀에서 파를 하여 결국은 올해의 선수상은 단 1점 차이로 오초아에게 넘어가고 말았다. 너무나도 아쉬웠다. 이런 것을 아쉬워하면 안 될 정도로 지애는 한 해 동안 정말 잘했다. 신인이 신인상을 타면서 상금왕을 겸하는 것도 제니퍼 로페즈 이후 31년 만이란다. 그런데도, 차라리 많은 점수 차이가 나서 생각지도 못했으면 이렇게 서운하지는 않았을 텐데, 손에 다 잡은 대어를 놓친 것 같아서 마음이 편치는 않았다.

가시권에 왔던 기록을 놓쳐서 안타깝고 속상했지만, 냉정하게 생각하면 지애가 거둔 열매는 넘치도록 많았다. 지애와 내가 올 초 세웠던 계획은 신인왕과 1승이었는데 200퍼센트 이상 달성한 것 같다. 처음 LPGA 데뷔전 SBS 오픈에서 겪은 예선 탈락이 오늘의 지애가 있게 한 것처럼 오늘의 아쉬움이 아마도 내년의 새로운 지애가 있게 하지 않을까 기대해 본다.

골프 실력 또한 아직 겨울에 단점을 보완해야 하겠지만 배우고 발전한 것이 아주 많다. 특히 우드 샷은 한국에 있을 때보다는 월등하게 좋아졌고. 조금 더 정교하게 다듬어야 하겠지만 쇼트 게임도 많이 좋아졌다. 여기에다가 동계 훈련을 통해서 거리를 조금 더 늘린다면, 올해는 생소한 코스들이었지만 내년에는 많은 대회가 경험했던 코스에서 다시 뛰게 되므로 더욱 좋은 결과가 나오지 않을까 기대된다. 18번 홀을 관람하고 내려오는 길에 속이 많이 상했지만 지애 저도 오죽 잘 치고 싶었겠는가 하는 생각이 들어서 아무 말 하지 말자고 생각했다. 그런데 안하려고 했는데도 결국 식당에 가는 차 안에서 몇 마디 경기 내용에 대해서 말이 나와 이야기하는데 지애가 창문 밖을 보며 눈물바람을 하는 것이 아닌가. 그 모습을 보니 마음이 찢어지는 것 같았다. 경기 직후 웃으면서 인터뷰하고 팬들에게 사인도 해 주며 가능한 내색을 하지 않으려 했던 지애이지만 대기록을 눈앞에 두고 1점 차로 놓치니 속이 많이 상했던가 보다. 가만히 지애의 작고 두툼한 손을 꽉 쥐어 주었다. 그리고 말해 주었다.

"대기록을 세울 기회를 놓쳐서 그렇지, 정말 올 한 해 잘했고 수고 많았다. 실망하지 마라."

식당에서 지애가 말하길 골프를 못 쳐서 울어 본 것이 오늘이 두 번째라고 했다. 처음은 중학교 1학년 때, 파맥스배 중고 연맹전에서 보통 70대 치던 실력에 느닷없이 85개를 치는 바람에 예선 탈락했을 때라고……. 오늘 경기 결과는 좋지 않았지만 길게 보았을 때는 나와 지애 사이를 더욱 친밀하게 해 주었고 지애 골프 인생에도 도움이 될 것이다. 또 내년에 도전할 것이 생겼으니 더 열심히 연습하게 될 것이기에 이것이 전화위복이 되리라고 믿는다.

LPGA 투어 챔피언십 대회 기간 중에 이 대회 결과와 상관없이 이미 결정된 신인상과 상금왕 시상식이 있었다. 정말 자랑스러웠다. 지애에게도 말했지만, 처음 골프 시킬 때 세웠던 목표를 99퍼센트는 달성했다. 남은 한 가지는 '명예의 전당'에 입성하는 것인데, 이것은 10

년이라는 시간을 필요로 하지 않는가! 이 또한 세월이 지나면 지애가 무난히 이룰 것임을 믿기에 정말로 지애를 골프 시키면서 세웠던 목표는 다 채웠다고 말할 수 있다. 그동안 아빠의 압력 때문에 즐기는 골프를 치지 못했다면, 이제는 지애가 골프를 즐기면서 칠 수 있으리라. 프로 데뷔한 후로 매해 지애에게 하는 말이 있었다.

"지애야, 명심해라. 올해가 너에게 아주 중요한 한 해란다."

이 말을 하면 지애는 "아빠는 매년 그 말씀을 하시네요. '이 해가 정말 중요한 한 해'라고요." 한다. 프로 데뷔 첫해에는 첫해니까 당연히 할 수 있는 말이고, 2년차 때는 첫해에 사상 첫 5관왕을 달성했기에 많은 분들이 기대를 할 것이며 또 2년차 징크스라는 것이 있고 보면 반짝 스타가 아닌 거물급 선수임을 입증해 보이기 위해 2년째도 정말 중요했기 때문에 그렇게 말했다. 3년째에는 또 4관왕(신인상을 제외한 대상, 상금왕, 다승왕, 최저 타수상)을 3년 연속하는 선수가 이전까지 없었기에 그러한 기록을 세우고 싶었던 데다 또 스폰서도 재계약해야 할 때였으며, 그 이듬해에 해외 투어를 계획하고 있었기 때문에 한국에서 유종의 미를 거둔다는 의미에서도 중요할 수밖에 없었고, 이제 마감한 2009년은 더 더욱 미국 LPGA 데뷔해이기 때문에 더할 나위 없이 중요했다. 이렇게 이야기하면 또 다가오는 2010년도 LPGA 2년차이기에 중요하지 않느냐고 할지 모르지만 이제는 다르다. 이제까지 지애가 자신의 모습을 십분 보여 주었고, 세계가 지애를 인정하고 앞에서 말한 것처럼 세웠던 목표도 거의 이루었기 때문에 이제 내년에는 즐기면서 플레이하라고 자신 있게 말할 수 있다.

시상식은 성황리에, 정말 성공적으로 끝났다. 신인상과 상금왕 수상자로 지애가 소감을 발표했는데 끝나고 기립 박수가 나올 정도로 연설을 잘했다. 시상식이 끝난 후에 많은 사람들이 정말 훌륭한 연설이었다고 나한테까지 칭찬을 한다. 어떤 분은 연설을 들으면서 눈물까지 흘리셨다고 하고, 이곳에 사는 유력 인사인 한 한국 분은 "한국말로 하더라도 이런 자리에 올라가면 떨리게 마련인데 명연설을, 그것도 영어로 하다니 정말 자랑스럽습니다. 대단해요." 하면서 몇 번이나 칭찬해 주셨다. 게다가 LPGA 커미셔너는 직접 나에게 다가와서 일부러 인사를 하며 연설이 감동적이었다, 훌륭하게 키웠다고 치하하는 것이 아닌가.

실은 이 연설을 위해서 많은 준비가 있었다. 한 미국인 변호사가 몇 달 전부터 신인왕을 타게 된다면 자기가 연설문을 작성하면 어떻겠느냐고 제안했던 것이다. 그분은 지애의 팬이면서 여러 유력 인사의 연설문을 많이 작성해 봤다고 하였다. 지애가 상을 타게 되자 이분이 연설문을 작성해서 시상식 전날 로스엔젤리스에서 일부러 와주고, 시상식장까지 함께 가서 지애의 연설을 지도해 주는 등 여러모로 도와주셨다. 아마도 한국 사람이 연설문을 작성했다면 미국 문화를 잘 모르기 때문에 의사전달이 잘 되지 않거나 단순한 감사의 말만을 했을 것이다. 시상식 다음 날 이곳에 특파된 KBS 텔레비전 기자에게 《뉴욕 타임스》 기자가 다가와서 어제 신인상 수상 소감이 명연설이라고 소문났다며 연설 장면 테이프를 구할 수 없겠느냐고 요청했다고, 그래서 테이프를 건네주었다는 이야기를 들었다.

시상식이 끝나고 "어디 우리 딸 한 번 안아 보자!" 하고 얼싸안아 봤더니 조금 눈물이 나려고 했다. 지애를 골프 시킨 10여 년의 생활이 주마등처럼 스쳐 지나갔다. 대견하기도 하고, 자랑스럽기도 하고, '결국 여기까지 왔구나! 꿈을 이루었구나!' 하는 생각들 때문에 오히려 무슨 말을 할지 입이 잘 떨어지지 않았다. 그래도 아마 지애는 나의 마음을 알았을 것이다.

연설문 전문

커미셔너 에반스 님의 따뜻한 소개 인사말에 감사드립니다. 새로 부임하시는 커미셔너 완 님께는 행운을 기원합니다. 또한 로레나 오초아, 이번 주말 행운이 당신과 함께하길 기원합니다(관중들 웃음). LPGA를 후원해 주시는 롤렉스에 감사의 말씀을 드립니다.

LPGA는 세계 최정상의 선수들이 기량을 겨루는 곳이기에 저는 이곳 LPGA에서 활동하고 있습니다. LPGA는 무한 재미를 제공합니다. 우리에게는 세계 각국의 아름다운 도시에서 펼쳐지는 멋진 대회가 있고, 그리고 든든한 스폰서 분들이 계십니다. 이분들이 있어 우리 여자 선수들도 수준 높은 골프를 할 수 있다는 걸 전 세계에 보여 줄 수 있지 않나 생각합니다. 우리 모두 잘 알다시피 세계 경제가 LPGA에도 많은 영향을 미쳤습니다. 그러나 루이스 서그스와 같은 LPGA 설립자 분들이 겪었을 고난과 역경은 지금의 상황에 비할 수 없다고 생각합니다. 그런 점에서 우리는 감사해야 합니다(박수).

우리가 오늘 이 자리에 모인 것은 우리의 전통과 번영을 축하하기 위함이라고 믿습니다. 서그스, 라이트, 카너, 휘트워스, 로페즈, 시행 소렌스탐, 웹 잉스터, 오초아 그리고 박세리와 같은 역대 대선수들, 그들을 대신해서 저는 2009년 루이스 서그스 롤렉스 LPGA 신인상을 받겠습니다.

제가 골프를 시작한 것은 박세리 프로의 1998년 US 오픈 우승 이후였습니다. 박세리 프로는 대한민국 온 국민에게 자부심을 안겨 주었고, 제 삶을 바꿔 주었습니다. 전 항상 조용하고 수줍음 많이 타는 성격이었는데, 골프를 시작하

먼저 활발한 성격으로 바뀌게 되었습니다. 골프를 통해 평생을 함께할 친구를 얻었고, 험한 산을 올랐습니다. 저는 어렵고 힘든 순간들을 이겨냈고, 제 꿈 그 이상의 성공을 거두었습니다. 믿으실지 모르겠지만 골프 코스에 서면 저도 제법 키가 큽니다(웃음). 2009년은 정말 특별한 한 해였습니다. 전 제가 사랑하는 이 운동을 할 수 있다는 것이 참으로 행운이라고 생각합니다.

올 한 해를 LPGA 투어에서 함께했던 동료 선수들은 물론 다른 많은 분들께 감사의 말을 전하고 싶습니다. 먼저 저를 물심양면으로 후원해 주시는 미래에셋 자산운용사에 감사의 말씀을 전합니다. 저의 캐디 단에게 감사합니다. 이 상을 단과 함께 나누겠습니다(박수와 함께 단이 자리에서 일어나 손을 흔들며 인사). 코치 스티브 백쿄의 레슨이 없었다면 저는 오늘 이 자리에 없었을 겁니다. 저의 매니지먼트 팀, 서아, 영의 언니, 그리고 저의 좋은 친구 제프리, 저를 지원해 주셔서 감사합니다.

또한 제 여동생 지현이와 남동생 지훈이, 그리고 새어머니께도 감사의 인사를 하고 싶습니다. 이분들의 사랑과 지지에 저는 행복을 느낍니다. 저를 낳아 주신 어머니는 2003년에 세상을 떠나셨는데, 오늘은 저희 어머니를 위한 날입니다. 엄마(한국말로), 너무 사랑하고 그립습니다. 그래도 엄마가 항상 저와 함께 하신다는 걸 잘 알고 있습니다(박수).

그리고 저희 아버지. 항상 저를 자랑스럽게 생각하신다는 것을 잘 압니다. 그러나 오늘은 제가 얼마나 아버지를 존경하는지 말씀드리고 싶습니다. 저를 위해 희생도 마다 않으시는 분, 항상 저를 격려해 주시고, 사랑을 주시고, 또 가끔은 약간의 스트레스를 주시는 분입니다(청중들 웃음). 더 이상 바랄 게 없습니다. 아빠의 딸이라는 게 너무 자랑스럽습니다.

HSBC, 웨그먼스, P&G 뷰티 노스웨스트 아칸소. 2010년에는 당신들의 디펜딩 챔피언자격으로 찾아뵙기를 무척 기대하고 있습니다.

다른 선수들처럼 저도 골프를 칠 때 단지 저 자신만을 위해 치지는 않습니다. 우리는 가족, 코치 또는 팬을 위해서 치기도 하고, 또 더 중요한 목적을 위해서 골프를 치기도 합니다. 예를 들면 투병 생활을 하고 있는 어린 친구들, 유방암과 싸우는 여성 분들, 배고프고 집이 없어 힘들어하시는 분들을 돕기 위해 골프를 칩니다. 우리들 중에 멍멍이 안경을 쓴 작고 조용하고 수줍음이 많은, 언젠가 소리높이 노래부를 수 있기를 간절히 바라는 그런 소녀들을 위해서 골프를 치기도 하겠지요. 그런 어린 소녀들에게 저는 말해 주고 싶습니다. 큰 꿈을 품는 것을 두려워하지 말라고 말입니다. 너희들도 자라서 루이스 서그스 롤렉스 LPGA 신인상 수상자가 될 수 있다고 말입니다(박수).

이사야 성서 구절 중에 이런 말이 있습니다. '내가 너와 함께 있으니 두려워하지 말라. 내가 너의 하나님이니 놀라지 말라. 내가 너를 강하게 하리라.' 하나님의 축복과, 가족과 친구들의 사랑과 보살핌으로, 그리고 LPGA 역대 챔피언들이 이루어낸 역사와 스폰서, 팬 여러분의 끊임없는 지지로, 우리는 2009년 시즌을 마감하고 2010년 LPGA 무대에서 펼쳐질 보다 멋진 골프를 위해 준비해야 할 것입니다. 저와 저희 가족의 이 특별한 순간을 축하해 주기 위해 오늘 이 자리에 참석해 주신 여러분 감사합니다. 하나님의 축복이 함께하길 바랍니다.(기립박수)

Thank you Commissioner Evans for your kind introduction. Welcome Commissioner Whan, Good Luck to you in your new job. I also want to wish Lorena Ochoa good luck this weekend. And thank you to Rolex for their support of the LPGA.

I play on the LPGA because the best golfers in the world play here. Our game is exciting, we have great tournaments in great cities with loyal sponsors who make it possible for the world to see that women can play golf at the highest level. We all know that the world economy has had an impact on the LPGA. However, compared to the hard struggles that our founders, like Louise Suggs went through, these are the best of times and for that we should be thankful.

We are here today because of the glory of our legends; names like Suggs and Wright, Carner and Whitworth, Lopez and Sheehan, Sorenstam and Webb, Inkster and Ochoa and Se Ri Pak. It is on their behalf that I accept the 2009 Louise Suggs Rolex LPGA Rookie of the Year.

Golf began for me after Se Ri's win in the 1998 U.S. Open. She made our country of Korea proud and it changed my life. I was always a quiet and shy girl, but playing golf allowed me to express myself boldly. In golf I have made lifelong friends and climbed high mountains, I battled hard and painful times and I have enjoyed success beyond my dreams. You may not believe me, but on the golf course I am very tall. 2009 has truly been a very special year. I am so lucky to be able to play the game that I love.

In addition to my fellow golfers on tour this year, there are many others that I want to thank. I am very thankful to have a great sponsor, Mirae Asset Global Investment. My caddy is great too and I share this award with Dean. I would not be here without the lessons from my coach Steve McRae. To my management, Sema, Young E, and my good friend Geoffrey, thank you for your support.

I also give thanks to my sister, Ji Won, my brother, Ji Hoon, and my step mom, Young Ai, your love and support makes me so happy. My Mother passed away in 2003 and this day is for her. Umma, I love you and miss you; I know in my heart that you are always here with me.

To my Father, I know you are proud of me. But I want you to know how proud I am of you. You sacrifice for me, you inspire me, you give me your love and some times a little stress. I could not ask for more. I am proud to be your daughter.

To HSBC, Wegman's and P&G Beauty, NorthWest Arkansas. I look forward to returning in 2010 as your defending Champion.

When I hit the golf ball, like other players, it is never just for me. We all have family, coaches and fans that we play for. But we also play for important causes, for kids in hospitals looking for a cure, for women fighting breast cancer, for the hungry and the homeless. And some of us play for little quiet and shy girls, who wear glasses, with songs in their hearts looking for a chance to sing. To those little girls I say: do not be afraid to dream big. You too can grow up and even become the Louise Suggs Rolex LPGA Rookie of the Year.

As the Lord says in Book of Isaiah "Fear thou not; for I am with thee: be not dismayed; for I am thy God: I will strengthen thee." So, with God's great blessings with the love and caring of family and friends, with the heritage built by our past champions and with the continued support of our wonderful sponsors and fans, we close the book on the 2009 season and prepare for the great golf that will be played on the LPGA in 2010. Thank you for being here tonight to celebrate this great moment for me and my family. May God bless you.

2부

주니어 골퍼
학부모를 위한 조언

FINAL QUEEN, SHIN JI YAI

저는 골프 전문가가 아닙니다. 하지만 지애를 골프 시키면서 어떻게 하면 한 타라도 줄일 수 있을까 하는 생각에 공부하고, 수없이 연구하고, 밤새도록 궁리하고 여러 가지 방법들을 시도해 왔기에 이제 와 돌아보면 내가 겪었던 시행착오들이 눈에 보입니다. 그래서 그때의 나와 지애처럼 노력하고 고심하는 주니어 골퍼와 그 부모님들을 위해 조금이라도 도움이 되었으면 하는 생각에 감히 '조언'이라는 제목을 붙여 몇 가지 이야기를 해 볼까 합니다. 이것은 지애를 가르치면서 느끼고 깨달았던 저의 체험을 기록한 것에 불과하고 결코 이것만이 옳다든가, 이렇게 하지 않으면 안 된다는 절대적인 법칙은 아니라는 점을 주지하시고 참고하셔서 꿈을 향해 달려가는 주니어 골퍼 자녀와 부모의 2인 3각에 행운이 있기를 바랍니다.

1

골프에 대해 자녀보다
더 전문가가 되어라

"골프는 사흘만 배우면 레슨은 한다."라는 말이 있다.

맨 처음 지애를 가르치던 초창기에 나의 골프 실력은 보기 플레이 수준이었다. 그리고 지애와 함께 라운딩을 나가서 네 번째에 딱 한 번 80타수를 기록해 보았다. 그날 내가 지애를 보고 한 말이 있다.

"아빠는 이제 싱글을 쳐 봤으니 골프 그만 치련다."

그리고 오늘까지 한번도 라운딩을 해 보지 않았다. 지애를 가르치기에도 벅찬 우리 집 형편에 나까지 골프를 칠 수는 없었기 때문이기도 하다. 그러니 한창 지애를 가르칠 때 내 골프 실력은 좋았다고 할 수 없다.

그러나 직접 골프를 치지 않았다 뿐이지 지애를 골프 시키기 시작하면서부터 나는 틈만 나면 골프 잡지를 보고, 방송에서 하는 골프 중계를 시청했으며, 주위에서 잡다한 골프 지식도 귀가 솔깃해서 닥치는 대로 주워들었다. 부모로서 당연한 공부라면 공부이지만, 문제가 있었다. 골프에 대해 잘 모르면서, 제대로 원리부터 연구하지 않은 채 그저 주워들은 잡 지식으로 아이를 훈련시킨 것이다. 내가 알고 있는 얄팍한 지식이 골프의 전부인 양, 힘든 연습을 해 나가는 지애에게 끊임없이 많은 것을 요구하였다.

이러한 모습은 나뿐 아니라 거의 모든 주니어 골퍼 부모들이 보여주는 모습일 것이다. 지애가 골프 시작할 때부터 10년이 지난 오늘날까지 자녀에게 골프를 시키는 부모님들을 수없이 만나 왔고 접해 왔는데 대부분 내가 범했던 시행착오를 되풀이하는 것을 볼 수 있었다. 심지어 실제로 골프를 쳐 보지도 않았으면서 자녀에게 레슨을 하는 부모도 드물지 않다.

부모가 제대로 공부하지 않고 깊이 있게 알지도 못하면서 자녀를 가르치는 것이 결코 도움 되지 않는다는 것을 나는 나중에야 알게 되었다. 처음에는 먹힐지 모른다. 하지만 자녀들도 몇 년 동안 골프를 하면 골프 잡지며 방송에서 습득할 수 있는 지식은 부모와 똑같이 습득하고, 게다가 직접 레슨을 받으면서 더 많은 것을 배우게 된다. 그런데 그러한 상황에서 자녀에게 스윙을 이렇게 하고 무엇은 어떻게 하라는 식으로 원 포인트 레슨을 한다면, 자녀는 부모가 시키기 때문에 그렇게 하기는 하겠지만, 실제로는 그 가르침이 이미 알고 있는 내용을 반복해서 요구하는 듣기 싫은 잔소리밖에 되지 않는다.

나는 이 점을 깨닫고 나서 비로소 골프에 대해 전반적인 공부를 시작했다. 골프 교습서에 나와 있는 것을 무작정 외우고 따라하는 것이 아니라 내용을 생각하면서 왜 그렇게 쳐야 하는가 하는 원리를 깨우치는 것이다.

실제 예를 들어 보자. 퍼팅을 할 때 '프로 라인'과 '아마추어 라인'이라는 것이 있다. 그런데 주니어든 프로든 대부분의 골퍼들이 미스가 나면 홀 컵 안쪽, 즉 아마추어 라인으로 많이 빠진다. 그러면 주니어 골퍼의 부모들은 말한다.

"야, 빠지더라도 프로 라인으로 빠져야지 만날 아마추어 라인으로 빠지냐? 빠지더라도 밖으로 빠지게 하란 말이야."

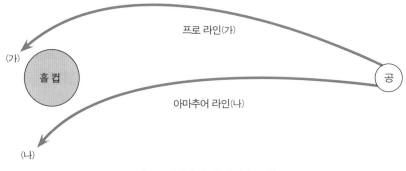

| 프로 라인과 아마추어 라인 도해 |

아마추어 라인이든 프로 라인이든 공이 빠지기는 마찬가지 아닌 가. 그런데 왜 빠지더라도 프로 라인으로 빠지게 하라고 말하는 것일 까? 교습서나 레슨 프로들도 대부분 같은 말을 한다. 이에 대하여 궁 금증을 가지고 생각해 보니 몇 가지 사실들을 발견할 수 있었다.

첫째, 프로 라인으로 빠지는 경우 얻을 수 있는 이득이 몇 가지 있다.

1. 프로 라인(그림의 (가) 경로)으로 빠지게 되면, 퍼팅할 때 홀 컵 을 살짝 걸치게 되는 경우, 프로 라인(가)일 경우에는 안쪽으로 휘어지는 성질이 있고, 아마추어 라인(그림의 (나) 경로) 경우는 밖으로 도망가는 성질이 있기 때문에 아마추어 라인보다는 프 로 라인일 때 볼이 홀 컵에 들어갈 확률이 높다는 것이다.

2. 프로 라인(가)으로 빠지는 경우, 볼이 홀 컵을 감고 빠지기 때문 에 멀리 도망가지 않지만, 아마추어 라인(나)으로 빠지는 경우 는 볼이 홀 컵에서 멀어지기 때문에 똑같은 힘에 의해서 빠지더 라도 더 멀리 도망간다는 것이다.

3. 가장 중요한 것은 프로 라인(가)으로 빠질 경우 홀 컵을 지나서 빠지기 때문에 다음 퍼팅을 할 경사(라이)를 볼 수 있다는 것이다. 하지만 아마추어 라인(나)으로 빠지게 되면 홀 컵에 도달하기 전에 빠지기 때문에 다음 퍼팅할 라이에 대한 정보를 얻는 이득을 얻을 수 없다는 것이다. 그래서인지 텔레비전 중계를 보면 1미터 버디 퍼팅은 놓치더라도 볼이 프로 라인으로 빠지게 되었을 때 1.5미터 파 퍼팅을 놓치지 않는 경우를 많이 보게 된다.

둘째는, 그러면, 왜 많은 골퍼들이 아마추어 라인으로 빠지게 되는가 하는 문제였다.

그림을 보면 알 수 있듯이 거의 대부분의 골퍼들이 볼과 홀 컵의 라이를 볼 때 무의식중에 볼의 위치와 홀 컵 중심점(C)을 잇는 선을 생각하고 친다. 하지만 훅 라이일 때의 홀 컵 중심점은 사실 A이며, 슬라이스 라이에서의 홀 컵 중심점은 B가 되지 않겠는가. 그런데 그 점을 생각하지 않고 무심코 볼과 C를 연결한 선을 보기 때문에 아주 작은 차이일지 모르지만 A와 C, B와 C의 간격만큼 홀 컵을 잘못 겨

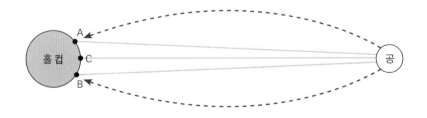

| 훅 라이와 슬라이스 라이의 홀 컵 중앙점 |

냉하고, 이로 인해서 결국은 살짝살짝 흔히 말하는 아마추어 라인으로 빠지게들 된다.

이러한 결론을 내리게 되자 지애에게 무작정 프로 라인으로 보내라고 했던 예전의 모습을 버리고 그림을 그려 가면서 이러이러한 이점이 있기 때문에 프로 라인으로 보내야 하고, 프로 라인으로 보내기 위해서는 홀 컵 중앙이 슬라이스 라이일 때와 훅 라이일 때, 그리고 스트레이트일 때 각각 다르게 변한다는 것을 염두에 두도록 교육하게 되었다. 이처럼 근거와 원리를 제시하면서 가르친다면 자녀들은 성가신 잔소리로 흘려듣지 않고 부모의 교육을 신뢰하게 될 것이다. 스윙에 대한 것은 레슨하시는 프로님에게 맡기더라도, 스윙 이외의 코스 공략법, 멘탈, 클럽 피팅 등등 모든 부분에서 부모는 자녀보다 더 전문가가 되어야 할 것이다. 그렇게 되면 자녀가 부모를 신뢰하고, 자연히 좋은 관계가 유지될 것이며, 그것이 자녀 골프 실력 향상에 지름길이 될 것이다.

이런 에피소드가 있다. 2009년 3월 멕시코에서 LPGA 마스타카드 대회가 열리는 때였다. 하루는 모 프로 아버님이 나에게 다가오더니 "지애 아빠, 저녁에 우리 애와 저녁식사나 같이 합시다. 그리고 우리 딸애에게 골프에 대해서 이야기 좀 해 주소." 하는 것이 아닌가. 뜬금없이 무슨 말씀인가 싶어서 "예? 무슨 이야기를 합니까?" 했더니 그분 말씀이 이랬다.

"아까 낮에 내가 ○○한테 지애는 아빠 말을 잘 들어서 저렇게 골프를 잘 친다고 이야기를 했더니, 글쎄 재가 뭐랬는지 알아요? '나도 지애 아빠 말씀이면 믿어요.' 하더라니까."

부모와 자녀 간의 신뢰는 그 무엇으로도 바꿀 수 없는 소중한 것이고, 골프에 대해서 부모가 자녀의 신뢰를 얻으려면, 골프 선수인 자녀보다 전문가가 되는 것이 가장 빠른 지름길이라고 생각한다. 이러기 위해서는 들은풍월을 읊을 것이 아니라 '내가 알고 있는 것은 자식도 아는 사실이다.'라는 생각을 바탕에 두고서 끊임없이 연구하고 노력해야 할 것이다. 그리고 정확한 이론적 토대를 갖추어 조언을 할 때 비로소 자녀가 부모를 믿고 함께 노력해 나갈 수가 있다.

2

칭찬이 막강한 멘탈의
토대를 만든다

지애의 경기 모습을 본 많은 사람들이 놀라고 감탄하곤 하는 것은 지애가 보여 주는 강한 정신력, 시합에 임하는 마인드랄까 '멘탈'이라고들 하는 부분이다. 언론에서는 "심장이 없는 것 같다."라느니 "프로 1년차가 아니라 프로 19년차 같다."(나이가 19세인 것에 빗대어 한 말이다.)라고 경탄하고, 2008년도 우승 상금이 100만 달러였던 LPGA ADT 투어 챔피언십 대회에서 마지막 날 동반 라운드했던 캐리 웹은 "마치 100만 달러가 얼마인지 모르는 사람 같다."라며 지애의 강철 같은 신경에 혀를 내둘렀다. 대단한 칭찬이다.

실제로 지애는 경기 중에 늘 웃음을 띠고 플레이한다. 실수해도 씩 웃고, 스코어가 안 나와도 싱긋 미소 짓고 그만이다. 이러한 지애의 여유 있는 마인드는 경기력에 큰 영향을 미치며, 특히 박빙의 승부를 겨룰 때에는 이편의 여유로움이 상대편 선수에게 큰 압박으로 작용하는 효과까지 생긴다. 하지만, 지애가 처음부터 그랬던 것은 아니다. 물론 천성적으로 타고난 성품이 있었겠지만, 예전에는 지금 같은 여유로움이 갖추어지지 않았던 것이 사실이다.

지애는 어려서는 도리어 여리고 내성적인 아이였다. 그래서 골퍼로서 대성할 성격은 못 된다고도 생각했다. 하지만 성장하면서 어느 순간부터인지 자신감과 여유로움을 손에 넣었다. 이 부분은 지애 엄마가 세상을 떠난 이후 시련을 통해 진정한 승부욕을 품게 된 것과는 또 다른 차원의 정신적 성장이다.

골프는 '멘탈의 스포츠'라고 한다. 지금도 주위를 둘러보면 이 멘탈을 갖추기 위하여 심리학 박사를 찾아가 도움을 청하고 각종 전문가에게 가르침을 받는 등 온갖 노력을 기울이는 어린 골퍼들과 부모님들이 적지 않다. 물론 어느 정도 도움은 되겠지만, 내 생각에는 멘탈은 그렇게 레슨을 받고 훈련을 해서 갖출 수 있는 것이 아니지 않은가 한다. 짧은 소견이지만 골프에서 멘탈이란 긍정적인 사고와 여유로움이라고 생각하며, 그 여유로움과 긍정적인 사고는 튼튼한 자신감에서 저절로 우러나오는 것이라고 생각한다.

그러면 어떻게 해야 여유로움과 자신감을 갖출 수 있을까? 가장 좋은 방법은 부모의 칭찬이다.

"칭찬은 고래도 춤추게 한다." 하는 말이 있지 않은가. 지애가 주니어일 때, 어느 날 텔레비전에 우리나라 출신인 세계적인 성악가 조수미 씨가 나와 인터뷰 하는 내용을 시청할 기회가 있었다. 질문자가 물었다. "조수미 씨, 오늘날 이처럼 높은 곳까지 오르게 된 가장 큰 원동력이 무엇이었다고 생각하십니까?" 그러자 그 질문에 조수미 씨는 바로 '어머니의 칭찬'이 원동력이었다고 답했다. 조수미 씨가 서울대학교 성악과에 재학시 조금은 튀는 의상과 행동으로 다른 학생들과 다소 거리가 있었을 때에도 그 어머님은 항상 "너는 자질이 있어, 너는 세계적인 성악가가 될 수 있어." 하고 칭찬하고 인정해 주었다 한다. 그 칭찬이 자신을 이 자리에까지 오르게 만들었다는 이야기였다. 방송에서 그 말을 듣는 순간 무엇인가 내 머리를 쾅 내려치는 것 같았다. 이것은 내가 내 딸 지애를 사랑하는 것과는 또 다른 것이었다. 부모가 자연히 자식에게 쏟는 사랑과는 다른, 자녀에게 꿈을 심어 주고 자신감을 심어 주는 보이지 않는 힘이다. 무엇이라고 이름 붙일 수 없고 손에 잡히지 않지만 무엇보다 큰 힘이라는 것을 나는 깨달았다.

그리고 그때부터 내가 지애를 대하는 모습이 바뀌었다. 그전까지는 지애가 못 치면 꾸중이 앞섰다. 책망이 앞섰다. 그러나 이제는 속에서 부글부글 끓더라도 항상 긍정적으로 생각하도록 칭찬하는 방향으로 교육 방침을 바꾸었다. 지애가 다른 경쟁자들이 거의 참가하지 않은 경희대 총장배 전국 학생 골프대회에 참가해 전국 대회 첫 우승을 거머쥐었을 때, 경쟁할 만한 선수가 나오지 않았으니 우승한 것을 대수롭지 않게 말할 수도 있었겠지만 일부러 칭찬으로 사기를 북돋워 주었다.

"2등과 타수가 아홉 타나 차이가 나니 누가 나왔어도 우리 지애가 우승했을 텐데, 아깝다. 그렇지?"

그리고 아마추어 신분으로 KLPGA의 SK 인비테이셔널 대회에서 우승했을 때는 이렇게 말했다.

"지금 네 실력이면 세계 1위인 소렌스탐과 한번 겨루어 봐도 이길 수 있을 것 같다. 소렌스탐이 한국 대회에 초청되어 와서 네가 그 시합에 나가서 겨루어 봤으면 좋겠다."

한 번만이 아니라 믿을 때까지 계속 말했다. 원래 칭찬을 잘 할 줄 모르는 아빠였지만 노력으로 안 되는 일은 없었다. 여하튼, 이후로는 지애가 성적이 나오지 않더라도 어떻게 해서든지 긍정적으로 생각할 수 있는 구실을 찾아서 지애에게 이야기해 주었고, 칭찬을 해 주었다. 이렇게 몇 년을 계속 칭찬 일색으로 나갔더니, 지애 스스로도 자신의 골프 실력에 대해서 자신감을 가지게 된 것 같았다. 그리고 그러한 자신감이 경기중의 여유로움으로 나타나 뒷날 역전승을 많이 하게 되고 '파이널 퀸'이라는 별명까지 붙게 된 것 같다.

실수도 있었다. 2006년 지애의 프로 데뷔 후에 어느 대회인가 내가 캐디를 해 주고 있었는데, 첫날 1번 홀 출발부터 보기를 하였다. 그때 무의식중에 입에서 이런 말이 흘러나왔다.

"출발부터 보기네……."

그런데 지애가 대뜸 이렇게 말하는 것이었다.

"아직도 17홀이나 남았잖아요. 만회하면 되지요."

그 말을 듣고 아차 싶었다. 그 후로는 오히려 내가 지애를 거든다. 첫날 스코어가 좋지 않으면 "앞으로 이틀이나 남았는데 문제없지!" 하고 말하고, 마지막 날인데 1등을 달리는 선수와 몇 타 차이가 날 때는 예전에 역전승 했던 일을 상기시키면서 "그때는 이보다 더 벌어졌던 걸 역전승하지 않았니? 지금이 딱 그때랑 비슷한 상황이야." 하고 자주 말한다.

골프의 멘탈이 무엇인가. 자신감이고, 여유다. 자신감과 여유가 있을 때와 없을 때 플레이 내용은 실제로 하늘과 땅 차이가 난다. 예컨대 방금 말한 상황, 1번 홀에서 보기로 출발한 상황을 생각해 보자. '에이, 출발부터 보기네.' 하는 마음으로 플레이하는 것과 지애가 말했던 것처럼 '17홀이나 남아 있는데 거뜬히 만회할 수 있어.' 하는 생각을 갖는 것은 그날의 경기 결과를 완전히 바꾸어 놓을 만큼 경기력에 지대한 영향을 미친다. 출발부터 좋지 않다는 생각을 하며 출발했다면 이미 부정적인 생각이 마음속에 생겨나서 플레이를 위축시킬 것이기 때문이다. 멘탈을 교정하려는 교육도 오히려 이런 부작용을 만들 수 있다. '너는 자신감이 없어, 마음이 약해서 안 돼.' 하는 메시지를 준다면 정반대의 효과가 날 것이기 때문이다. 멘탈을 다지는 것은 지도나 훈련보다는 부모의 칭찬이 최고의 방법인 것 같다.

나도 지애를 가르칠 때 책망할 때도 많았고, 심한 말로 지애에게 상처를 준 일도 많았다. 지금 주니어 골퍼를 가르치는 많은 부모님들도 자신의 욕심 때문에, 그 욕심을 채워 주지 못하는 자녀에게 많은 꾸중과 책망을 하실 것이다. 하지만 "칭찬은 고래도 춤추게 한다."라는 한마디 말을 꼭 기억하고, 칭찬으로 자녀에게 근본적인 자신감을 만들어 주는 것이 꾸중보다 훨씬 중요하다. 자신감과 여유를 가지고, 항상 긍정적인 사고를 가지고 플레이할 수 있도록 지도하는 부모님이 되시기를 바란다.

3
자녀에게
절대적인 신뢰를 부어라

"내가 내 자식을 믿지 않으면 이 세상에 누가 내 자식을 믿겠는가."

내가 항상 생각하는 마음속의 표어다. 이 말은 '긍정적인 생각'을 늘 부모가 먼저 가지라는 뜻이다. 지애가 주니어 선수일 때 자주 다른 선수 부모님들과 함께 갤러리로 다닌다든지 함께 차를 마시면서 이야기를 나누곤 했다. 그런데 나도 그랬지만 대부분의 학부모들이 자기 자녀의 골프 실력에 관하여 거의 부정적인 이야기를 입에 달고 살았다.

한번은 지금 LPGA에서 지애와 함께 뛰고 있는 김모 프로의 아버님과 둘이서 지애와 김모 프로가 동반자로 라운딩하는 경기에 갤러리로 따라다닌 적이 있다. 그런데 그 아버님 말씀이 "우리 딸은 항상 퍼팅이 짧아서 버디를 놓쳐요." 하는 것이었다. 그날 갤러리로 다니면서도 몇 번이나 그 이야기를 들었다. 그런데 희한한 것은, 그 아버지 말마따나 따님인 김모 프로가 계속해서 짧아서 버디를 놓치는 것이었다.

"저거 봐요, 내 말이 맞지. 쟤는 항상 짧아서 안 들어가."

나에게도 같은 경우가 있었다. 지금은 쇼트 퍼팅을 제법 잘하는 지애이지만 중학교 때는 쇼트 퍼팅이 영 약했다. 그래서 내가 항상 이런 말을 입에 달고 다녔다.

"지애는 쇼트 퍼팅만 잘하면 우승할 텐데, 도무지 쇼트 퍼팅이 너무 약해서……."

그 당시 충주 임페리얼 컨트리클럽에서 중고 연맹전이 있었을 때도 지애의 1년 선배인 윤수정 프로 아버님과 함께 갤러리에서 관전하면서 번번이 쇼트 퍼팅이 안 되는 것 때문에 속을 태웠다. 샷이 좋았기 때문에 짧은 버디 퍼팅을 많이 시도했는데 매번 속으로 불안해하며 "또 빠지겠지, 빠진다." 하고 중얼거렸고, 그러면 지애는 마치 그 말을 듣기라도 한 것처럼 여지없이 그 짧은 퍼팅을 빠뜨리곤 했다. 속이 부글부글 끓었다.

이러던 것을, 어느 대회였던지 한번에 생각을 확 뒤집게 된 계기가 있다. 그때도 똑같이 스코어를 줄이지 못하고, 어떤 때는 보기를 하고 하는 것을 보면서 홧김에 옆에 있던 다른 선수 부모님에게 그렇게 부정적인 말을 했다. 어쩌면 지애가 평소에는 잘하는데 지금은 실수한 거라는 얘기를 하고 싶었던 건지도 모르겠다. 아무튼 혀를 차며 저래서 안 된다는 말을 하고 있는데 누가 나에게 이런 말을 하는 것이었다.

"지애 아빠, 너무 그러지 마요. 부모가 되어서 내 자식을 못 믿으면 이 세상에 누가 내 자식을 믿어 주겠어?"

그분은 그냥 지나가는 말로 한 이야기겠지만 이 말이 나에게는 충격으로 다가왔다. '아, 그렇구나. 내가 내 자식을 못 믿으면, 같은 혈육도 아닌 다른 사람이 어떻게 내 자식을 믿겠는가. 다른 사람이 내 자식을 못 믿는다 할지라도 나는 내 자식을 믿어야 하지 않겠는가.'

혈육 간에는 그 무엇인가가 통하는 텔레파시 같은 것이 있는 것 같다. 아마도 이 글을 읽고 있는 골퍼 부모님들은 이런 경험이 있을 것이다. 어떤 홀에서고 볼과 홀 거리가 꽤 떨어진 롱 퍼팅을 남겨 두었는데 꼭 들어갈 것 같은 예감이 드는 것이다. 그러면 여지없이 롱 퍼팅이 들어가 버디를 잡는 경우 말이다. 또 반대로, 짧은 버디 찬스가 왔는데 웬지 불안하고 꼭 빠질 것 같은 예감이 들 때, 여지없이 짧은 퍼팅을 놓치는 경우가 있었을 것이다. 바로 이런 경험을 통하여 혈육 간의 눈에 보이지 않는 어떤 감정의 끈이 있지 않은가 생각하게 되었고, 그래서 어떠한 상황에서도 긍정적으로 생각하며 그러한 생각을 염원으로 삼아 지애에게 전하고자 노력하게 되었다.

한편으로는 이런 경우도 있다. 2008년 제주도에서 한일 국가대항 골프대회에 참가하고 있을 때 한 텔레비전 방송국의 「인터뷰 게임」이라는 프로그램에서 나를 찾아왔다. 이 프로그램은 이런저런 방면을 가리지 않고 무엇이든 고민을 가지고 있는 분이 방송국에 요청을 하면, 그 방면의 전문가나 경험자를 찾아가 인터뷰를 함으로써 의뢰인의 고민을 해결해 주는 프로그램이다. 여기에 전라남도 해남에 사는 주니어 골퍼의 부모님이 당시 고등학교 1학년인 딸에 대한 이야기를 가지고 나왔다. 그 부모는 지금까지 딸을 골프 시키기 위해서 땅도 팔고 많은 재정적 손실이 있었는데 과연 앞으로 계속해서 골프를 시켜야 할지 고민하고 있었다. 방송국에서는 그 고민을 해결하는 과정에서, 당시 지애가 국내 투어에서 좋은 성적을 냈기에 지애를 여기까지 키운 나를 조언자로 삼고자 인터뷰 요청을 해 왔던 것이다.

인터뷰를 하던 끝에 내가 그 부모님께 결론적으로 물은 것은 이것이다.

"따님이 앞으로 골퍼로 성공하리라고 믿습니까?"

그분의 대답은 믿는다는 것이었다. 그래서 내가 말했다.

"그렇다면 앞으로도 꺾이지 말고, 계속해서 재정적인 손실이 있다 하더라도 꾸준히 골프를 시키십시오."

그런데 이 말을 들은 그분이 반문했다.

"그렇게 믿는다고 믿어서 계속 지원을 했는데 만약 골퍼로서 성공하지 못한다면 재산도 까먹고 어떻게 합니까?"

나는 대답했다.

"그렇게 생각한다면 그건 따님을 못 믿으시는 거지요."

믿는다는 것은 100퍼센트 믿는 것을 말한다. 말로는 성공할 줄로 믿는다고 하면서도 한편으론 '그러다가 만약에 성공하지 못하면 어떻게 하나?'라는 생각을 하고 있다면 이것은 믿는 것이 아니다. 나의 경우에는, 남들이 보면 무모했다고 할지 모르지만, 이 부분에서는 망설인 적이 없다. 지애 엄마가 죽고 1,900만 원이라는 재산이 남았을 때 그 전 재산(얼마 되지 않았지만 우리에게는 전 재산이었고 삶의 밑천이었다.)을 털어 넣어야 했지만 지애의 재능을 진심으로 믿었고 지애를 골프로 성공시키겠다는 일념에 일말의 의심이나 불안감이 없었기에 그대로 전진할 것을 결정했다. 그래서 여기까지 왔으며, 그렇게 믿었던 대로 이루어진 것이 아닐까.

부모가 자식을 믿게 되면 자식은 그 믿음을 느낀다. 부모가 정말 자신을 신뢰하고 있다는 것을 느끼게 마련이다. '아, 부모님이 나를 이렇게 믿고 있구나.' 하는 그 느낌이, 그 생각이 부모님이 자신을 믿어 주는 데 대한 자부심과 책임감으로 뿌리내리게 된다. 그런 상태에서 훈련을 한다면 그런 느낌이 없이 그저 시키니까 마지못해 하는 것과 비교하여 크나큰 차이를 보이게 된다. 왜냐하면 부모의 강압에 억지로 하는 훈련이 아니라 스스로 느끼고 자발적으로 하는 훈련이 되기 때문이다. 부모 자식 간의 사랑에 가장 필요한 것은 신뢰다. "내가 내 자식을 믿지 않으면, 이 세상에 누가 내 자식을 믿겠는가."

4
끊임없이 생각하고 연구하며 치게 하라

전부는 아니겠지만 대다수의 주니어 골퍼 학부모들이 골프 실력을 향상시키는 방법이란 연습장에서 연습하고, 레슨 받고, 라운딩하는 것이면 된다고 생각하고 있다. 그분들의 생각은 그저 열심히 연습하라는 것이다. 거의 24시간 자녀와 생활을 함께하면서 단지 꾀부리지 않고 열심히 연습하는가 어떤가 감시 역할만을 하는 분들이 많다. 하지만 연습장 연습, 레슨, 라운딩은 골퍼라면 누구라도 똑같이 밟는 과정이고 방법이다. 그렇다면 모든 골퍼가 똑같이 하는 훈련을 똑같이 해 가지고 어떻게 그들을 이길 수 있겠는가? 경쟁자를 이기기 위해서는 그들과 다른 그 무엇이 있어야 하며, 남들보다 효과적인 연습 방법이 있어야 하지 않겠는가. 바로 주니어 골퍼의 부모들이 채워 주어야 하는 부분이다.

중요하게 두 가지를 생각할 수 있다. 첫째 자녀가 생각하는 골프를 하게 하는 것, 그리고 둘째로 부모 스스로 부단한 노력으로 골프에 대한 자기 계발을 하는 것이다.

현재 주니어 골퍼들이 받는 레슨이나 부모님들의 교육을 보면, 전부는 아닐지라도 대다수가 강제적이며 주입식이다. 자녀 스스로 생각할 기회를 주지 않고 무조건 연습을 강요한다. 자녀는 또 부모님이나 코치님에게 꾸중 듣지 않기 위해서 자신의 의지나 생각을 접어두고 그저 기계처럼 시키는 대로만 한다. 그래야 편해지기 때문이다. 그러다보니 골퍼 스스로가 생각하는 골프를 하지 못하는 경우가 많이 있게 된다. 하지만 지애를 통해 내가 경험한 것은 선수 자신이 생각을 하면서 골프를 할 때 자기 스스로 자신의 문제점을 찾는 능력이 생기고, 이윽고 자기 스스로 문제점을 해결해 가는 능력을 갖추게 된다는 것이었다. 이러한 바탕 위에서 창조적인 플레이가 나오는 것 같다.

자녀 스스로 사고하고, 한편으로는 부모의 연구와 공부가 뒷받침되는 이 두 가지가 조화를 이루려면 어떻게 해야 할까. 답은 대화를 많이 하라는 것이다. 대화를 많이 하다 보면, 자녀의 생각도 알 수 있다. 자녀가 무엇을 생각하는지, 자녀가 어떻게 생각하는지를 파악하게 된다면 내 자녀에게 맞는 연습 방법이나 교육 방법을 찾기 쉬울 것이다. 더 나아가서 연습 방법 등에서도 남들 다 하는 천편일률적인 방법만 답습할 것이 아니라 아닌 내 자녀에게 맞는, 조금 더 효과적인 방법을 끊임없이 개발하고 고정관념을 깨뜨려 발상을 전환하는 게 필요하다.

지금 KLPGA 투어가 열리는 연습 그린에 가면 선수들이 귀에 이어폰을 꽂고 음악을 들으면서 연습하는 광경을 많이 볼 수 있다. 이삼 년 전만 해도 생각할 수 없는 풍경이었다. 제일 먼저 음악을 들으면서 연습한 사람이 지애다. 처음에 지애가 귀에 이어폰을 꽂고 연습을 하는 모습을 보고 많은 학부모님들이 의아하게 생각했다. 어떤 분들은 영어 공부를 하나 보다 생각했다고 한다. 하지만 영어 공부가 아니라, 음악을 좋아하는 지애였기에 음악을 들으면서 연습했던 것이다. 어떤 선수는 지애가 그렇게 하는 것을 보고 자기도 따라서 음악을 들으면서 연습했다가 그 부모로부터 그렇게 하면 집중력이 떨어진다며 크게 꾸중을 듣기도 했다. 하지만 내 생각은 달랐다. 지애는 워낙 음악 듣기를 좋아한다. 가만히 두면 MP3 플레이어를 이용해 하루 24시간이라도 음악을 듣는다. 그렇다면 음악을 들으면서 연습을 해도 좋을 것 같았다. 그래서 마음껏 들으면서 연습하도록 했더니, 결과가 좋았다.

자기가 좋아하는 음악을 들으면서 연습을 하다 보니 몇 시간씩 퍼팅 연습을 해도 지루함을 모른다. 어떤 때는 7시간 가까이 퍼팅만 연습할 때도 있었다. 다른 선수들은 놀란다. 아침에 연습 라운딩을 나갈 때 지애가 퍼팅 그린에서 연습하는 모습을 보고 나갔는데, 라운딩을 끝마치고 나올 때까지 그대로 연습하고 있으니 지독하다고까지 하였다. 골프를 조금이라도 해 본 사람이라면 알겠지만 퍼팅 연습이라는 게 얼마나 지루한 운동인가. 허리도 많이 아프다. 그래서 오래 연습할 수 없다. 그러나 좋아하는 음악을 들으면서 연습하다 보니 지루하지 않게 연습할 수 있었다.

이점은 또 있다. 음악을 들으면서 연습을 하면 처음에는 음악이 그대로 들리지만 계속해서 듣다 보면 어느 순간 자신이 음악을 듣고 있다는 사실을 잊게 된다. 하지만 음악은 흐르고 있기 때문에 저절로 리듬감 있는 퍼팅이 되고, 또 이어폰을 꽂고 음악에 몸을 맡기다 보면 자연히 주위 소음이 차단되므로 오히려 집중력 있게 연습할 수 있는 것이다. 내가 이런 이야기를 다른 부모님들께 했던 까닭인지 이제는 음악 들으면서 연습하는 것이 더 이상 별난 일이 아니다. 도리어 어디를 가든 선수들이 귀에 이어폰을 꽂고서 연습하는 모습을 자주 발견하게 된다.

집중력을 키우기 위해 또 다른 방법들도 두루 시도해 보고 사용해 보았다. 그중 한 가지가 엠씨스퀘어다. 엠씨스퀘어에 보면 뇌파를 자극해서 집중력을 향상시킨다거나 피로할 때 피로 회복을 빠르게 해 준다거나 잠이 안 올 때 숙면을 취하게 하는 등 여러 가지 프로그램이 있다. 골프를 시작한 지 얼마 되지 않아 이런 정보를 듣고 아는 분을 통해 중고를 하나 구입했다. 그리고 초등학교 6학년 때부터 규칙적으로 사용하게 했다.

물론 실제로 그것이 얼마나 효험이 있는지는 입증하기 어렵다. 하지만 나는 확실히 된다는 믿음을 가지고 지애에게 사용할 것을 권했고, 설사 실제로는 효과가 없다 할지라도 플라시보 효과에 의해 지애의 경기력 향상에 도움이 되었을 것이 틀림없다고 생각한다.

또한 연습하는 방법 하나도 여러 가지로 연구를 해서 내실 있는 연습이 되도록 했다. 예를 들면 시합 전에 연습할 때에는 연습 라운드를 돌면서 파악했던 것들을 구체적으로 떠올리면서 연습하게 했다. 시합 며칠 전에는 1번 홀부터 18번 홀까지 세컨드 샷을 연습시켰다. 말하자면 이런 식이다. 1번 홀에서 드라이버로 티샷을 한 후 대충 얼마나 거리가 남는지 물어본다. 그리고 지애가 "한 140미터 정도 남았어요."라고 하면 7번 아이언으로 140미터를 생각하면서 10개를 치게 한다.(한국 투어를 뛸 때 지애는 보통 7번 아이언으로 145미터 가량 볼을 보냈다.) 그런 다음에 2번 홀은 세컨드 샷이 얼마나 남았느냐고 물어보고, 지애가 "120미터 정도요." 하면 9번 아이언으로 120미터를 보내는 샷을 하게 한다. 이렇게 18번 홀까지 구체적인 데이터에 따라 생각하면서 연습을 하게 한다. 이러한 연습을 마치고 나서 드라이버나 우드, 웨지 샷을 연습하게 하였다. 그리고 시합 당일에는 아침에 연습장에 가서 똑같은 방법으로 하되 개수를 줄인다. 시간이 없을 때는 홀마다 3개씩, 시간이 조금 여유 있을 때는 홀마다 5개씩 하는 것이다. 이렇게 연습하고 경기에 나갔을 때, 만약 1번 홀에서 연습했던 대로 140미터짜리 세컨드 샷 거리가 남게 될 경우 얼마나 편하고 여유 있게 샷을 할 수 있겠는가?

또한 연습장에 가서 많은 주니어들이 연습하는 것을 보면, 거의 대부분 처음부터 끝까지 모든 클럽으로 풀스윙을 연습하는 것을 보게 된다 하지만 텔레비전 중계를 보든 실제 시합을 보든 내 자녀의 경기하는 모습을 한번 꼼꼼히 관찰해 보라. 필드에서는 드라이버나 우드 샷 빼고는 거의 풀스윙 하는 것을 볼 수가 없다. 그런데 연습장에서는 풀스윙만 연습해서 과연 정말 연습이 될까? 연습장에서 컨트롤 샷을 자주 연습하지 않으니 실제 경기 중에 어떻게 컨트롤 샷으로 거리 조절을 할 수 있겠는가? 내 경우 지애를 연습 시킬 때 7번 아이언을 가지고 145미터를 보내는 풀스윙 연습을 한 후에는 꼭 같은 7번 아이언으로 135미터를 보내는 연습을 병행해서 시키곤 하였다.

이러한 내용들은 다 아는 내용일지 모르지만, 아는 것과 그것을 정말로 실행에 옮기는 것과는 큰 차이가 있다. 남들이 하는 대로 따라서 한다거나, 남들의 뒤를 따라가서는 결코 남들을 이길 수 없다. 그렇다면 아주 조그마한 것에서부터 남들과 차별이 되는, 원리를 꿰뚫는 합리적인 방법을 연구하여 연습을 하도록 해야 한다. 이 부분 역시 나이 어린 주니어 골퍼들의 경험 부족을 메꾸어 줄 수 있는 부모의 역할이고 책임인 것이다. 욕심을 앞세워 꾸중하고 질책만 할 것이 아니라 무엇인가 자식에게 제시할 것을 제대로 공부하고 연구하면, 자식도 그러한 나의 노력에 비례해서 생각하는 골프를 치게 될 것이다.

5

연습 라운드는 말 그대로
연습 라운드일 뿐이다

또 한 가지, 주니어 골퍼의 학부모들에게서 흔히 볼 수 있는 그릇된 인식이 있다. 연습 라운드에 대한 것이다.

시합을 앞두고 자녀에게 연습 라운드를 돌도록 한다. 끝내고 나오는 자녀를 맞이하는 부모의 첫마디가 이것이다.

"그래, 오늘 몇 타 쳤어?"

그리고 그 질문에 대답하는 자녀의 스코어가 만족할 만하면 기분 좋아하고, 반대로 만족할 만한 스코어가 나오지 않으면 화를 내며 질책하는 경우를 많이 보아왔다. 고백하는데 나도 예전에는 그랬으니까…….

하지만 이것이 오히려 독이 된다. 매번 부모가 이런 모습을 보이다 보니, 연습 라운드를 도는 자녀의 마음 자세가 말 그대로 한번 코스를 돌며 그 특성을 파악하고, 이렇게도 쳐 보고 저렇게도 쳐 보고 하는 연습의 의미가 아니라 오히려 시합 이상으로 긴장하여 스코어 내기에 급급하게 되어 버리고 만다. 그러느라고 코스 파악은 뒷전이되니 연습 라운드를 뛰는 의미가 퇴색하는 것이다.

광주에 있을 적의 일인데, 심지어 어떤 어린 여학생은 연습 라운드 때 스코어가 잘 나오지 않아 아빠에게 혼날 것이 두려워서 스코어를 속여 작성해 가지고 잘 치고 들어왔다고 거짓말을 하는 것까지 보았다. 그러나 부모님께 혼나지 않으려고 스코어를 속인 그 선수가 어떻게 시합 때 좋은 스코어를 기록할 수 있겠는가? 그런 식으로는 결국 그 아버지의 입에서 "우리 애는 연습 라운드 때는 기가 막히게 치는데, 막상 시합에만 들어가면 스코어가 안 나와. 속상해 죽겠네." 하는 말이 나오게 될 것이다.

이것은 부모의 잘못이다. 연습 라운드는 말 그대로 연습 라운드일 뿐이다. 연습 라운드의 목적은 스코어를 잘 내는 것이 아니라, 시합 당일에 좋은 스코어를 내기 위해 코스를 파악하고 잔디 결을 파악하고 그린 라이를 파악하고 특성에 낯을 익히는 것이 아닌가. 이렇게도 쳐 보고 저렇게도 쳐 보고 다양한 경험을 하는 것이 바로 연습 라운드의 목적이다.

지애가 전라남도 학생 골프대회에서 계속해서 우승할 때의 일이다. 그 당시 지애와 같은 또래로 골프 시작한 지 얼마 되지는 않았지만 힘도 좋고 그 아버지가 무척 열성적으로 열심히 연습을 시키는 친구가 있었다. 그 친구가 한번은 지애와 함께 연습 라운드를 돌면서 지애보다 좋은 스코어를 기록했는데 기분이 좋아서 자기 아버지에게 말했다. "아빠, 오늘 치는 거 보니까 지애나 나나 큰 차이가 없던데? 오늘은 내가 더 잘 쳤어." 하지만 그 친구는 그로부터 3년여에 걸쳐 단 한 번도 시합에서 지애를 이겨 보지 못했다. 연습 라운드 때는 이겼지만 실전에서는 진다, 그것은 무엇을 말하는가? 지애 친구는 연습 라운드 때에도 좋은 스코어를 위해 쳤지만, 지애는 실제 시합에서 사용할 정보를 얻기 위해 코스 이곳저곳을 파악하며 샷도 해 보는 등 말 그대로 연습을 위해 연습 라운드에 임했던 것이다.

연습 라운드의 효과를 제대로 보기 위해서는 또 한 가지 명심할 점이 있다. 복기이다. 바둑 명인들이 대전이 끝난 후 복기를 하는 것처럼 연습 라운드도 반드시 복기를 해야 한다. 연습 라운드 복기를 할 때는 특히 버디를 복기하는 게 아니라 보기한 기록을 복기해야 함을 잊어서는 안 된다. 똑같은 실수를 반복하지 않기 위해서다.

어떤 상황에서 보기를 했는지, 어떤 실수를 해서 그렇게 되었는지, 다음에 같은 상황을 맞이하게 되면 어떻게 해야 하는지 등을 생각하며 복기하도록 한다. 왜냐하면 골프란 남들보다 잘 쳐서 좋은 스코어를 낸다기보다 남들보다 실수를 줄여서 좋은 스코어를 내는 게임이기 때문이다. 이것은 실제 경기에서도 똑같이 적용된다. 박빙의 접전을 하며 마지막 라운드를 맞이했을 때, 아니면 심지어 몇 타 뒤처진 상태에서 마지막 라운드에 임하게 되었을 때 내가 지애에게 항상 해 주는 말이 있다.

"승부는 후반 9홀에서 결정되는 거야. 전반 9홀은 그저 실수만 하지 않는다는 생각으로 따라가기만 해라. 네가 뒤처지지만 않는다면 분명히 상대방 쪽에서 실수를 하게 돼 있으니까. 반대로, 네가 조급한 마음에 따라가려고 무리를 하면 분명히 실수가 나오게 된다. 네가 실수를 하게 되면 상대방 선수가 더 여유 있게 플레이를 하게 되고, 그렇게 되면 승부가 힘들어져."

이러한 예상은 자주 그대로 맞아떨어졌다. '파이널 퀸'이라는 별명을 얻을 만큼 역전승을 많이 해 본 지애이지만 들여다보면 지애 자신이 잘 쳐서 역전 우승한 것과 상대방이 실수해서 우승한 것이 거의 반반이다.

6 / 훈련 계획은 처음부터 체계적으로 세워라

훈련의 목적이 무엇인가? 훈련의 중점을 어디에 둘 것인가? 이러한 물음에 확실한 대답을 할 수 있는지 먼저 묻고 싶다. 내가 생각하는 훈련의 목적은 '약점을 보완하는 것'이다. 그런데, 많은 학부모님들께서 이러한 목표 의식이 없이, 앞서 말한 것처럼 그저 '열심히' 볼만 치는 훈련을 생각하신다. 목표 의식이 없이 그저 열심히 연습하는 것과 분명한 목표를 가지고 연습하는 것 사이에는 큰 차이가 있다. 특히 주니어들의 경우 아직 스스로 판단하고 결정할 능력이 충분치 않기 때문에, 부모가 어떻게 인도하느냐가 곧 그 선수가 어떻게 자라느냐를 결정하는 중요한 요인이 될 수 있다.

앞서 지애의 훈련 이야기를 하면서 잠깐 언급했지만, 지애가 어프로치가 약하여 이를 보완할 필요가 있다고 느꼈을 때는 다른 모든 연습보다 먼저 어프로치 보완에 중점을 두고 질리도록 연습했으며, 100미터 안쪽 샷이 부족하다고 느꼈을 때는 몇 달이고 100미터 이하 샷을 연습하는 데 매진했다. 퍼팅도 마찬가지였다. 정말 퍼팅만은 자신 있다는 경지가 될 때까지 다른 샷에 우선하여 퍼팅에 많은 시간을 할애해 연습했던 것이다.

동계 훈련에 임할 때에도 마찬가지다. 거의 대부분의 주니어 학부모님들이 자녀들을 동계 훈련에 보낼 것이다. 그런데 부모님들이나 레슨을 해 주시는 프로 선생님들이나 선수의 특성과 약점을 파악하여 특정 부분을 보완하기 위해 훈련을 실시하기보다는 동계 훈련에 참가한 여러 선수들이 똑같이 드라이빙 레인지에서 연습하고, 똑같이 라운딩을 하고, 똑같이 쇼트 게임을 하는 것이 보편적이다. 현실이 그렇기는 하지만, 동계 훈련의 목적을 분명히 인지시킨 후에 보내는 편이 훨씬 효과적이 되지 않을까. 드라이버 샷의 방향이 좋지 못한 선수는 방향을 잡는 데 중점을 두어 많은 훈련 시간을 할애해야 할 것이고, 어프로치가 안 좋은 선수는 어프로치 연습에 많은 시간을 할애하고, 아이언 샷이 안 좋은 선수는 아이언 샷을 다듬는 데 더 많은 시간을 써야 한다. 드라이버가 안 좋은 선수나 어프로치가 안 좋은 선수나 아이언 샷이 안 좋은 선수 모두가 똑같이 같은 연습 과정을 수행하는 것은 효과적이지 못하다.

골프를 한두 해 하고 말 것이 아니라면, 장기적인 계획을 세워서 훈련하도록 하는 것이 시행착오를 줄이는 지름길일 것이다. 첫해에는 드라이버 샷을 중점적으로 연습한다면 2년째에는 아이언 샷, 3년째에는 쇼트 게임 능력, 그 다음 해에는 게임 운영 능력을 키우는 식으로 말이다. 이런 식으로 계획을 세워 4년 정도 집중적으로 훈련에 임한다면, 아무 계획 없이 그저 무작정 남들이 하니까 나도 한다는 식으로 동계 훈련을 보내는 것보다 훨씬 큰 성과를 거둘 수 있다. 4년간 선수의 특성이나 약점을 파악 못하고 일률적으로 연습하고 라운딩하고 쇼트 게임 하는 동계 훈련에 참가한 것과 비교한다면 엄청난 차이가 나게 된다.

목표 의식을 가지라는 것은 장기적인 훈련에만 국한된 이야기가 아니다. 오늘 하루 훈련을 어떻게 할 것인가, 또 이번 주 훈련을 어떻게 할 것인가에 대해서도 목표를 두고 계획을 세워 훈련을 한다면 무작정 아무 계획 없이 아침에 골프 백을 메고 나가 연습하고 돌아오는 그러한 사람과는 시간이 지날수록 점점 큰 차이를 보이게 될 것이다. 내 경우 지애를 가르치면서 훈련 계획서와 라운딩 분석표를 만들어 A4용지에 출력해서 매일매일 훈련 일지를 작성하게 하였으며, 라운드 일지를 쓰도록 하여 그날그날 라운딩 할 때의 문제점을 한눈에 파악할 수 있게 했다. 그리고 여기에서 파악된 데이터를 근거로 연습 계획을 세웠다. 처음에는 귀찮기도 했지만, 시간이 지나고 데이터가 쌓이면서 자료 작성의 효과가 점점 나타나기 시작했고 또 어느 때부터인가 목표 의식을 가지고 연습하는 습관이 몸에 배게 되었던 것이다. 부모만큼 자녀를 잘 아는 사람은 없다. 내 자녀의 특성과 성격 장단점을 부모님이 분석하고 챙겨 준다면 무엇보다 소중한 자료가 되고 실력 향상에 큰 도움이 될 것이다.

골프 일지

일시:　　년　월　일　시　분　　　　장소:　　　　컨트리클럽　　　날씨:

HOLE		1	2	3	4	5	6	7	8	9	TOT
FAR											
스코어											
F/W 안착(O, X)											/7
그린 적중(O, X)											/9
세컨드샷	남은 거리(M)										
	아이언										
	샷 감각(↑O↓)										
	거리(+, -, M)										
어프로치(M, O, X)											
트러블 샷(O, X)											
퍼팅 수											
HOLE		1	2	3	4	5	6	7	8	9	TOT
FAR											
스코어											
F/W 안착(O, X)											/7
그린 적중(O, X)											/9
세컨드샷	남은 거리(M)										
	아이언										
	샷 감각(↑O↓)										
	거리(+, -, M)										
어프로치(M, O, X)											

| 트러블 샷(O, X) | | | | | | | | | |
| 퍼팅 수 | | | | | | | | | |

오늘 라운딩 반성		토탈 스코어

인도어 연습	오늘 연습 목표	
	연습 결과 평가 및 반성	
	오늘의 레슨 내용	
	내일 연습 주안점	

7

자신만의 스윙을 가지게 하라

한국에서 골프 선수로 커 나가는 과정을 보면, 특징이 유독 레슨을 많이 받는다는 것이다. 지애와 함께 외국에 다니면서 보고 들은 바에 따르면 다른 나라에서는 한국처럼 그렇게 많은 레슨을 받지는 않는다. 그래도 그들은 그들 나름대로 실력을 쌓아 가고 있다.

물론 초보자일 경우 당연히 레슨을 받아야 하며 많이 받을수록 좋다. 하지만 어느 정도 수준에 오르고 이론적으로도 아는 것이 쌓인 다음이라면, 이 부분은 한번쯤 생각해 볼 만한 문제이다. 왜냐하면 매일같이 레슨을 받는다는 것은 잘못된 부분을 노상 고치고 고치고 또 고친다는 말이 되기 때문이다.

골프 스윙은 수십 가지 메커니즘이 작용하여 이루어지는 종합적인 것이다. 그런데 그 수십 가지 고려할 사항들 가운데 어느 하나를 고친다고 하여 갑자기 샷이 좋아지지는 않는다. 물론 고치면 고친 만큼 조금 나아지기야 하겠지만, 현실적으로는 하나를 고치면 하나가 안 되는 경우가 더욱 많다. 그럼 언제까지 스윙을 교정할 것인가? 평생? 결국 이렇게 매일매일 레슨에 의존하며 스윙을 교정하는 까닭에 많은 골퍼들이 자신의 스윙에 자신감을 갖지 못하고, 나아가 자신만의 스윙을 만들고 발전시키지 못하며, 결국 자신만의 스윙이 없기에 자신만의 리듬을 갖는 데도 실패하는 게 아닐까.

몇 년 전에 한국의 모 여자 프로가 미국 투어를 뛰면서 미국의 유명한 레슨 코치에게 레슨을 받는데 그 코치가 이런 말을 했다고 한다.

"왜 한국 선수들은 모두가 스윙이 똑같아요?"

무슨 말이냐고 물으니, 선수마다 체형도 체격도 체력도 다른데 스윙은 모두가 똑같다고 얘기하더라는 것이다. 선수 자신만의 신체에 적합한 자신만의 스윙이 없더라는 의미다. 그 이유가 무엇일까. 바로 레슨을 많이 받다 보니 그렇게 된 것이다.

학생들에게 레슨을 해 주시는 프로 골퍼 분들은 모두 이론적으로 잘 무장되어 있다. 또, 골프 스윙에 관한 그분들의 이론에는 서로 별 차이가 없다. 레슨 프로들은 어느 정도 공통적으로 정리된 이론에 바탕하여 후배를 가르칠 수밖에 없는 것이다. 하지만 생각해 봐야 할 것은 그렇게 일반화된 스윙 이론이 과연 서로 다른 사람들 모두에게 똑같이 적용될 수 있느냐 하는 문제다. 골프 교과서나 레슨 프로들이 가르치는 것은 흔히 우리가 말하는 FM에 해당한다. 문제는 이를 받아들이는 선수가 FM대로의 몸을 가지고 있지 않다는 점이다. 특히 한창 자라나는 과정에 있는 주니어들은 더욱 더 그러하다. 아직 그런 스윙을 할 수 있는 몸이 만들어져 있지 않은 것이다.

세계적으로 유명한 프로들처럼 체계적인 웨이트트레이닝을 하고, 유연성 운동도 하고, 밸런스 운동도 하고……, 이렇게 완벽하게 몸이 만들어진 상태에서는 더없이 적절한 이론들일 것이고, 제대로 된 바탕 위에 좋은 스윙 이론의 교육이 접목된다면 순탄하게 좋은 스윙을 낳을 수 있을 것이다. 그렇지만 남성이나 여성이나, 청년이나 장년이나, 근력이 있는 사람이나 없는 사람이나 똑같은 이론에 의거하여 똑같은 스윙을 하도록 한다면 그것은 조금 문제가 있지 않을까?

여러분이 다니는 골프 연습장에, 또는 여러분 주위의 골프 하는 사람들 가운데에는 분명히 정석대로의 스윙이 아닌데도 골프 고수 소리를 듣는 분이 있을 것이다. 그분들은 어떻게 정석이 아닌 스윙으로 고수 소리를 들을까?

2008년의 일인데, 일본에서 요코미네 사쿠라 선수의 부친과 저녁 식사를 함께한 적이 있다. 그 자리에서 딸이 처음 골프를 배울 때 그 아버님이 이렇게 가르쳤다는 이야기를 옆의 지인에게 들었다. 골프 연습장 한가운데에 대나무를 꽂아 놓고 말했다고 한다.

"스윙이야 아무렇게 해도 상관없으니 무조건 저기 있는 대나무에 가깝게만 볼을 보내 보렴."

지금 요코미네 사쿠라의 스윙을 보라. 어떻게 저런 스윙으로 볼을 저렇게 잘 맞힐 수 있을까 하는 생각이 들 정도로 오버스윙을 한다. 우리나라 오버스윙의 대표격인 김미현 프로보다 더 크게 휘두르는 오버스윙이다. 백 스윙 때 헤드가 거의 지면에 닿을 지경이다. 그런데 기가 막히게 볼을 잘 맞힌다.

또 짐 퓨릭의 스윙을 보라. 팔자 스윙으로 꼭 슬라이스를 낼 것만 같다. 폴라 크리머의 스윙을 보면 임팩트 때 머리가 아주 많이 다운된다. 뒤 땅을 때릴 것만 같은 모습이다. 지애가 미국 투어를 뛰면서 로레나 오초아와 함께 경기할 일이 많이 있었다. 그런데 오초아가 임팩트 후에 오른 발을 앞으로 내딛는 모습을 자주 볼 수 있었다. 텔레비전에서도 이런 장면이 많이 보였는데, 처음에는 임팩트가 잘못되었나 보다 했지만 그게 아니었다. 기가 막히게 홀 컵 가까이 붙인다. 지금은 은퇴했지만 소렌스탐의 스윙도 우리가 아는 정석에서는 조금 벗어났다고 많은 분들이 생각을 한다. 흔히 말하는 '헤드업'을 너무 빨리 한다는 것이다. 그런데도 볼은 기가 막히게 잘 치는 것을 보게 된다. 누가 소렌스탐에게 헤드업을 한다고 고치라고 하겠는가.

이게 무엇을 의미할까? 바로 자신만의 스윙을 가지고 있고, 자신만의 리듬을 가지고 있는 것이라고 말할 수 있다. 전에 지애가 한국 투어를 뛸 때에 서모 프로와 늘 같이 다녔는데 서모 프로가 성적이

별로 나지 않고 기복이 심했다. 그런데 보니까 스윙이 안 될 때마다 스승을 찾아가서 시합 중에도 레슨을 받고 오는 것이었다. 그래서 그 아버지께 넌지시 말을 했다.

"○○이가 자신만의 스윙이 없는 것 같습니다. 매일 레슨을 받다 보니 선생님이 가르쳐 준 대로만 스윙을 하려고 하고, 그래서 스스로 어려움을 극복할 힘이 부족한 것 같아요. 그러니 레슨을 줄여 보시지요. 레슨 받을 때마다 잘못된 부분을 지적당하고, 고치고 하다 보면 내 스윙에 대한 자신감이 없어지고 잠재의식 속에 내 스윙에 대한 부정적인 인식만 심어질 것 아닙니까. 차라리 원 포인트 식으로 레슨을 바꿔서 한 달에 서너 번씩만 받기로 하고, 일주일 정도 혼자서 볼을 치다가 레슨 받으러 가서 잘못된 부분을 지적당하면 그 부분을 또 어느 정도 시간을 가지고 혼자서 연습하고, 또 일주일 후에 가서 스윙을 점검해 보고 하는 식이 어떨까요. 그렇게 반복하다 보면 아마도 자신만의 스윙(리듬)을 갖게 될 것 같은데요. 지애도 몇 년째 원 포인트 식으로 레슨을 받습니다. 그래서 지애는 자신만의 스윙을 가지게 되었고, 특히 자신만의 스윙을 가지고 있기 때문에 레슨을 받을 때도 스윙을 새로 고쳐 나가는 것이 아니라 지애가 지금까지 가지고 있었던 스윙에서 틀려진 부분이 어떤 것인가를 중점적으로 보고 그것을 원상회복하는 방식으로 레슨하시더군요. 그렇게 한번 해 보시지요."

서모 프로 아버지께서는 흔쾌히 내 말을 받아들여 그 다음 달부터 원 포인트 레슨으로 방식을 바꾸었다. 물론 그것이 전부는 아니겠지만 어쨌든 이제 서모 프로는 자신의 스윙에 대해 자신감을 가지게 된 것을 본다. 또한 한 해 전부터는 아주 좋은 성적을 내고 있다. 골프 스윙에 100퍼센트 완벽한 스윙이란 아마 없을 것이다. 그러니 100퍼센트 완벽한 스윙을 하려고 하기보다는 100퍼센트 자신에게 적합한 자신만의 스윙을 발전시키는 편이 낫다고 생각한다.

스윙에 대한 이야기가 나왔으니까 하고 넘어가고 싶은 말이 하나 더 있다. 그것은 부모님들이 마치 스스로 레슨의 대가인 것처럼, 특히 주니어 때에는 자녀들의 스윙을 이리저리 가르치고 지적하려 한다는 것이다. 아마 이 글을 읽는 대부분의 부모님들이 시인하실 것이다. 문제는 우리 부모들이 골프를 배우는 과정이 체계적이거나 전문적이지 못하여 그저 여러 매체를 통해 주워 들은 것을 주먹구구식으로 가르치는 경우가 많다는 것이다. 원리와 개념을 무시한 채 단순히 내가 들어서 알고 있는, 누구나 아는 지식으로 자녀를 지도하기 일쑤이다. 또한 부모님이 가르칠 때는 전체적인 것은 고려하지 않은 채 단편적인 것만을 보고 어떤 일부분의 문제점만 지적하는 경우가 많다. 그러다 보면 전체적인 스윙 메커니즘은 무너질 수밖에 없다.

더욱이 주니어들은 그러한 부모님의 지시와 가르침에 대꾸할 엄두를 못 내는 경우가 대부분이다. 왜냐하면 부모님이 지시하는 대로 하지 않았다가는 혼나기 때문이다. 어떤 때는 코치가 가르치는 것과 부모가 가르치는 것이 상충될 때가 있는데 이럴 때에 자녀들은 코치님이 보실 때는 코치님이 가르쳐 준 스윙을 하고, 부모님이 보실 때는 부모님이 가르쳐 준 대로 스윙한다. 이렇게 해서 어떻게 일관된 스윙을 발전시킬 수 있겠는가? 분명히 주의해야 할 부분이다. 연습 방법이나 심리적인 부분, 경기 운영 요령 등은 부모님이 조언을 할 수 있지만 스윙에 관한 한 전문가인 코치에게 일임하는 것이 현명할 것이다. 지애가 어렸을 때 한번은 미장원에 가지 않고 내가 집에서 직접 머리카락을 잘라 준 적이 있다. 전문가가 아니다 보니 한쪽을 다듬고 보면 다른 쪽이 길고, 또 다른 쪽을 그에 맞추어 잘랐더니 전체적인 균형이 맞지 않아서 자르고 자르다가 머리 뒤쪽을 다 망치고 결국에는 아예 머리카락을 빡빡 밀어 버릴 수밖에 없었다. 내 자식이라고, 내가 어른이라고 잘못 레슨을 하다 보면 이런 우를 범할 수 있다.

8
당장 눈앞의 성적에
급급하지 말라

당장 눈앞의 성적에 급급하지 말라는 말은, 막연하게 그때그때 상황에 따라 닦달하지 말고 장기적인 목표를 확실히 세워서 그 목표를 향해 체계적인 교육을 시키도록 하라는 의미이다. 나도 그랬지만, 대부분 주니어를 가르치는 부모님들은 당장 눈앞에 나오는 성적에 연연하는 경우가 많다. 모든 선수가 모든 경기에서 모두 우승할 수 없으며, 라운드마다 매번 좋은 스코어로 마칠 수도 없는 일이다. 그날그날의 성적에 따라서 부모님의 기분이 달라지고 교육의 방법에 일관성이 없다면 주니어 선수는 중심을 잡지 못하게 된다. 또한 부모님이 원하는 대로 주관 없이 따라가다 보면 자신만의 창조적인 플레이를 정립해야 할 시간에 우선 스코어를 내는 데 급급하여 다른 것을 돌아보지 못하는 결과를 빚을 수 있다. 어려서부터 이런 방식에 젖어 버리면 궁극적인 목표인 프로 데뷔 후에 좋은 성적을 기대하기 어렵다. 그렇기 때문에 주니어 때는 최종 목표를 향해 나아가는 하나의 과정이라고 생각해야 할 것인데, 현실적으로는 주니어 때의 그 한 시합이 전부인 양 매달리는 부모님들을 많이 보게 된다.

주니어 시절에는 왜 골프를 하는가, 목표가 무엇인가에 대한 분명한 지향심을 자녀에게 심어 주는 것이 무엇보다 중요하다. 설령 내 자녀가 한 게임에서 무너졌다고 하더라도, 그 과정을 넘고 일어설 수 있는 자신감이 있고 잘 해내지 못한 게임을 통해 무엇을 고쳐야 할지 정보를 얻을 수 있다면 그것으로 충분하다. 그것으로 만족해야 마땅한 것이다. 그렇게 하나하나 고쳐 나가다 보면 어느 날 문득 부쩍 성장해 있는 내 자녀의 모습을 발견할 수 있을 것이다.

부모가 욕심을 품으면 자녀도 자연히 영향을 받고, 그러다 보면 무리를 하게 된다. 한 예로 경기중 티샷이 깊은 숲이나 러프로 들어갔다고 하자. 나는 지애에게 항상 인정할 것은 인정하라고 가르쳐 왔다. 드라이버가 깊은 숲 속이나 트러블 샷을 할 수밖에 없는 상황에서 스코어에 급급해 욕심을 내다 보면, 무리하게 온 그린 시키려고 하다가 보기를 하고 심지어는 더블 보기를 하게 된다. 이런 경우를 지금까지 수도 없이 많이 보았다. 그럴 때는 100퍼센트 자신이 있지 않은 한 돌아가는 것이 옳다.

지애가 프로 선언을 한 이후에 처음 우승한 대회가 대만에서 열렸던 일본-대만 프렌드십 대회였다. 마지막 날 마지막 조로 대만 선수한 사람과 홍란 프로와 지애, 이렇게 세 명이 한 조를 이루어 출발하였다. 그리고 14번 홀까지 대만 선수가 1등으로 달려가고 있었는데 지애와 3타 차이로 선두였다. 남은 홀은 네 개. 네 개 홀이 남았는데 4타 차이가 나는 것이니 우승 가능성은 희박했다. 그런데 15번 홀에서 대만 선수의 티샷이 숲 속으로 들어갔고, 공교롭게도 볼이 나무뿌리 근처에 가 있는 것이 아닌가. 이때 대만 선수는 여유가 있어서 그랬는지 몰라도 그 상태에서 그대로 스윙을 했다. 결과는 나무뿌리를 치고 볼은 건드리지도 못했다. 그러더니 한 번 더 시도를 하는 것이다. 역시 볼을 쳐내지 못했다. 결국은 언플레이 볼을 선언하고 벌타를 하나 먹고 드롭한 후에 볼을 레이아웃 할 수 있었다. 결국 레이아웃한 후 6타 만에 온 그린을 시켰으니, 그 홀에서 4타 차가 단숨에 동타가 되어 버렸으며, 결과적으로 그 대회는 지애가 우승하고 그 선수는 3위로 밀려났다. 이것이 눈앞의 성적에 급급하지 말라는 말과는 조금 다른 이야기일지 몰라도, 돌아갈 때는 돌아갈 줄 알아야 한다는 의미에서는 같은 이치다.

앞에서 '내가 내 자식을 믿지 않으면, 이 세상에 누가 내 자식을 믿겠는가.'라는 말을 했듯이, 내가 조급해하면 내 자식도 조급해하고, 내가 불안해하면 내 자식도 불안해한다는 것을 기억해야 할 것이다. 반대로 나에게 여유가 있으면 내 자식도 여유를 가지고 플레이를 할 것이다. 이 세상에서 내 마음대로 되지 않는 것은 '자식'과 '골프'라고 하지 않던가. 부모의 역할은 어린 나무가 잘 자라 큰 나무가 된 후에 많은 열매를 맺게 하는 것이리라. 성급하게 아직 열매 맺을 때가 되지도 않았는데 조바심을 내며 열매를 바라는 부모보다는 어린 나무가 잘 자랄 수 있도록 거름을 주어 가꾸고 또 예쁘게 자랄 수 있도록 가지를 쳐 주는 그런 부모가 되어야 할 것이다. 그러기 위해서는 자녀에게 주입식으로 강요하기보다 과연 부모 자신이 어떤 목표를 가지고 자녀를 가르치고 있는지 분명한 비전을 가지고 있어야 한다. 자녀를 위해 어떤 계획을 가지고 있는지, 어떻게 인도할 것인지 부모가 먼저 멀리 내다보고 바른 지침을 가슴속에 품어야 하는 것이다. 부모의 합리적인 가르침 속에서만이 무한한 능력을 지닌 내 자녀가 비로소 그 능력을 발휘할 수 있다. 부모의 그릇만큼 자식은 크다.

9
합리적이고 창조적인 사고를 가지고 플레이하게 하라

내 자녀가 합리적이고 창조적인 사고를 가지고 플레이하기 위해서는 먼저 부모부터 합리적이고 창조적인 사고를 가지고 있어야 한다. 그러기 위해서는 앞에서 이야기한 대로 부모가 먼저 끊임없이 연구하고 생각하고, 그것을 대화를 통해 자녀에게 전해 줄 수 있어야 할 것이다. 한국 교육의 맹점은 강압적인 주입식 교육이라고들 한다. 골프 교육에 있어서도 마찬가지인 것 같다. 주니어 골퍼들을 보면 거의 맹목적일 정도로 부모님 말씀에 순종하고, 또 그래야 한다는 인식이 지배적이다. 문제는 이런 상황에 그 부모님이 합리적이고 창의적인 사고를 갖지 못하고, 전문가적인 소견도 없으면서 그저 막연한 지식으로 자녀를 가르친다는 데 있다.

내 인생의 승부를 오직 지애에게 걸었던 까닭이었을까. 자랑 같지만 나는 지애를 골프 시키기 위해 그 누구보다 더 노력하고 공부하고 연구했다. 그리고 그것을 대화를 통해 지애에게 심어 주었다고 자부한다. 내가 한 모든 것이 전부 옳다는 이야기는 아니다. 하지만 내가 처한 상황에서 최선의 노력을 했고, 합리적이고자 했으며, 그러한 나의 열정을 지애도 느낄 수 있었기에 아빠의 가르침, 아빠의 지도를 잘 이해하고 따라 주었던 것이다.

레슨 코치에 대한 이야기를 해 보자. 지애가 골퍼로 이름을 날리게 되자, 자녀에게 골프를 시키고자 하는 주니어 학부모님들에게서 때때로 좋은 프로 선생님을 소개해 달라는 전화가 온다. 어떤 프로가 좋은 프로일까? 질문을 받으면 나는 이 이야기부터 한다. "좋은 프로는 첫째 성실해야 합니다."

예컨대 수원에 있는 모 프로의 경우 정말 열정적으로 가르치신다. 너무나도 성실하게 지도에 임한다. 아침부터 저녁까지 잠시도 쉬는 시간이 없이 제자들의 스윙을 관찰하고 가르치는 모습을 나는 보았다. 심지어는 몸살이 나서 서 있기도 힘든 상태에서조차 병원에 가서 링게르로 영양제 주사를 맞고 와서 가르치신 일까지 있다. 그런 분이라면 누구라도 믿고 맡길 만하지 않을까? 그래서 몇몇 주니어들을 소개해 드리기도 했다. 하지만 모든 주니어들을 그분에게 소개하지는 않는다. 첫째 가는 조건이 성실이라지만, 또 한 가지 간과할 수 없는 중요한 조건이 있기 때문이다. 그것은 바로 내 자녀와 체형이 비슷한 분이라야 한다는 것이다.

주니어 학부모님들 가운데는 어떤 프로를 스승으로 모시고 있는 주니어 선수가 좋은 성적을 내면 앞뒤 볼 것 없이 그 프로를 찾아가서 자기 자녀의 지도를 부탁하는 분들이 있다. 하지만 코치에 대해 조언을 구하는 분들에게 나는 직접적으로 "모모 프로가 좋겠습니다." 하고 권하기보다는 이렇게 말한다.

"첫째로 성실하신 분, 그리고 둘째로는 내 자녀와 체형이 비슷한 프로를 찾아보세요."

생각해 보라. 내 자녀는 키가 크고 호리호리한 체형인데, 지애가 나중에 투어 프로를 은퇴하고 레슨을 하게 되었을 때 키가 작고 통통한 지애에게 키 크고 호리호리한 주니어가 레슨을 받는다면 어떨 것인가? 지애는 줄곧 작고 통통한 자신에게 맞는 스윙을 해 왔고, 또한 자신이 해 온 그런 스윙으로 그 키 크고 호리호리한 주니어를 가르치게 될 것이다. 그러면 과연 그 주니어 선수에게 적합한 스윙이 될 것인가?

반대로 내 자녀는 키도 크고 체격도 우람한데, 그 자녀를 가르치는 프로가 왜소하고 여윈 체형이라면 제대로 된 스윙을 접목시킬 수 있겠는가?

물론 스윙 이론에 따라서 학생의 체형에 맞는 스윙을 가르치기는 하겠지만 그 가르침이 효율적이지는 못할 것이다. 왜냐하면 단지 이론으로만 알 뿐, 그 체형에 맞는 스윙을 프로 자신이 해 보지 않았기 때문이다. 이 부분은 부모가 열의를 가지고 곰곰이 생각해 본다면 당연히 깨달을 수 있는 점이다. 참고로 지애를 처음 가르쳤던 하경종 프로와 두 번째로 만난 스승 전현지 프로는 지애와 형제자매인가 할 정도로 체형이 아주 비슷하신 분들이었다.

이뿐 아니다. 경기 운영 능력을 키워 주는 데 있어서도 부모는 끊임없이 생각하고 연구해야 할 것이다. 주니어 골프 선수들이 가장 많은 시간을 함께 보내는 사람이 다름 아닌 부모이기 때문이다. 예를 들어 지애가 연습 라운드를 할 때 나는 항상 지애에게 이런 주문을 한다.

"치면서 꼭 버디를 잡아야 할 홀 세 군데하고 파만 해도 성공이다 싶은 홀 세 군데를 찾아 와라. 어디어디인지 이따가 아빠한테 보고해."

이런 것을 시키는 이유는 코스마다 설계자가 만들어 놓은 함정 홀이 분명히 몇 개는 들어 있기 때문이다. 함정이 있는 홀이 몇 개 있을 뿐만 아니라, 흔히 말하는 '서비스 홀'이라는 것도 분명히 있다. 대부분의 코스가 그렇게 균형을 잡아 설계되어 있는 것이다. 그런데 만약 코스 설계자가 함정을 파 놓은 홀에서 무리하게 버디를 잡으려 한다면 자칫 보기를 하고 더블 보기를 하는 경우가 많이 나온다.

대부분의 주니어 선수들은 티 박스에 올라가서 코스를 어떻게 공략할지 특별히 설계를 하지 않는다. 그저 막연하게 드라이버는 페어웨이 가운데 떨어뜨린다는 생각만 하는 경우가 많다. 여기서 내가 지애에게 항상 이야기하는 것이 "티 박스에 올라가면 코스 설계자의 의도를 파악하라."는 것이다. 그래서 이 홀은 파만 해도 좋다고 생각하는 어려운 홀이라면, 파를 하기 위해서 드라이버부터 세컨드 샷까지 어떻게 해야 할 것인가를 생각하게 한다. 티 박스에 올라갈 때부터 파만 염두에 두고 플레이를 하게 되면 버디를 잡을 욕심을 가지고 플레이하는 것보다 훨씬 여유 있고 편안하게 할 것이다. 그런데 그런 코스 파악을 하지 않고 무작정 버디 잡으려고 하다가 코스 설계자가 파놓은 함정에 빠져서 보기, 더블 보기를 한다. 이 부분은 꼭 생각해 봐야 할 중요한 부분이라고 생각한다.

코스 공략에 대해서 더 자세한 내용은 뒤에 다시 언급할 것이다. 어쨌든, 주니어들은 아직 나이가 어리기에 부모들보다 치밀하게 합리적인 사고를 하기 어렵다. 그렇다면 그런 부분을 보충해 줄 수 있는 사람이 바로 부모일 것이다. 스스로 합리적이고 창조적인 플레이를 할 수 있게 되기까지 부모가 먼저 끊임없이 합리적인 생각을 하고 창조적으로 교육시켜야 한다.

10
즐겁고 흥겨운 마음으로
골프를 치게 하라

단숨에 골프 실력을 신장시키는 방법이 있다면 얼마나 좋을까? 아마 주니어 골프를 가르치는 모든 부모들의 마음이 똑같으리라. 하지만 '영어에는 왕도가 없다.'라는 말처럼 '골프에도 왕도가 없다.'고 말할 수밖에 없다. 가장 빠른 방법은 열심히 연습하는 것뿐이라는 이야기다. 열심히 연습할 뿐 아니라 효과적인 연습을 해야 한다. 효과적인 연습을 하지 못하면 골프 실력은 쉽사리 좋아지지 않는다. 또 한 가지 중요한 것은, 골퍼 스스로 좋아서 하는 연습이 아니라 부모의 강요에 못 이겨 억지로 하는 연습이라면 아무리 열심히 한다고 해도 효과가 반감될 수밖에 없다는 것이다. 이 점에 주목한다면 '어떻게 하면 열심히 연습하게 할 수 있을까?', '어떻게 하면 즐겁게 연습을 하게 할까?' 하는 고민이야말로 모든 주니어 골퍼 부모님들의 숙제라고 할 수 있다. 주니어 선수들이 어려서부터 놀지도 못하고 부모의 강요 속에 몇 년이고 힘든 훈련과 연습을 하다 보면 지칠 때도 있고 연습하기 싫어질 때도 있는 것이 당연하다. 나 역시 지애를 가르치면서 이 문제에 대해 많은 고민을 했고 시행착오도 많이 겪었다. 이 부분 지애와 함께 서로 고치고 노력하면서 내가 시도하게 된 방법은 동기 부여를 위해 약속을 하는 것이고, 그 약속은 어떠한 경우에라도 지킨다는 것이었다.

즉 이런 것이다. 프로 데뷔한 첫해, 시즌 중반쯤에 지애는 박희영 프로와 다승 공동 선두였고 상금왕도 아직 확정되지 않았다. 그때 지애에게 당근을 제시했다.

"올해 신인상과 상금왕, 대상을 다 받으면 아빠가 네 자가용을 사주마."

그랬더니 지애가 말하기를 "그럼 외제 차로 사주세요." 했다. 나는 그러겠다고 약속을 했다. 결과는 지애가 신인상뿐만 아니라 나머지 상도 싹쓸이해서 5관왕을 한 것이다. 약속을 지켜야 했다. 하지만 운전을 시켰다가 행여나 교통사고가 나거나 하지 않을까 걱정되어 처음에는 약속에 대해 아무 말 하지 않고 그냥 지나치려고 했는데, 동계 훈련에 갔다 와서 2007년 첫 대회인 KB 국민은행 스타 투어 1차 대회가 부산 아시아드 컨트리클럽에서 열려 부산에 내려가게 되었다. 그때 지애가 기다렸다는 듯이 약속한 대로 차를 사달라고 하는 것이었다.

"그래, 사야지. 그런데 네가 초보운전자이니 운전이 서툴지 않니? 처음부터 외제 차를 탔다가 접촉사고라도 나면 어떡할래. 그리고 어린 네가 외제 차를 타고 다니면 다른 사람들이 안 좋게 볼 수 있으니 먼저 국산 중고차를 사면 어떨까? 그러면 그 대신에 아빠가 용돈을 200만 원 주마."

그랬더니 혼자 "그럴까?" 하더니 나중에 와서는 다시 말했다.

"언니들이 그러는데요, 국산 차보다 외제 차를 타면 다른 차들이 끼어들기를 안 해서 오히려 더 안전하대요."

그러면서 역시 멋있는 외제 차를 뽑고 싶어 했다. 내가 생각해 봐도 일리가 있고 해서 결국 부산에서 바로 BMW523을 계약했다. 그리고 부산에서 시합이 끝나고 제주도에 가서 MBC 투어 엠씨스퀘어 컵 크라운 컨트리클럽 여자 오픈을 마치고 김포 공항에 도착할 날짜에 맞추어 공항에서 차를 인수받기로 하였다.

이렇게 기분 좋게 약속을 이행해서일까, 바로 그 다음 주에 제주도 대회에서 우승하여 상금과 인센티브를 포함해서 차량 가격보다 더 많은 금액을 타 왔다. 즐거운 마음으로 플레이를 할 수 있었음은 물론이다.

차 이야기가 나왔으니까 한 가지 더 이야기하자면, 2007년 시즌이 끝난 후 지애가 차를 바꾸고 싶다고 했다. 타고 싶은 차가 생겼다는 것이다. 무슨 차냐고 물어봤더니 아우디 TT란다. 그래서 조건을 제시했다.

"2008년 시즌 시작되기 전 동계 훈련 기간 중에 경기를 네 개 치르는데(월드컵, 호주에서 열리는 경기 2개, SBS 오픈), 그 네 개 대회에서 획득한 상금 중 세금과 경비를 제외한 금액의 50퍼센트 이내에서 사 주마."

그리고 그 결과는 겨울에 획득한 상금이 지애가 타고자 하는 차량 가격의 세 배에 육박하여 할 수 없이 또 사 주게 되었다.

한국 투어를 뛰던 때에는 매 라운드마다 노 보기 플레이를 하면 100만 원, 우승하면 또 100만 원을 주기로 약속하여 사기를 북돋웠다. 이후 LPGA에 데뷔해서는 노 보기 플레이 100만 원, 우승하면 200만 원으로 인상하여 지금까지 이 약속을 지키고 있으며, 지애 통장에는 많은 금액이 예치되어 있다. 어떤 때는 노 보기로 오다가 17번 홀에서 보기를 한 적이 있다. 그때 '에이, 100만 원 놓쳤네.' 하는 생각이 들더라고 지애가 나중에 웃으면서 이야기했다.

한창나이에 연습을 하다 보면 친구들과 놀고 싶을 때도 있을 것이다. 어떤 때는 연습하러 가면서 "오후에 친구들 만나서 놀다 오면 안 돼요?" 하기도 한다. 그럴 때 무작정 "연습해야지, 놀러 갈 생각이나 하고 그래!" 하면서 꾸짖을 게 아니다. 나는 이렇게 말한다.

"그러면 네 스스로 생각해서 오늘 이 정도 연습했으면 만족할 만하다는 생각이 들 정도로 집중력 있게 열심히 연습해라. 그러면 연습하는 모습 보고 아빠가 결정하마."

그러면 다른 때보다도 더한층, 정말 집중력 있게 열심히 연습하는 모습을 보게 되고, 결국 보내 줄 수밖에 없다.

지난 한 해 미국 투어를 뛰면서 느낀 점은 한국 선수들은 정말 열심히 훈련한다는 것이다. 그래서 미국 투어에서 활동하는 캐디들이 한국 선수들에게는 더 높은 주급을 요구하기도 한다. 왜냐하면 다른 나라 선수들은 경기만 끝나면 일찍 연습을 끝내는 데 비해 한국 선수들은 그들보다 훨씬 연습을 많이 하기 때문에 그만큼 자신들이 힘이 들고 개인적인 시간도 없어지기 때문이라고 한다. 이러한 연습이 있기에 오늘날 한국 선수들이 미국에서 좋은 성적을 거둘 수 있겠지만, 한편으로는 너무 '골프'라는 한 가지에 치우치는 삶을 살고 있지 않나 하는 생각이 들 때도 있다. 지애도 이제 주니어 골프 선수가 아니고 프로 선수이기 때문에 골프에 매진하면서도 이제 조금은 인생을 즐기는 것도 필요하지 않을까 생각해 본다.

그런 면에서는 외국 선수들이 부러울 때가 많다. 2009년 샌디에이고에서 열렸던 삼성 월드 챔피언십 대회 때 이런 경험을 했다. 그때 코스 주변에 패러글라이딩과 행글라이딩장이 있어서 경기 중에 패러글라이딩과 행글라이딩을 하는 사람들의 모습을 자주 볼 수 있었다. 그런데 2라운드가 끝나고 지애가 인터뷰하면서 행글라이더를 타고 싶다는 말을 했기에 주최측에서 내일 3라운드 끝나고 태워 주겠다고 제안했다. 기분 전환도 될 것이고 스트레스 해소와 긴장감 해소를 위해서, 또 그런 것을 타 보기는 처음이니 여러 가지 경험을 해 본다는 의미에서 한번 타 보는 것도 좋겠다고 생각했기에 3라운드를 끝내고 지애를 데리고 행글라이더를 타러 갔다. 그때까지 나는 지애 혼자만 가는 것이려니 생각했다. 그런데 막상 가서 보니까 줄리 잉스터, 안젤라 스탠포드, 캐리 웹, 폴라 크리머, 수잔 페데르센 등등, 동양계 선수와 오초아와 크리스티커만 빼고 거의 전 선수가 모여 있었다. 그들의 모습을 보면서 앞으로 지애의 프로 생활의 방향을 잠시 생각하게 되었다. 적당한 레포츠나 긴장 해소를 위해 다양한 경험을 해 보는 것도 괜찮겠구나. 다른 한국 선수들에 비해서는 그래도 좀 더 풀어 줬다고 생각했는데, 그렇게만 생각했던 것이 조금은 바뀌게 된 계기였다. 신바람이 나서 골프 치게 해야겠다고, 마음속으로 그렇게 다짐했다.

패러글라이딩을 한번 하고 오더니 지애가 너무너무 좋아한다. 기분이 어땠냐고 물어보니 흥분해서 말로 다 할 수 없다고 한다.

"내일 또 탔으면 좋겠어요. 또 타고 싶어."

너무나 신나 하는 모습 보니 정말 좋았다. 그래서 "내일 잘 치면 또 타자."라고 말해 놓고 잠시 후에 정정했다.

"내일 잘 치든 못 치든 한 번 더 타자. 이런 경험 하는 것도 쉽지 않은데 기회 있을 때 한 번 더 타 보는 것도 좋지."

말한 대로, 그 다음날 성적이 마음에 안 들었지만(?) 다시 패러글라이딩장을 찾아가 지애는 또 한 번 하늘을 날았다. 다음 경기 장소로 가기 위해서 부랴부랴 공항으로 발걸음을 서둘러야 했지만, 바쁜 일정 가운데 활력소가 되었을 것임은 틀림없다.

신지애의 골프 노하우

3부

FINAL QUEEN, SHIN JI YAI

이 장을 빌려 절대적인 것은 아닐지라도 그동안 지애가 골퍼로서 여기까지 성장하는 데에 많은 도움이 되었던 부분 몇 가지를 이야기 하고자 합니다. 스윙은 전적으로 코치 선생님께 일임하였기에 스윙 이외의 부분들이 되겠습니다. 골프 전문가 분들이 이 글을 보신다면 전문가도 아니면서 딸이 골프 좀 친다고 건방지다 생각하실지 모르겠지만, 주니어에서 프로 데뷔까지 뼈를 깎는 노력으로 골프를 하는 어린 선수들과 지도하는 부모님들께 아무쪼록 조금이나마 도움이 되었으면 하는 마음에서 저의 체험에서 느낀 바를 풀어 놓습니다. 아래 언급하는 내용들은 지애의 훈련 과정에 깨닫게 된 실제 경험일 뿐 꼭 이렇게 해야 한다는 주장이나 이론은 아닙니다. 오류도 있을 수 있음을 주지하시고 참고하시기 바랍니다.

1 / 웨이트트레이닝의
문제점

프로 선수들 중 많은 수가 상당한 비중을 두어 웨이트트레이닝을 한다. 주로 동계 훈련 때 집중적으로 하지만 어떤 선수는 1년 내내 하기도 한다. 시합 중에도 경기가 끝나면 하루도 쉬지 않고 한 시간 씩 꼬박꼬박 웨이트트레이닝 하는 모습을 흔히 볼 수 있다. 미국 투어에서도 최나연 프로, 박인비 프로, 오지영 프로 등이 매일매일 하는 것을 보았다. 아마추어 분들 가운데도 비거리를 늘리기 위해 웨이트트레이닝을 하는 분들이 있을 것이다.

그런데 문제는 아직 한국에 골프를 위한 웨이트트레이닝 전문가가 많지 않고, 일반적으로 헬스장에서 가르치는 트레이너들에게 코치를 받는 경우가 많다는 데 있다. 골프를 모르는 트레이너 분들께서 이론적으로 어느어느 근육을 키워야 스윙에 도움이 된다고 말하면서 골프 스윙에 쓰이는 근육을 단련시키는 것이다. 이런 부분은, 나의 좁은 소견이지만, 좀 위험한 발상이 아닌가 한다. 골프는 근육을 쓰는 운동이 아니라 리듬 운동이며, 유연성 운동이라고 감히 생각하기 때문이다.

골프는 힘을 써서 완력으로 하는 운동이 아니다. 힘만 좋으면 거리가 난다고 생각해서 힘을 키우려는 분들이 많다. 물론 힘이 있으면 거리가 많이 나겠지만, 그렇다면 거리가 많이 나는 많은 선수들이 과연 늘 우승하는가? 그렇지 못한 것이 현실이다.

웨이트트레이닝을 할 때 보면 대부분 힘을 기르기 위해서 한다. 결과적으로 어떻게 되는가. 근육이 커지게 된다. 골프를 위한 웨이트트레이닝은 근육을 키우는 것이 아니라 근력을 키우는 것이 되어야 한다. 그런데 이러한 부분에 대해 잘 알지 못하고 주의하지 않은 채 운동을 한다면 육체미 선수들처럼 근육을 키우는 결과를 빚을 수 있다. 우리가 잘 알고 있듯이 골프는 밖으로 내치는 운동이다. 하지만 근육을 키우는 웨이트트레이닝은 근육을 안으로 잡아당겨 크게 만드는 운동이다. 골프와는 전혀 다른 운동인 것이다. 이렇게 근육을 키우는 운동을 하다 보면 스윙을 할 때 저절로 몸이 움츠러들 수밖에 없다. 이러한 웨이트트레이닝은 무거운 것을 들거나 힘을 쓰는 일에는 도움이 될지 모르지만 골프 스윙을 하는 데는 도리어 독이 된다고 생각한다.

골프를 위한 웨이트트레이닝은 근육량을 늘리는 것이 아니라 근력을 키우는 웨이트가 되어야 한다. 뇌에서 어떻게 스윙할 것인가 명령을 내리면 근육은 그 명령을 그대로 수행하는 것이 우리 신체의 메커니즘이다. 그렇다면 근육을 어떻게 만들어야 좋은가 하는 문제의 답이 나온다. 뇌에서 내린 명령을 잘 수행할 수 있는 근육의 컨디션을 만들어 주면 되는 것이다. 골프를 칠 때 뇌에서 전달된 명령을 근육이 잘 수행하기 위해 필요한 것은 바로 유연성이고, 부드럽게 잘 펴지는 근육이다(근육량이 아니라). 이것이 골프 스윙에 필요한 근력이다. 역도 등 힘을 쓰는 운동에 필요한 근력과는 다르다.

그렇기에 무거운 것을 드는 웨이트보다는 고무처럼 탄력 있는 바나 짐 볼 등을 이용하고 가급적 몸을 밖으로 뻗는 운동, 근육을 부드럽게 늘이는 운동을 한다면 원활한 스윙에 한층 도움이 된다.

이러한 점을 염두에 두고 생각한다면 많은 분들이 고민하는 바 라운딩 전에 마사지를 해야 하는가 하지 말아야 하는가, 또 사우나를 하는 것은 괜찮은가 해서는 안 되는가에 대한 해답도 저절로 나온다. 이미 많은 사람들과 이야기를 나누었던 문제이지만, 시합 전후에 지애가 마사지를 받는 것을 희한하게 바라보면서 큰일 날 것처럼 말씀 하시는 분들이 꽤 있다. 2년쯤 전 제주도 크라운 컨트리클럽에서 열린 대회에 지애가 마지막 날 7타 차이를 뒤집고 우승한 일이 있다. 그때 시합 전날 저녁 마사지를 받고 엘리베이터를 탔는데, 함께 탔던 다른 골퍼의 부모님이 어디 갔다 오느냐고 물으셨다. 마사지 받고 온 다고 대답했더니, 깜짝 놀라면서 내일이 시합인데 마사지 받느냐고 되묻는 것이었다.

그분을 비롯한 많은 분들이 마사지를 받으면 근육이 풀어져 버려서 안 된다고 생각한다. 또 어떤 분들은 마사지를 받거나 사우나를 하면 근육의 기억이 사라진다고 말하기도 한다. 아마 이 글을 읽는 분들 가운데도 근육이 스윙을 기억한다고 생각하는 분이 계실 것이다. 흔히 들을 수 있는 이야기다. 좀 더 구체적으로, 우리가 빈 스윙을 하면 근육이 15초 동안 그 스윙을 기억한다는 말까지도 들은 일이 있다.

그런데 한번 생각해 볼 문제 아닐까? 근육이 생각이 있을까? 근육이 기억을 할 수 있는가?

근육은 몸을 움직이는 근섬유 다발에 불과하다. 말 그대로 살덩어리일 뿐이다. 그런데 어떻게 근육이 기억을 하겠는가. 근육은 뇌에서 내린 명령을 수행할 뿐이지 독자적으로 기억을 할 수는 없다. 그러므로 이미 말했듯이 뇌의 명령을 원활하게 수행할 수 있는 근육 컨디션을 만들어 주면 그것으로 된다. 우리가 반복해서 스윙 연습을 하는 것도 뇌에서 내리는 명령을 언제든지 원활하게 수행할 수 있도록 근육에 길을 내 주는 것이지, 근육이 기억하게 하는 것은 아닐 것이다.

근육이 언제든지 두뇌의 명령에 즉각 부드럽게 반응하게 하기 위해서는 뻣뻣하게 굳은 긴장을 풀어 주고 뭉친 것을 풀어 주는 일이 필요한데, 근육의 기억이 사라질까 봐 근육을 풀어 주지 않고 그대로 가져가려고 하면 곤란하다. 그것이 결국 근육을 긴장시켜서 뭉치게 하고 스윙할 때 원활하게 움직이지 못하게 하고, 심지어는 근육이 뭉쳐 긴장된 상태에서 억지로 과도한 스윙을 하다가 부상까지 입게 되는 것이다.

한국 선수들의 선수 수명이 짧은 데는 이러한 이유도 있지 않은가 생각해 본다. 외국 선수들의 경우는 보통 30대 후반, 심지어는 40대 후반에도 여전히 맹위를 떨치는 것을 흔히 볼 수 있다.(줄리 잉스터 49세, 2009년 멕시코에서 우승한 팻 허스트 42세, 2009년에도 우승한 캐리 웹이 36세이다.) 그런데 한국은 어떤가. 20대 초반이 전성기이다. 23, 24세가 지나면 벌써 노장 소리를 듣는다.

이런 관점에서, 나는 사우나 역시 배척할 것이 아니라고 생각한다. 단 사우나 같은 경우에는 열기를 주어 인위적으로 땀을 빼는 것이기 때문에 미네랄이나 전해질이 함께 빠져나가는 문제가 있어 굳이 권하지는 않는다. 그래도 너무 뜨거운 물이 아닌 따뜻한 물에 몸을 담그는 것은 근육의 컨디션을 좋게 하기에 권장할 만하다고 생각한다.

이런 생각을 가지고 있기에 나는 지애에게 반신욕을 하도록 권하고 있고, 실제로 지애는 자주 반신욕을 한다. 반신욕은 혈액 순환을 촉진해 우리 몸을 따뜻하게 해 주고, 원활한 혈액 순환은 또 근육에 쌓인 피로 물질을 배출하는 데 도움을 주기에 시합 때에도 효과가 좋다. 지애도 시합 때 최대한 반신욕을 하는 편이다. 몸이 무겁다고 느껴질 때나 피곤하다는 생각이 들면 꼭 반신욕을 하고 잠자리에 든다.

일반적인 반신욕뿐 아니라, 반신욕의 혈액 순환 원리를 이용해서 뜨거운 여름날에 라운딩 하고 온몸에 열이 많은 상태에서 나는 지애에게 꼭 찬물로 반신욕을 하라고 시킨다. 덥다고 찬물에 전신을 푹 담그거나 찬물 샤워를 하게 되면 겉만 차갑게 식을 뿐이지 몸 속 깊은 곳까지 열을 식히는 데 오히려 시간이 오래 걸린다. 반면 찬물에 반신욕을 하면 혈액이 활발하게 순환되면서 몸 속 깊이 있는 열을 뺄 수 있기에 내가 권장하고 있다. 상반신과 하반신에 온도 차가 있으면 혈액 순환과 신진대사가 원활하게 이루어지는 원리에 입각한 것이다.

한국 투어를 뛸 때는 JDI라는 곳에서 항상 시합장에 와서 서비스를 제공하였다. 전에는 보통 통증이 있는 프로들만 마사지를 받곤 했는데, 지애는 시합 당일 아침에도 가서 마사지 받고, 라운딩이 끝나면 또 가서 받고 하였다. 이러는 가운데 선수 부모님들과 마사지에 대한 이야기도 많이 나누었고, 지금은 그때보다 훨씬 많은 선수들이 적극적으로 마사지를 받는다. 늦게 가면 줄을 서서 기다릴 정도가 되었다. 지애는 지금도 미국 투어에서 항상 경기 두 시간 전에 경기장에 도착하여 현장에 있는 투어 트레이닝 카에서 20분 정도 마사지를 받고 출전하곤 한다.

2

하체와 복부의
웨이트트레이닝

앞 장에서 웨이트트레이닝을 주의해야 한다는 이야기를 했는데, 그에 더하여 웨이트트레이닝이 큰 역할을 할 수 있는 부분을 이야기할까 한다. 신체 가운데 하체와 복부에는 유연성보다도 웨이트로 기를 수 있는 근력이 필요하다. 왜냐하면 하체는 어떠한 스윙을 할 때에도 몸을 안정되게 지탱해 주어야 하기 때문이다.

이 부분에 대하여 오지영 프로 부녀와 이야기를 한 적이 있다. 오지영 프로가 지난 동계 훈련 때 상체 근육 운동을 너무 많이 했다며 지금 쓰는 클럽이 몸에 맞지 않는다고 했다. 토론의 결론은 하체 훈련이었다.

"1년 동안 투어 생활을 할 때 가장 중요한 것은 하체의 힘이에요. 아무리 피곤하고 지쳤다고 할지라도 하체만 흔들리지 않으면 스윙은 잘 되는 법입니다."

그런데 많은 프로들과 아마추어 선수들은 이 부분을 간과하고 거리를 늘리려는 마음에 상체 운동을 주로 한다. 그동안 거리 늘리려고 상체 훈련에 치중하다가 실패한 프로들을 나는 무수히 봐 왔다.

지애의 체력은 지금도 많은 분들이 대단하다고들 이야기하신다. 그러한 체력의 밑바탕이 무엇인가. 바로 어려서부터 20층 아파트를 7번씩 뛰어서 오르내리고 학교 운동장을 20바퀴씩 돌렸던 데 기초한다고 생각한다. 다른 스포츠 선수들을 보라. 본격적인 운동을 하기 전에 꼭 운동장 달리기를 한다. 몸을 푸는 의미도 있겠지만, 내 생각에 모든 운동의 기초는 하체에 있기 때문이 아닌가 생각한다. 특히 골프는 며칠 동안 수십 킬로미터를 걷는 운동인데 의외로 하체 단련에 소홀한 사람들이 적지 않은 것 같다.

하체 훈련 이외에 굳이 거리를 늘리기 위한 상체 운동을 하고 싶다면 어깨나 등 근육을 키우기보다는 팔꿈치부터 손목까지의 근력을 키우는 것이 도움이 될 것이다. 악력기와 아령을 이용해서 악력과 손목 힘을 기른다. 팔 힘은 팔이 클럽을 이길 수 있는 힘이면 충분하다. 굳이 상체 운동을 하겠다면 기구 없이 자기 몸(체중)을 이용하는 훈련은 권할 만하지 않은가 한다. 그 이유로 우리 몸의 근육은 우리 체중을 감당하기에 알맞게 조절되어 있기 때문이다.

또 중요한 한 가지, 어떤 운동이든지 근육을 피곤하게 하면 근세포가 손상을 입게 된다고 한다. 그래서 손상된 근세포가 회복할 시간을 확실히 주고 넘어가야 한다는 것이다. 이를 위해 적당한 휴식이 꼭 필요하다. 근육 운동이나 근력 운동은 모두 운동을 할 때 근육이 심한 자극을 받고, 근육 속의 근섬유가 그 자극에 훼손된다. 운동 후 적당한 휴식을 취함으로써 손상 받았던 근섬유가 복원되는데 바로 이 과정에서 힘이 붙는다고 한다. 지애가 2008년 동계 훈련 계획을 세울 때 이 점에 입각해 3일 주기로 계획을 짰다.(앞에서 말했던 대로 그 계획은 흐트러져 버리고 말았지만……) 첫날 웨이트트레이닝, 둘째 날 유연성 운동, 셋째 날 밸런스 운동을 하고 4일째에는 다시 웨이트를 하는 식이었다.

그리고 2009년 LPGA 투어를 끝내고 동계 훈련 장소를 호주로 택

했다. 그 이유는 2009년 1년 동안 미국 투어를 다니며 절실하게 느낀 점이 거리를 늘려야겠다는 것이었기 때문이다. 하지만 거리를 늘리려다가 스윙이 바뀌거나 자칫 잘못된 근육을 늘려 힘만 키우고 실패한 선수들을 많이 보아 왔기 때문에 특별히 지애의 스윙을 그대로 가지고 가면서 거리를 늘릴 수 있는 전문가를 찾았다. 그 전문가가 호주에 있었기에 아예 동계 훈련을 호주에서 하기로 한 것이다. 그런데 그 전문 트레이너에게서 연락이 오기를, 호주 오기 전 3주 동안은 클럽도 잡지 말고 웨이트도 하지 말고 그냥 그대로 쉬었다가 오라고 했다. 지애가 골프를 시작하고 지금까지 이렇게 쉬어 본 적이 없었기에 나는 불안한 마음이 있었다. 그래서 왜 그래야 하는지 물어보았다. 답장이 왔는데 이런 내용이었다.

"지난 1년 동안 끊임없이 근육이 혹사를 당했기 때문에 푹 쉬어 줘야 합니다. 그래야 근육이 회복되지요. 그러지 않고 근육이 완전히 회복될 만큼 푹 쉬어 주지 않은 상태에서 계속적으로 근육 운동을 하게 되면 결국 몸에 무리가 갑니다. 몇 년 동안은 좋을지 모르지만 근육이 빨리 노화됩니다."

휴식 시간을 주지 않으면 근육이 빨리 늙어 버리고, 그렇게 되면 선수 수명이 짧아질 수밖에 없다는 것이다. 그러면서 외국의 노장 선수들 이야기를 들려 주었다. 소렌스탐을 비롯한 여러 베테랑 선수들이 1년 투어 시즌이 끝나면 약 한 달 동안은 골프 클럽을 집에 놔둔 채 아예 휴가를 떠나 버린다는 것이다. 지애도 이렇게 해야 10년이나 그 이상 긴 기간 동안, 그저 그런 선수로 머무르는 것이 아니라 정상에서 꾸준히 성적을 내는 선수가 될 수 있다는 것이었다. 일리가 있

다고 느껴졌다. 지금까지 생각하지 못했던 근육 노화에 관한 이야기
를 듣고 트레이너의 말대로 시행하고 있다. 미국에서 돌아온 뒤 동계
훈련까지 지애는 클럽을 잡지 않고 온전히 쉬어 주었다.

3

골프는 리듬과
유연성의 운동이다

박세리 프로가 예전에 어느 골프 클리닉에 나와 인상 깊은 말을
해 준 일이 있다. 어떤 사람이 질문을 했다.

"골프에서 가장 중요한 것이 무엇이라고 생각하세요?"

박세리 프로는 서슴없이 대답했다.

"리듬입니다."

많은 분들이 오늘날 지애의 스윙을 분석하면서 첫손에 꼽는 장점
이 바로 리듬이 아주 좋다는 것이다. 리듬이 항상 일정하기 때문에
항상 일정한 스윙이 나오고, 스윙이 안정되어 있으니 방향도 정확할
수밖에 없다는 것이다. 지애의 일관된 스윙에서 나오는 깨끗한 볼을
보고 줄리 잉스터가 '초크 라인(chalk line)'이라는 별명을 붙여 주기
도 했다. 지애의 예를 보아도 스윙에서 가장 중요한 요소 중 하나로
자신만의 리듬을 찾는 것을 들 수 있다고 생각한다.

골프에서 그토록 중요한 것이 리듬인데, 그러면 그 리듬은 어디에
서 나오는가? 먼저는 바로 자신만의 스윙에서 나온다고 본다. 앞에서

도 이야기했지만 자신만의 스윙이 없는 상태에서 무작정 코치나 부모님이 가르치는 대로 스윙 연습을 해서는 결코 자신만의 리듬을 찾을 수가 없다. 자신의 스윙을 부정하고 고치려고만 할 것이 아니라 그 속에서 자신만의 리듬을 찾아내는 시도를 해 보는 것이 좋지 않을까. 리듬이 좋으면 좋은 타구가 나오게 마련이니까 말이다. 특히 볼의 방향 잡기에 문제가 있는 골퍼라면 귀담아 들을 필요가 있는 이야기다.

인위적으로라도 좋은 리듬을 찾는 방법이 있을까? 여기에서 지애에게 시도했던 방법 중 하나를 제시해 보련다. 음악사에 가면 메트로놈이라는 것이 있다. 보통 드럼을 배울 때 리듬감을 느끼기 위해 사용하는 기구이다. 이 메트로놈을 타석 앞에 놓고 일정 간격으로 "똑, 똑." 하고 울리는 소리에 맞추어서 스윙해 보라. 메트로놈은 리듬을 빠르게나 느리게 조절할 수 있으므로 어느 정도의 리듬에 볼이 잘 맞는지 처음에 시행착오를 거쳐 적당한 속도를 찾아낸다면, 이후로는 항상 그 속도로 메트로놈을 틀어 놓고 연습하면 된다. 일본에 갔더니 이 리듬 박스를 이어폰 식으로 귀에 꽂고 들을 수 있는 조그마한 것이 나와 있기에 지애가 몇 개 사 오기도 했다. 지금도 지애는 가끔씩 이 기계를 이용해 이어폰으로 리듬을 느끼며 스윙과 퍼팅을 하곤 한다.

이 방법은 2004년 지애와 필리핀에 동계 훈련 갔을 때, 필리핀 국가대표 출신으로 미 PGA에서도 뛰었던 코치가 노트북 컴퓨터에 타이거 우즈 리듬, 어니 엘스 리듬 등을 담아 가져와서 지애에게 들려준 데서 배웠다. 그렇게 여러 선수들의 리듬을 소리로 들려주면서 어떤 리듬이 지애에게 맞는지 찾아냈던 것인데, 한국에서도 "하나, 두울, 셋." 또는 "하나아아 둘." 하고 입으로 박자를 부르며 리듬을 가르치기도 하지만 기계로 완전히 일정한 리듬을 들으면서 하는 것보다 정확하지는 못할 것이다.

스윙에 심각한 문제가 있는 경우라면 물론 스윙을 고쳐야 한다. 하지만 그렇지 않고 어느 정도 수준급에 오른 골퍼라면, 이제는 스윙 교정보다는 자신의 스윙 리듬을 찾으려는 노력이 더욱 필요하다. 리듬만 정확하면 임팩트가 정확하게 이루어질 것이다. 이 글에서 추천한 메트로놈을 늘 가지고 다니면서 내 몸에 정확한 리듬을 익히기 위하여 시간 나는 대로 켜 두고, 일상 속에서나 집에서라도 계속적으로 듣다 보면 자신만의 스윙에 맞는 자신만의 리듬을 소유하기가 좀 더 쉬워지고 골프 실력을 향상시키는 데 다소나마 도움이 될 것으로 믿는다.

메트로놈과 더불어 지애가 리듬을 연습하는 기구로 좋은 것이 있어 마저 소개하고자 한다. '템포 마스터'라는 것이다. 이것은 일반 클럽과 동일하게 생겼는데 샤프트 부분이 잘 휘는 강철로 되어 있어서 흔들면 휘청거린다. 샤프트가 이렇게 휘청거리다 보니 치는 리듬이 맞지 않으면 볼을 제대로 때릴 수가 없다. 지애는 고등학교 1학년 때부터 이 도구를 사용해 왔고 지금까지 아주 유용하게 사용하고 있다. 드라이버 같은 경우 지애는 템포 마스터를 사용해서도 200야드 거리를 보내는데, 그것을 본 호기심 많은 분들과 몇몇 프로 분들이 한번씩 쳐 보면 좀처럼 제대로 맞히지 못하는 것을 볼 수 있다. 바로 리듬(템포)가 맞지 않아서 볼이 잘 맞지 않는 것이다. 템포 마스터에는 드라이버, 아이언, 피칭(어프로치용), 퍼터 등 네 종류가 있는데 이중 템포 마스터 퍼터는 현재 미국 투어를 다니면서도 항상 가지고 다니며 매일매일 연습하여 좋은 효과를 보고 있다.

4 경기 직전의 연습, 그리고 마인드 컨트롤 문제

지애가 시합을 앞두고 연습하고 마인드 컨트롤을 하는 방법을 소개한다. 앞에서 언급했던 내용도 더러 나오겠지만, 이것이 지애가 한국 투어 뛸 때와 주니어 때에도 많은 효과를 보았던 방법들이기에 다시 한 번 정리해서 말한다고 해도 과하지 않을 것이라 본다.

첫째, 시합 이틀 전부터는 연습 라운딩 돌았던 코스를 생각하면서 세컨드 샷을 위주로 연습한다. 즉 1번 홀에서 주로 걸리는 세컨드 샷 거리가 140미터라면 140미터 샷을 10개 정도 치고, 그 다음 2번 홀에서 주로 걸리는 세컨드 샷 거리가 110미터라면 110미터 샷을 10개 친다. 그렇게 해서 1번 홀부터 18번 홀까지 세컨드 샷을 치면 총 180개 가량 치게 된다. 이렇게 연습을 하다가 시합 당일 아침에는 1번 홀부터 18번 홀까지 세컨드 샷 거리대로 3~5개씩 치고 시합에 나간다.

둘째, 시합이 없을 때는 주로 파5 홀에서의 서드 샷을 연습한다. 이게 가장 효과적인 것 같다. 롱 아이언이나 미들 아이언으로 홀 컵 1미터 안쪽에 붙여서 흔히 말하는 오케이 버디(탭 인 버디)를 잡는다는 것은 좀처럼 쉽지 않다. 하지만 100야드 안쪽에서 웨지로 홀 컵 1미터 안에 붙여서 버디 잡는 것은 훈련을 하면 거의 70퍼센트 이상 잡을 수가 있기 때문이다. 이 연습을 가장 효율적으로 할 수 있는 곳이 파3 골프장(흔히 말하는 쇼트 게임장)이라고 생각한다. 그것도 어디든지 한 곳만 가게 되면 거의 항상 거리가 일정하기 때문에 좋다. 지애가 항상 가는 담양의 가산 골프장을 예로 들면 그곳의 1번 홀은 83미터 정도 되는데, 이곳에서 어제도 83미터, 오늘도 83미터, 내일도 83미터, 1년 후에 가도 83미터, 이렇게 핀 위치에 따라 약간의 차이는 있어도 거의 일정한 거리를 매일같이 1주일 이상 라운드 하다 보면 거리 감각이 몸에 배어 앞으로 연습했던 그 거리만 나오면 자신 있게 공략할 수 있게 된다. 이처럼 35미터에서 100미터 이내 거리를 꾸준히 연습하는 것이 비결이다.

이 연습은 지애가 1미터짜리 퍼팅 연습과 더불어 가장 큰 비중을 두고 했던 연습이다. 주니어 때부터 지애는 시합 연습 라운딩 이외에는 거의 라운딩을 한 적이 없다. 지애의 연습은 매일 오전 파3 연습장에서 100미터 이내 연습을 하고, 점심을 먹고 나서 오후에 드라이빙 레인지에 가는 일정으로 주로 이루어졌다. 앞서 이야기했던 것처럼 서희경 프로도 이 연습의 효과를 톡톡히 보아서 지금도 시간만 나면 내려간다고 한다. 서 프로는 재작년 하이원에서 생애 첫 우승을 이룬 후, 청원 실크리버 컨트리클럽에서 시합이 있는데 공식 연습일에도 가산 골프랜드에 가서 연습하고 시합하러 갔다.(우승했다.) 그리고 대구 경산 인터불고 시합 때도 이틀 동안 가산에서 연습하고 그곳에서 바로 대구로 가서 역시 우승을 하였다. 물론 전적으로 그 연습 덕택은 아니고 그간의 레슨과 타고난 소질, 남다른 마인드 등 다른 요인도 많이 있었겠지만 파3 골프장에서 한 연습도 분명 우승에 일조했으리라 생각한다. 여담이지만 이런 이야기가 퍼져서 가산 골프랜드가 어느새 KLPGA의 많은 선수들이 찾는 명소가 되었는데, 이 때문에 골프장 주인은 한편으로 곤혹스러운 얼굴이었다. 일반인들은 볼 한 개씩만 치고 홀 아웃하게 하는데, 프로들이 오면 연습하러 멀리까지 일부러 찾아온 사람들을 냉정하게 할 수 없어 몇 개씩 치게 하니까 그린 손상이 많다는 것이었다.

셋째, 시합 당일에는 아침 먹고 연습을 마치고 골프장에 가는 길에 18홀을 돈다.

이게 무슨 이야기인가 하면 이렇다. 한국 투어를 뛸 때, 어떤 곳은 골프장 내에 바로 이동할 수 있는 곳도 있지만 보통은 연습장에서 시합 장소까지가 어느 정도 떨어져 있어서 차를 타고 15~20분쯤 걸릴 때가 많았다. 연습장에서 경기를 하는 골프장까지 이동하는 동안 내가 운전대를 잡고 지애는 좌석에 앉아 눈을 감는다. 그러면 내가 말한다.

"자, 1번 홀부터 돌아보자. 티샷 준비하고, 티샷 한다. 가장 좋은 샷을 생각해 봐. 티샷이 어디에 떨어졌지?"

그러면 지애는 어디어디에 떨어졌다고 상상해서 대답을 한다. 내가 다시 묻는다.

"홀까지 몇 미터 남았니?"

"140미터요."

"그럼 몇 번 아이언 잡을래?"

"7번 아이언으로 컨트롤 샷이요."

"그래, 해 봐. 가장 잘된 샷을 상상하면서 치는 거다. 홀 컵에 얼마나 붙었지?"

"1미터요."

"그럼 퍼팅한다. ……버디 잡았니 못 잡았니?"

"버디 잡았어요."

"그럼 2번 홀로 넘어가자. 티샷 하는데 가장 좋은 샷을 상상해라. 티샷 했냐?"

"예."

"몇 미터 남았냐?"

"120미터요."

"그럼 몇 번 아이언으로 하지?"

이런 식으로 해서 15분이면 18홀을 다 돌 수 있다. 한마디로 마인드 컨트롤이라 할 수 있다. 이렇게 함으로써 오늘 돌아볼 시합 코스를 사전에 한 번 더 점검하고, 코스에 맞추어 게임을 어떻게 풀어 나갈 것인가 미리 대비할 기회를 갖는 것이다. 지애는 이 방법으로 많은 효과를 보았다.

넷째, 식사는 티샷을 하기 2시간에서 2시간 30분 전에 하도록 한다.

먹은 음식을 소화할 시간을 충분히 가진 후에 시합에 임하라는 것이다. 그리고 음료수는 각각 다른 음료수를 네 가지 정도 가지고 다녔다. 녹차, 이온 음료, 비타민 음료, 생수가 그것이다. 녹차는 집중력을 키워 준다고 하기에 마시기 시작했다. 예전에 모 회사에서 출시한 음료수에 골프 집중력을 키워 준다는 제품이 있었는데 그 원료가 녹차였다는 데서 힌트를 얻었다. 지애는 라운딩 30분 전에 녹차를 세 모금 정도 마시고 나간다. 또 여름에 땀을 많이 흘릴 때는 이온 음료를 마신다. 9홀이 끝나고 나서는 비타민 음료로 활력을 보충하고, 생수는 중간 중간 수시로 마시게 했다.

음료를 휴대하는 데 있어 중요한 점 한 가지는 아무리 날씨가 덥다 하더라도 절대로 얼려서 가지고 나가지 않는다는 것이다. 많은 선수들이 음료수를 얼려 가지고 나오는 것을 나도 보아 왔다. 그러나 내가 생각할 때는 우리 몸이 열기 때문에 후끈후끈하게 데워져 있는데 거기에 갑자기 찬 것을 부어 넣으면 근육이 위축될 것 같았다. 그래서 지애의 음료수는 얼리지 않았다. 다만 9홀 끝나고 마시는 비타민 음료는 냉장된 것을 사서 먹였다. 냉장된 것도 차갑기는 하지만 얼린 것보다는 나을 것 같아서다. 이런 생각이 얼마나 도움이 되었을지는 몰라도, 골프 스윙의 루틴처럼 꼭 이렇게 지켜 왔다.

음료수 이외에 시합 때 가지고 나가는 음식물로는 사과, 간이 소시지 2개, 육포를 언제나 챙겼다. 간이 소시지는 조금이나마 허기를 면하게 해 주는 것이고, 사과는 9홀 끝나고 영양 보급 차원에서 꼭 먹도록 했다. 육포는 고기를 먹는다는 의미보다는, 사람이 웃을 때 입 주위 근육이 움직임에 따라 전신의 긴장을 풀어 준다는 데 착안하여 입 주위 근육을 움직이게 하기 위해 수시로 먹었다.

또 경기가 끝나면 저녁에 꼭 매실 농축액과 방울토마토, 키위, 요구르트를 함께 믹서에 갈아서 마시게 했다. 이 음료는 몸 컨디션도 지켜 주고 피로 회복에도 아주 좋다. 중요한 것은 요구르트를 빼놓지 않고 꼭 챙겨 먹였다는 것이다. 특히 여름철 시합 때에는 선수들이 물과 음료수를 많이 마시게 마련이다. 그로 인해 위나 장이 약해질 것을 미연에 방지하기 위해 요구르트를 반드시 챙겨 먹도록 했다.

칼로리 보충을 위해 초콜릿 종류를 먹는 선수들도 많다. 하지만 나는 지애에게 권하지 않는다. 초콜릿은 혈관을 확장시켜 사람을 흥분케 한다고 알고 있기 때문이다.

다섯째, 자기가 플레이를 잘했던 경기를 녹화해 두고 자주 틀어 보게 하여 그때의 경기 감각과 자신감을 가질 수 있게 한다.

지애가 골프를 시작한 이후로 가장 훌륭하게 플레이했던 경기를 꼽으라면 2005년 한국 여자 아마추어 선수권대회, SK 엔크린 인비테이셔널, 그리고 2008년 LPGA 브리티시 여자 오픈을 들 수 있다. 이 경기를 중계했던 방송국에 연락을 취해 따로 경기 내용을 CD로 제공받을 수가 있었다. 받은 것을 컴퓨터에서 볼 수 있게끔 파일 변환을 하여 지애가 항상 가지고 다니는 노트북에 저장해 두고, 또 내가 가지고 다니는 핸드폰에도 저장했다. 그렇게 해서 경기 전날 그때의 플레이들을 지애가 다시 볼 수 있도록 한다.

이유는 바로 자신이 플레이를 가장 잘했던 상황을 생생히 돌아보면서 그때 어떤 상태에서 경기를 했는지, 어떤 스윙을 했는지, 어떻게 경기를 풀어 나갔는지 다시 체감하기 위해서다. 이런 방법을 통해 승리의 감각을 익히는 것이 경기력 향상에 도움이 될 뿐만 아니라, 정신적으로도 자신감 회복과 멘탈 훈련에 도움이 될 것이라고 나는 믿는다.

5
클럽 피팅에 관하여

한국에서는 그동안 피팅 문제가 그다지 크게 부각되지 못한 형편이다. 그래도 요즈음은 차차 관심을 갖는 사람들이 늘어나고 있지만, 클럽 피팅이 갖는 중요성에 비하여 아직도 주의가 부족하다 할 수 있다.

지애의 경우 중학교 때부터 피팅을 거쳐 클럽을 사용하게 했다. 지금도 그렇다. 시합을 꼼꼼히 지켜보시는 분이라면 시합 중에 지애가 그동안 쓰던 클럽을 바꾼 것을 보셨을 것이다. 지애는 시즌 중에도 종종 클럽을 바꾸는 선수로 알려져 있다. 지난 브리티시 우승 때도 그랬고, ADT 우승 때도 그랬다. 그 다음 어느 시합에선가는 드라이버를 느닷없이 핑으로 바꿔 나가는 모습이 텔레비전에 비치기도 했다.

한국에서 투어 생활을 할 때, 한번은 어떤 프로 아버지가 클럽 문제로 내게 문의를 했다. 전혀 맞지 않는 것 같으니 바꾸시라고 말씀드렸더니 깜짝 놀라면서 어떻게 클럽을 시즌 중에 바꾸느냐고 설레설레 고개를 저었다. 시즌이 끝나고 동계 훈련에 갈 때 새 클럽을 가지고 가서 겨울 동안 그 클럽에 적응해야 하지 않겠느냐는 것이다.

많은 선수들과 부모들이 이런 생각을 하고 있었다. 지금도 아마 마찬가지일 것이다. 하지만 내 생각은 다르다. 애초에 클럽에 몸을 맞출 이유가 무엇인가? 당연히 내 몸에 클럽을 맞추어야 편안하게 좋은 스윙을 할 수 있지 않겠는가?

지애는 클럽을 자주 바꾸지만, 치밀한 데이터에 따라 클럽 피팅을 거침으로써 4년 남짓한 시간 동안 똑같은 클럽을 사용해 온 것과 마찬가지 효과를 보고 있다. 새 클럽으로 바꾸더라도 이전에 쓰던 클럽의 총중량, 샤프트 강도(CPM이라고 부른다. 대략 구분할 때는 R, SR, S로 나누지만 피팅 숍에서 측정하면 더욱 세밀하게 수치화된다. 지애가 현재 사용하는 클럽은 CPM이 259-261이다.), 그립 무게, 그립 두께, 로프트, 라이 각 등을 정확하게 맞추어 사용하기 때문이다. 그런데 이러한 스펙들을 무시하고 그냥 골프 숍에 가서 좋은 채라고 아무것이나 덥석 집어 든다면, 그 클럽은 전혀 손에 익지 않은 낯선 클럽이므로 그동안 나에게 최적화된 클럽의 특성이 다 없어지고 만다. 당연히 방향이나 거리 조절 감각이 좋게 나올 수 없다.

예를 들어 보자. 샤프트만 하더라도 그렇다. 보기에는 똑같은 것 같지만 샤프트의 특성에 킥 포인트라는 것이 있다. 샤프트가 휘어지는 부분(킥 포인트)이 헤드 쪽으로 치우쳐 있는가, 중간인가, 아니면 그립 쪽인가에 따라 각각 로 킥, 미들 킥, 하이 킥으로 구분이 된다. 임팩트 시에 손목을 쓰는 사람이라면(지애가 그렇다.) 헤드 쪽에 킥 포인트가 있는 샤프트를 쓰고, 손목을 쓰지 않고 원심력을 이용해서 스윙하는 경우에는 미들 킥 샤프트를 쓰는 것이 보통이다. 그런데 손목을 쓰지 않는 사람이 헤드 쪽에 킥 포인트가 있는 샤프트를 쓴다면 임팩트 순간 헤드 쪽이 철렁 흔들리고 만다. 정확한 포인트를 맞힐 수가 없다.

그립도 마찬가지다. 경량으로 38그램부터 무거우면 50그램이 넘는 것까지 다양한 그립이 있다. 그런데 그립을 바꾸고 싶을 때 어떻게 바꾸겠는가? 그냥 골프 숍에 가서 "이 클럽 그립 좀 갈아 주세요."

하겠는가, 아니면 "이 클럽 그립을 몇 그램에 두께 몇 밀리미터짜리로 바꿔 주세요." 하고 주문하겠는가. 이런 것은 어찌 보면 지극히 기본적인 데이터이다. 그럼에도 자신이, 또는 자녀가 사용하는 클럽의 그립 무게를 알고 있는 분은 의외로 많지 않다. 그립 무게로 인하여 클럽의 특성이 완전히 바뀐다는 것은 분명히 인지해야 할 너무나도 중요한 사실인데 많은 분들이 간과해 버리는 것 같다.

그립을 이전에 쓰던 것보다 가벼운 것을 쓰면 헤드 쪽이 무겁게 느껴지고, 반대로 그립을 이전보다 무거운 것으로 바꿔 끼우면 헤드가 가벼워져 버린다. 그러면 무게감을 못 느끼게 되고, 볼이 가벼운 볼이 되어서 자칫하면 획 하고 날려 버리고 말 수가 있다.

보통 그립 무게가 4그램 달라질 때 스윙 웨이트는 1포인트 차이가 난다고 한다. 시중에 판매되는 클럽은 스윙 웨이트(헤드 무게)가 보통 C9~D0인데, 프로들은 일반적으로 D1~D2를 사용한다(드라이버, 롱 아이언, 미들 아이언, 쇼트 아이언, 웨지, 퍼팅에 따라 다 다르겠지만 미들 아이언이나 드라이버 기준으로). 지애의 경우에는 아이언은 D2.5~D1.5(쇼트 아이언을 높은 것으로 쓰고 미들 아이언은 낮은 것을 사용한다.), 웨지는 D4.5 정도 되는 것을 쓴다. 드라이버는 D3 정도로 맞춘다.

시중에서 판매하는 일반적인 그립의 무게가 보통 48그램이다. 어떤 그립은 50그램이 넘기도 하는데, 지애는 39그램 그립을 사용한다. 그래야 결과적으로 스윙 웨이트를 높일 수 있기 때문이다. 그립 무게 조절을 통하여 클럽의 전체적인 무게를 줄이면서 스윙 웨이트를 보강하는 효과가 난다. 그립으로 스윙 웨이트를 조절하지 않는다면 지애의 경우 헤드 쪽에 납을 많이 붙여야 하는데, 그렇게 되면 안 그래도 작은 체구에 전체적인 클럽 무게가 버거울 만큼 늘어날 수밖에 없다.

그립 두께도 정밀하게 조절한다. 5년쯤 전 MFS에서 피팅을 할 때 그곳 사장인 전재홍 님이 지애의 감각에 놀란 일이 있었다. 보통 사람들이 느낄 수 없는 아주 미세한 두께 차이도 지애가 알아차린다는 것이었다. 그립 둘레가 0.5밀리미터밖에 차이 나지 않는데 지애는 잡아 보면 그 차이를 알았다. 그래서 예전에는 항상 사포를 가지고 다니면서 그립을 바꿀 때마다 사포로 갈아 주고, 지애가 한번 잡아 보고 "좀 더 갈아 주세요." "한 번만 더 갈아 주세요." 하고 말하면 그에 따라 한 번 갈아서 다시 잡아 보게 하면서 조절을 했다. 지금은 다행히 지애 손에 딱 맞는 그립을 구하여 50개씩 가지고 다닌다. 설령 의식적으로는 지애만큼 민감하게 그립 두께를 맞힐 수 없다 하더라도 차이가 나는 것은 역시 차이가 나는 것이다. 이전까지 잡아 왔던 대로의, 자신에게 최적화된 두께를 유지할 수 있다면 유지하는 것이 당연히 더 좋다.

샤프트는 더욱 중요하다. 주니어 선수나 아마추어 분들 중 많은 수가 슬라이스나 훅성 구질로 고생하곤 한다. 물론 개인의 스윙에 문제가 있어서일 수도 있으나, 내가 본 좁은 소견으로는 샤프트 탓인 경우가 훨씬 많아 보였다. 샤프트가 너무 강하다든가, 미들 킥 샤프트라든가 하여 스윙에 맞지 않고 슬라이스가 날 수밖에 없는 상황에 스윙만 고친다고 문제가 해결될 리가 있을까. 레슨을 받아 자기 스윙을 클럽에 억지로 맞추는 임시 처방으로 슬라이스가 나오지 않게 한다고 해도 치다가 체력이 떨어지면 다시 원래 스윙으로 돌아가고 슬라이스가 나온다. 골프를 하다 보면 수없이 보는 케이스다. 연습장에서는 레슨 받고 잘 나가는데 필드만 가면 헤매는 것이다. 근본적으로 내 몸에 맞는 클럽, 내 스윙에 맞는 샤프트를 사용한 후에 스윙을 체크해야지 맞지도 않는 클럽을 쓰면서 스윙만 자꾸 이렇게 저렇게 바꾸어 본들 임시 처방밖에 되지 않는다.

클럽 피팅의 중요성에 관해서는 이만하면 충분히 이야기한 것 같다. 마지막으로 새 클럽을 언제 고르는가 하는 시간적인 문제를 첨언하고자 한다.

많은 부모님들이 주니어 선수를 숍에 데리고 가서 직접 클럽을 선택하게 한다. 문제는 그때 선수의 몸 상태이다. 대개 시합 없는 한가한 날에, 연습도 하지 않고 갈 때가 많다. 이러면 몸에 힘이 많이 축적되어 있는 상태에서 클럽을 고르게 된다. 그렇게 고른 클럽을 가지고 연습장에 오면 컨디션이 좋고 힘이 넘치기 때문에 썩 잘 맞는다. 이만하면 잘 골랐다, 적응이 완벽히 되었다고 생각한다. 그런데 이상하게도 새 클럽으로 막상 시합에 나가면 전혀 예상치도 못하게 죽을 쑨다.

이런 경우, 특히 마지막 날에 이상하게 좋은 스코어를 못 내고 무너져 버리는 선수일 경우에는 이 부분을 생각해 볼 필요가 있다. 다들 아는 사실이지만 지애는 뒤로 갈수록 스코어가 좋다. 그래서 '파이널 퀸'이라는 애칭도 생긴 것이지만, 여기에는 완벽에 가까운 클럽 적응도 한몫을 했다. 바로 체력이 떨어지고 컨디션이 최상이 아닐 때에도 내 몸처럼 움직여 줄 클럽이 필요하다는 부분이다.

한마디로 자녀에게 클럽을 사 주실 때에는 연습을 다 마치고 지친 상태에서 숍에 가 클럽을 고르도록 하는 것이 현명하다는 이야기다. 왜냐하면 보통 골프는 3~4일 동안 경기를 하는데, 첫날과 둘째 날은 기운차게 라운딩을 할지 몰라도 마지막 날이 되면 대부분 선수들이 지쳐 있는 상태에서 플레이하게 된다. 바로 이때 편하게 다룰 수 있는 클럽을 골라야 하는 것이다. 여기에 신경을 쓴다면 첫날과 둘째 날 필요한 것보다 힘을 더 들여서 무리하며 스윙할 필요도 없어져 가볍게 스윙할 수 있게 되는 이점도 생긴다. 체력도 더 보존할 수가 있고, 마지막 날이 되어 피곤하고 지친 상태에서도 능히 클럽을 이길 수 있다.

주니어 선수들을 보면, 친구가 강한 클럽을 사용하기 때문에 자존심상 자신도 강한 클럽을 사용하고자 하는 경우가 적지 않다. 그러나 꼭 강한 클럽을 사용하는 것이 좋은 것이 아니다. 오히려 자신이 휘두를 수 있는 강도보다 한 단계 낮은 강도의 클럽을 사용하는 것이 현명한 일이다. 지애도 중학교 1학년 때부터 스틸 샤프트를 사용했지만 오히려 중학교 3학년 때부터는 그라파이트로 바꾸었다. 예전과 다르게 기술력이 발전한 요즘은 그라파이트 샤프트도 스틸 샤프트 못지않은 토크가 나오고 강도가 강한 것도 얼마든지 있다. 몇 년 전 최경주 프로도 '오렌지 샤프트'라는 그라파이트를 사용하지 않았는가. 그런데도 한국 주니어 선수들은 스틸 샤프트를 사용하는 것이 자존심 문제인 양 스틸을 고집하는 것을 많이 본다. 어떻게 보면 안타까운 현실이 아닐 수 없다.

6
퍼팅의 요령

이어서 지애의 퍼팅 요령을 정리해 보려고 한다. 이것이 전적으로 옳은 것은 아니겠지만 지애의 퍼팅도 못하는 퍼팅이 아니라고 생각하기에 참고 자료가 될 수 있을 것이라고 본다.

첫째, 백스윙과 폴로스루 때 퍼터가 최대한 지면과 밀착되게 한다. 특히 백스윙을 할 때에는 이 조건이 필요충분조건이다. 퍼팅에서 내가 지애에게 가장 강조하는 부분이다.

폴로 스루도 마찬가지이지만, 지애는 32인치짜리 짧은 퍼터를 사용하고 역그립으로 잡기 때문에 폴로스루 때는 이 조건을 충족시키기가 조금 어렵다.

둘째, 폴로 스루를 백스윙보다 배 이상 크게 휘두르도록 한다. 이렇게 해야 일관된 스트로크가 가능하고 백스윙 속도보다 폴로스루 속도가 더 빨라지게 된다. 이런 요령이 있을 때 자신 있는 스트로크가 나오며 볼이 라이대로 굴러간다고 생각한다. 만약에 그렇지 않고 폴로스루가 백스윙보다 느리게 되면 볼이 굴러가는 힘이 떨어지고, 결과적으로 라이를 많이 타게 되어 정확도가 떨어진다. 대부분 아마추어들이 이런 현상을 보인다.

셋째, 헤드업 문제는 '눈동자로 보기'가 도움이 된다.

퍼팅할 때 헤드업을 하지 말라는 지적은 골퍼들에게 아주 일반적이다. 왜 그토록 많은 골퍼들이 퍼팅 시에 헤드업을 하게 될까? 나는 그것이 눈으로 보려고 하기 때문이라고 생각한다. 그래서 어느 분의 조언은 눈으로 보지 말고 귀로 들으라고 하기도 한다. 그러나 볼이 홀 컵에 떨어지지 않으면 들을 소리가 없다. 굴러가는 것을 어떻게 귀로 들을 수 있겠는가?

지애에게 이 부분을 가르칠 때 나 같은 경우에는 눈으로 보지 말고 눈동자로 보라고 설명했다. 어드레스하고 퍼팅을 한 후 그 자세 그대로 눈동자만으로 보면 1.5미터에서 2미터는 볼 수 있다. 그리고 볼이 눈동자의 시야에서 사라지면 그때 고개를 돌려서 볼을 보라고 지도했다. 이 방법은 일전에 호주로 함께 동계 훈련 갔던 이일희 프로에게 알려 주었더니 그동안 아무리 고치려고 해도 고칠 수 없던 퍼팅 시 헤드업 문제를 고쳤다고 고마워했던 일이 있다. 다른 부모님들이나 선수들이 이일희 프로에게 퍼팅이 갑자기 좋아졌다고 말하는 것을 보면서 혼자 뿌듯했던 경험이다.

넷째, 1미터에서 1.5미터 퍼팅을 집중적으로 연습하라.

타이거 우즈도 매일같이 1미터 퍼팅을 100번 연속으로 성공시켜야 연습을 마친다고 했다. 3년 전 태국에서 동계 훈련을 할 때 지애와 이 연습을 실시했는데, 처음에는 30개 연속으로 성공하는 것을 목표로 했다. 29개까지 성공하고 30개째에서 실패하면 다시 처음부터 시작하는 것이다. 처음에는 성공 확률이 떨어져 좀처럼 연습을 끝낼 수가 없었지만 지속적인 훈련으로 나중에는 136개까지 연속 성공할 정도가 되었다. 이 훈련을 한 후 쇼트 퍼팅 능력이 비약적으로 발전한 것은 지애와 내가 직접 체험한 바이다.

이 연습 방법에서 특히 중요한 것은 브레이크 지점을 체크하는 것이다. 대다수 선수들이나 부모님들이 퍼팅을 할 때 홀 컵에 들어가지 않으면 퍼팅이 안 된다, 퍼팅을 못하는 것이라고 생각한다. 나는 그렇게 생각하지 않는다. 퍼팅을 못하는 것인지 라이를 못 읽는 것인지를 판단해 보아야 한다. 아무리 퍼팅을 잘하고 라이를 잘 읽었다고 해도 브레이크 지점까지 보낼 수 있는 능력이 있다면 아무 소용이 없다. 그래서 지애나 이일희 프로에게 나는 이렇게 말하곤 했다.

"퍼팅을 할 때 볼이 홀 컵에 들어갔는지 안 들어갔는지만 중요시할 게 아니야. 사람들은 홀 컵에 들어가면 퍼팅을 잘한 것이고 안 들어가면 못한 것이라고 하는데 난 그렇게 생각하지 않는다. 홀 컵에 들어가고 안 들어간 것을 따지기보다는 볼이 브레이크 지점을 지나 갔는지 안 지나갔는지를 보도록 해라."

만약 브레이크 지점을 지나갔는데 볼이 홀 컵에 떨어지지 않았다면 그것은 퍼팅을 잘못한 것이 아니라 라이를 잘못 읽은 것이다. 반대로 볼이 브레이크 지점을 통과하지 못하면 설사 그 볼이 홀 컵에 들어갔다고 할지라도 그것은 퍼팅을 잘한 것이 아니다. 아무리 라이를 잘 읽고 브레이크 지점을 정확히 보았다고 해도 그 브레이크 지점으로 볼을 보낼 능력이 없으면 퍼팅은 실패한다. 그것이 바로 퍼팅을 못한다는 것이다. 그런데 1미터~1.5미터 거리를 정확히 보내는 퍼팅 연습이 바로 이 브레이크 지점을 지나가게 하는 능력을 키워 준다.

이 연습을 날마다 필드에서 할 수는 없는 한국의 현실에서, 숙소나 가정에서 대신 할 만한 방법이 있다. 철물점에서 파는 1미터짜리 강철 쇠자를 이용하는 것이다. 쇠로 만든 자는 표면이 미끄럽기 때문에 스트로크가 잘못되면 쉽게 옆으로 빠져 버린다. 처음 해 보는 사람은 1미터를 똑바로 보내는 것도 쉬운 일이 아니다. 지애도 요즘은 자주 하지 않지만 예전에는 매일 쇠자를 놓고 템포 마스터로 100개, 퍼터로 100개씩 성공해야 퍼팅 연습을 마치곤 했다.

다섯째, 퍼팅 도구를 적극 이용하라.

일전에 모 언론사 기자와 사석에서 했던 이야기가 기사화된 적이 있다. 지애의 퍼팅 연습 도구에 관한 이야기이다.

내용은 단순하다. 지애가 퍼팅 스트로크 할 때의 높이에 맞추어 목공소에 의뢰해 일종의 틀을 제작했다. 퍼터마다 폭이 다르기에 폭은 조절할 수 있게 했다. 퍼터가 반듯하게 일자로 지나가게 하기 위해서는 퍼팅하는 데 소용되는 잔 근육을 훈련할 필요가 있다고 생각했기 때문에 고안하게 된 것이다. 이것을 만들어 날마다 퍼터를 그 안에 넣어서 퍼팅 훈련을 했다. 이 기구를 사용할 때는 퍼팅을 한 번 하고 다시 하고 하는 식이 아니라 한 번 동작을 한 후에 그대로 왔다 갔다 진자 운동을 하도록 했다. 매일 200번 정도 해도 5~10분이면 된다. 이런 훈련을 통해 어깨의 잔 근육들이 만들어져서 퍼팅할 때 흔들림 없이 유연하고 안정된 움직임을 받쳐 주게 되었다.

여섯째, 경사를 고려한 퍼팅 연습이 꼭 필요하다.

대부분의 골퍼들을 보면 퍼팅한 볼이 홀 컵을 지나치기보다는 짧아서 안 들어간다. 또한 내리막 퍼팅을 하는 홀에서 성공 확률이 현저하게 낮고 심리적으로도 어렵게 느끼는 경우를 많이 보게 된다. 그 원인이 무엇인가. 여러 가지가 있겠지만 나 나름대로 생각한 바는 이러하다.

결론은 퍼터도 그린 경사에 따라 움직여 주어야 한다는 것이다. 가만히 보면 대부분의 골퍼들이 무의식적으로 내리막이나, 오르막이나, 평지에서나 똑같은 퍼팅 스트로크를 한다. 생각해 보라. 평지에서 하던 퍼팅 스트로크를 내리막에서 똑같이 하게 된다면 내리막 경사의 효과로 인해 결과적으로 걷어올려 치는 스트로크를 한 것과 같다. 그린이 내리막으로 경사져 있는데 평지와 똑같이 스트로크를 하니 폴로스루에서 퍼터 헤드가 많이 들리는 현상이 날 때와 마찬가지가 아니겠는가? 그렇게 된다면 볼이 퍼터의 스윗 스폿에 맞는 것이 아니라 그 아래 지점에 맞게 되고, 볼은 흔히 말하는 대로 롤링이 많이 먹어 라이를 많이 타게 될 것이다.

반대로 오르막 경사에서도 마찬가지다. 오르막 그린에서 평지와 같은 스트로크를 한다면 이번에는 오르막 경사의 효과 때문에 폴로스루 정점에서 내리쳐지는 스트로크(다운블로)가 나게 된다. 볼을 굴리는 것이 아니라 내리박히게 하는 효과가 나 버린다. 이렇게 되면 볼이 제대로 롤링을 먹지 못해 결국 짧은 퍼팅이 되고 말 것이다.

이런 원리를 제대로 이해하도록 설명해 주지 않은 채 자녀들에게 "왜 넌 오르막 퍼팅은 꼭 이렇게 짧게 치느냐?" 하면서 꾸중하는 부모님들을 많이 보았다. 앞에서 말한 좋지 못한 현상들을 없애기 위해서는 평지에서 하는 퍼팅처럼 칠 수 있도록 오르막이면 오르막 경사를 따라, 내리막이면 내리막 경사를 따라 지면에 맞추어 퍼터를 움직이도록 해야 한다. 아이언 샷을 할 때는 경사도를 고려하여 어드레스와 샷을 해야 한다고 알고 있으면서 왜 퍼팅에는 그것을 적용하지 않는가? 연습시의 대비가 많은 도움이 될 수 있는 부분이다.

일곱째, 퍼팅에서는 프로 라인을 의식하라.

앞에서 가볍게 언급했던 내용이기는 하나 너무나 중요하다고 생각하기에 다시 한 번 자세히 설명해 본다. 볼이 프로 라인으로 빠지는 것과 아마추어 라인으로 빠지는 것의 차이에 관한 이야기다.

퍼팅을 하다 볼이 빠지면 주로 아마추어 라인으로 빠지는 경우가 대부분이며, 그래서 주니어 학부모들은 자녀들에게 빠지더라도 프로 라인으로 빠지게 치라고 이르는 일이 많다. 프로 라인이든 아마추어 라인이든 빠지기는 마찬가지 아닌가? 그런데 왜 차라리 프로 라인으로 빠지라고 하는가. 결론부터 말하자면 프로 라인으로 빠지는 편이 아마추어 라인보다 홀 인 할 확률이 더 높기 때문이다. 먼저 생각해 볼 문제는 퍼팅할 때 겨냥해야 할 홀 컵 중심점이 어디인가 하는 것이다.

볼과 홀 컵을 일직선으로 연결한 선 위에 놓이는 홀 컵 한가운데 점을 중심점이라고 생각하기 쉽다. 하지만 그렇지가 않다. 볼이 곡선을 그리면서 홀 컵에 들어가는 지점, 즉 슬라이스 라이일 경우에는 육안으로 보이는 홀 컵 한가운데 점보다 왼쪽 위 지점이 중심점이 되는 것이다. 여기를 겨냥해야 볼이 홀 컵에 빨려 들어간다. 그러지 않고 그저 눈에 보이는 홀 컵 한가운데를 중심점 삼아서 치게 되면 바로 바깥으로, 즉 아마추어 라인으로 빠진다. 마찬가지로 훅 라이일 때는 볼이 왼쪽으로 휘어 들어가게 되므로 육안상 홀 컵 중앙의 오른쪽 위 지점이 홀 컵의 중심점이 된다.

이렇게 보면, 흔히 말하는 프로 라인으로 볼이 굴러갈 때 여러 가지 유리한 점이 있다. 우선 첫째로 볼이 홀 컵에 살짝 걸치며 지나갈 때 프로 라인으로 엇나간 경우에는 볼이 홀 쪽으로 휘려는 경향이 있으므로 홀 인 할 확률이 더 높다. 반대로 아마추어 라인으로 엇나가면 볼이 홀에서 멀어지는 방향으로 휘어져 가려는 속성 때문에 비슷하게 걸쳐 가도 홀 인 할 확률이 낮다.

둘째로, 프로 라인으로 빠진 볼은 홀 컵을 감싸고 돌기 때문에 홀 컵에서 볼이 멀리 달아나지 않지만, 아마추어 라인으로 빠지게 되면 홀 컵을 뒤로 하고 저 멀리 굴러가 버리기 십상이다.

또, 볼이 프로 라인으로 빠지면 대체로 홀 컵을 지나서 빠지기 때문에 다음 퍼팅할 라인을 읽을 수가 있다. 그러면 다소 멀리 지나쳐 갔다고 해도 한번 라이를 봤기 때문에 다음 퍼팅에서 홀 인 시킬 확률이 높아진다. 중계방송을 보면 유수의 프로들이 짧은 버디 퍼팅은 놓치는 경우가 많은데 오히려 거리가 더 떨어진 긴 파 퍼팅은 세이브하는 것이 바로 이것 때문이다. 그런데 아마추어 라인으로 빠지게 되면 홀 컵을 지나가지 않기 때문에 다음 퍼팅 라인을 볼 수 없고, 따라서 홀 인 할 확률이 또다시 그만큼 낮아지게 되는 것이다.

또 하나, 흔히들 퍼팅할 때 홀 컵을 지나가게 스트로크하라고 말들을 해도 이것이 생각처럼 되지 않는데, 프로 라인을 의식하고 퍼팅하게 되면 홀 컵을 지나가게 퍼팅하기가 쉽다는 장점이 있다. 프로 라인을 의식하지 않으면 대부분 홀 컵을 지나가지 못하고 홀 컵에 채 미치지 못하는 짧은 퍼팅이 잘 나온다.

마지막으로, 퍼터를 쥘 때 왼손은 방향을 오른손은 거리를 주도한다는 생각으로 쥐고서 퍼팅하는 것이 또한 하나의 팁이다. 이렇게 했더니 왼손 손등으로 퍼팅을 하면 방향이 잘 잡힌다.(왼손 손등을 브레이크 지점으로 보낸다는 기분으로 퍼팅하는 것을 말한다.) 또 가끔 오른손한 손으로만 퍼터를 잡고 치도록 연습시켰더니 스트로크가 부드럽게 되고 거리감이 좋아지는 효과를 느낄 수 있었다.

이것 외에도 퍼팅 성공 확률을 높이는 데 도움이 되는 요인은 여러 가지가 있겠지만 이상 기본적인 사항을 충실히 한다면 홀 인의 확률은 확실히 높아질 것이라고 말할 수 있다.

7
지애의 코스 공략법

이제 지애가 수많은 시합을 통하여 얻게 된 노하우를 바탕으로 코스 공략 방법에 관한 팁을 몇 가지 이야기해 볼까 한다.

첫째, 티 박스에서 티샷을 할 때 어디에서 하느냐 하는 문제를 생각해 보라. 많은 사람들이 무심코 티 박스 한가운데서 샷을 한다. 그런데 텔레비전 중계를 보면 세계 유수의 골퍼들은 때로 극단적으로 티 박스 중앙을 벗어나 왼쪽으로 치우친 위치에서 하기도 하고, 때로는 오른쪽 티 박스에 아주 가깝게 다가가서 하기도 하는 것을 보게 된다.

이렇게 하는 까닭은 몇 가지가 있다. 우선, 도그렉 홀일 경우이다. 이때는 도그렉 홀이 구부러진 방향으로 티를 꽂는다. 즉 오른쪽으로 구부러진 도그렉 홀이면 티 박스 오른쪽을 이용하고, 왼쪽으로 구부러진 도그렉 홀이면 티 박스 왼쪽을 이용한다. 왜냐하면 휘어지는 방향에서 티샷을 하게 되면 볼이 떨어지는 IP지점을 조금은 넓게 이용할 수 있기 때문이다. 그뿐만 아니라 휘어지는 방향으로 OB가 날 확률이 적어지는 효과도 보게 된다. 홀이 휜 방향 반대쪽에서 티샷을 하는 것과는 큰 차이가 날 수밖에 없다.

특히 아마추어 분들은 이 부분에서 OB를 많이 낸다. 티 박스에서 불과 몇 미터 이동하는 것으로 큰 차이는 나지 않을 것 같지만 드라이버를 사용해 200미터 이상 볼이 날아간다고 했을 때 결과는 생각 이상으로 달라진다.

바람이 불 때에도 위치를 조절한다. 슬라이스 바람이 불 때는 오른쪽에서 티샷을 하고, 훅 바람이 불 때는 왼쪽에서 티샷을 한다. 슬라이스 바람이 부는데 왼쪽에서 티샷을 하게 되면 볼이 왼쪽에서 페어웨이를 향해서 가는데 바람 부는 방향대로 같이 가게 되고, 자연히 바람의 영향을 크게 받을 수밖에 없다. 슬라이스 바람이 불 때 반대로 티 박스 오른쪽을 이용한다면 볼이 바람을 조금은 거스르며 날아가게 되므로 그만큼 거리는 덜 날지 몰라도 방향 면에서는 왼쪽에서 티샷을 했을 때보다 훨씬 영향을 덜 받고 정확하게 날아가게 되는 것이다. 만약 도그렉 홀에서 바람이 분다면 이 점은 더욱 심각하게 고려해야 한다. 오른쪽으로 휘어 있는 도그렉 홀에서 슬라이스 바람이 불 경우에는 반드시 티 박스 오른쪽을 이용해야 할 것이다. 왼쪽에서 치는 것과는 천지 차이가 날 수 있다. 훅 바람일 때는 또 반대로 고려하여 위치를 선정하면 된다.

둘째, 코스 설계자의 의도를 이해하고 과욕을 버려라. 아마추어들은 그렇지 않겠지만, 프로의 경우 모든 홀에서 버디를 잡으려고 욕심을 내는데 이것이 도리어 코스 공략에 방해가 된다. 과연 코스를 설계한 사람이 그렇게 모든 홀에서 버디가 나게끔 설계했겠는가? 그럴 수가 없다. 함정이 없으면 골프 코스의 재미가 없다. 그래서 모든 코스에 함정이 있게 만든 홀이 몇 개씩은 들어 있다. 그러니 18홀을 돌면서 어떤 함정이 있는지 설계자의 의도를 찾아보는 것도 나름대로 플레이하는 재미가 있을 것이다.

함정만 있는 것이 아니라 반대로 우리가 흔히 말하는 '서비스 홀'도 있다. 모든 홀이 함정투성이라면 이 또한 지루하고 힘들어 재미가 없지 않겠는가. 앞에서 잠깐 예로 든 바 있지만 지애는 연습 라운딩할 때 꼭 버디를 잡아야 할 홀 세 개와 함정이 있기 때문에 파만 해도 성공인 홀 세 개를 미리 정해 놓는다. 파만 해도 성공인 홀에서 버디를 잡으려고 하다 보니 보기가 나오고 더블 보기가 나오기 때문이다.

모든 홀에서 버디를 잡으려고 욕심 내는 것이야말로 프로들이 빠지기 쉬운 함정이라고 나는 생각한다. 처음 티 박스에 섰을 때부터 '그래, 이 홀은 파만 해도 성공이야.' 하는 생각을 가지고 플레이한다면 무리하게 공격적으로 하다가 크게 낭패를 보는 일을 미연에 방지할 수 있다. 버디를 잡으려고 과욕을 낼 때보다 심리적으로도 훨씬 편안하게 여유를 가지고 경기를 치를 수 있을 것이다.

그러나 여기에도 이면이 있다. 멕시코 마스터카드 시합 때 지애가 털어놓은 말이 있었다.

"파만 해도 성공이다 싶은 홀을 미리 정해 놨더니 그 홀만 가면 소심해져요. 자꾸 소극적이 돼서 보기를 했잖아요."

전에는 그런 일이 없었는데 멕시코가 워낙 특수한 지대이다 보니 염려가 많아졌던 모양이다. 파만 해도 성공이라는 말이 선수를 위축시키는 쪽으로 작용해서는 안 된다는 사실을 나 역시 새삼 깨달았다. 과욕을 부리지 말고 확실한 플레이를 하자는 것이지 소극적으로 겁을 내며 플레이하라는 뜻이 아닌 것이다.

셋째, 코스를 파악할 때 절대로 볼이 가서는 안 될 지점을 파악하여 새겨 두도록 하는 것이 중요하다. 볼이 어디에 떨어지면 좋을까를 생각하여 볼을 보낼 지점을 찾고, 야디지 북에 그 지점을 표시해 두는 일은 대부분 골퍼들이 다 하는 일이다. 하지만 그보다 더 중요하고 효과적인 것이 그 반대되는 지점을 찾는 일이다. 즉, 볼이 떨어져서는 안 될 위험 지역을 찾아서 표시해야 한다. 이것은 정말 중요한 문제이다.

일정 수준에 오른 선수들이 시합에 나섰을 때 때로 보기 이상을 하는 이유가 바로 볼이 떨어져서는 안 될 지점에 떨어졌기 때문이다. 그 지점만 아니었으면 버디는 못 잡더라도 파는 할 수 있다. 떨어지면 좋겠다 싶은 지점은 파를 하기 위해서가 아니라 버디를 노리기 위한 지점이지만, 그처럼 좋은 위치에 볼을 보내지는 못했더라도 떨어져서는 안 될 지점만 피하면 최소한 파가 가능하다. 이 점을 간과하고 주의하지 않았다가 덜컥 걸리는 날에는 파조차 하기 힘들게 되지 않겠는가.

또한, 떨어져서는 안 될 지점을 염두에 두는 것은 티 박스에서 좀 더 여유를 가질 수 있다는 이점이 있다. 꼭 저곳에 볼을 떨어뜨려야지 생각하고 드라이버 샷을 한다면 그만큼 내가 공략해야 할 위치가 한정되지만, 절대 떨어뜨려서는 안 될 지점을 생각하고 샷을 하면 훨씬 넓은 공간을 가지게 되므로 그만큼 심리적으로 자신 있게 드라이버 샷을 할 수 있는 것이다.

특히 이 점이 더욱 중요해지는 것은 그린 주변에서다. 그린 주변에서 떨어져서는 안 될 지점은 반드시 파악해 둬야 한다. 세컨드 샷을 할 때 염두에 두어야 하는 가장 중요한 것이 혹시 그린을 넘어가거나 그린에 못 미쳤을 경우 어프로치가 쉬운 지점이 어디인가 하는 것이다. 이것을 생각한다면 핀 오른쪽을 공략할지 왼쪽을 공략할지, 짧게 할지 조금 길게 할지 답이 나온다. 그린을 오버할 경우 심한 포대그린에 내리막 어프로치를 해야 한다면(대부분 한국 골프장의 지형이 이렇다.) 온 그린이 되지 않는다 할지라도 차라리 짧은 편이 나으니 그렇게 공략해야 할 것이다. 이럴 때는 오르막 어프로치가 훨씬 낫지 않겠는가. 반대로 그린 앞은 큰 벙커가 있지만 그린 뒤쪽은 오히려 어프로치하기 편한 지형이라면 그린 오버를 하더라도 조금 크게 샷을 해야 한다. 싱가포르에서 열린 HSBC 대회에서는 지애가 이 부분을 간과했다가 10번 홀에서 더블 보기를 하는 수난을 겪기도 했다. 절대로 떨어져서는 안 될 그린 주변의 지점은 꼭, 꼭, 꼭 체크해 두고 그곳을 피해 공략하도록 하라는 이야기는 정말 몇 번을 강조해도 과하지 않다.

넷째, 내 볼의 구질을 정확히 파악하고 공략해야 한다. 만약 내가 치는 볼의 구질이 드로라면 핀 오른쪽을 공략하고, 페이드라면 핀 왼쪽을 공략해야 한다. 항상 정확하지는 않겠지만 최악의 경우를 생각해 보면 핀을 공략했는데 핀 오른쪽으로 볼이 향했을 때 드로 구질이라면 오른쪽에서 핀 쪽으로 가깝게 다가서게 될 것이고, 반대로 핀 왼쪽으로 갔을 때도 핀을 직접 공략했는데 볼이 왼쪽으로 갔을 때보다 더 멀리 도망가지는 않을 것이다. 2008년 겨울 호주 동계 훈련에서 이일희 프로가 드로 구질인데 걸핏하면 핀 왼쪽으로 휘어 나가는 모습을 보았다. 그래서 핀 1미터 오른쪽을 타깃으로 정렬해서 샷을 해 보라고 조언했더니 핀 가까이 정확하게 떨어지는 일이 많아져 좋아라 하는 모습을 보았다. 아주 조그마한 차이이지만, 그 결과는 크게 나타날 것이다. 지난해 미 PGA 투어 메이저 대회에서 우승한 선수가 골프 잡지 인터뷰에서 자신의 볼이 드로 구질이라 항상 핀 오른쪽을 공략한다고 말한 것을 본 일도 있다.

이런 상황은 핀을 중심으로 그린 라이가 있을 때에도 도움이 된다. 만약 핀 오른쪽에서 왼쪽으로 내리막 라이가 형성되어 있다면 볼이 오른쪽에 떨어졌을 경우 핀을 향해 많이 굴러가겠지만(드로 구질의 볼은 오른쪽에서 왼쪽으로 휘기 때문에), 반대로 핀 왼쪽에서 오른쪽으로 내리막 라이가 형성되어 있다면 볼이 그린에 떨어져서 오른쪽으로 흘러가야 할 것인데 오른쪽에서 왼쪽으로 휘는 구질이므로 바운스도 왼쪽으로 향하게 되어 오른쪽으로 많이 굴러가지 않는 장점도 있는 것이다.

드로 구질에서 생기는 이 모든 상황이 만약 페이드 구질의 볼이라면 반대로 연출된다. 내 볼이 페이드 구질인데 그에 맞지 않게 오른쪽을 공략할 경우, 그린이 오른쪽으로 경사진 내리막 라이라면 내리막을 많이 타서 홀에서 멀어질 것이고 왼쪽으로 경사진 내리막 라이라면 페이드 구질의 볼이 오른쪽으로 떨어진 후에 바운스가 오른쪽으로 나는 성질 탓에 홀 컵을 향해 많이 내려오지 못할 것이다. 자신의 구질에 따라 겨냥을 조절하는 것이 이렇게 중요하다.

다섯째, 소극적이고 안전한 플레이보다는 적극적이고 공격적인 플레이를 하는 것이 시합에서 또 하나의 요령이다. 소극적인 플레이를 하다 보면 기복은 없겠지만 속칭 '몰아치기'가 나오기 어렵다. 프로들의 시합에서 3라운드 중 하루는 몰아치기가 나와야 우승을 한다는 말이 있다. 몰아치기가 나오지 않으면 하위권으로 처지지는 않겠지만 우승은 좀처럼 바랄 수가 없다. 실력이 따라 주지 않는데 공격적으로 한다면 기복이 심해지고 자신감마저 떨어져 버리는 최악의 상황도 올 수 있겠으나 어느 정도 탄탄한 실력이 뒷받침되어 궤도에 오른 선수라면 적극적인 플레이를 통해 더 좋은 스코어를 쟁취할 수 있고, 그러다 보면 골퍼들이 쓰는 말로 '그님이 오신 날'을 맞이하여 몰아치기를 기록하고 우승도 하게 될 것이다.

2008년 KLPGA 신인상을 받은 최혜용 프로가 연말에 2009년 KLPGA 개막전인 차이나 레이디스 오픈 우승 직후에 이런 말을 했다.

"상반기에는 안전하게 플레이하다 보니 나쁜 스코어가 나오지는 않았지만 그렇다고 좋은 스코어도 나오지 않더군요. 그래서 하반기에 와서는 공격적인 플레이를 했어요. 그랬더니 몰아치기가 나오네요."

2009년 KB 4차 때 최혜용 프로의 그 몰아치기에 지애가 혼쭐이 나기도 했다. 연장전에서 겨우 이기기는 했지만 참으로 아슬아슬한 경기였다. 주니어 선수들이나 아마추어 골퍼들도 마찬가지다. 우선 당장의 성적에 연연해서, 또 아마추어 분들은 골프 내기에서 지기 싫어서, 소극적이고 안정적인 플레이만을 추구하다 보면 폭발적으로 치고 나갈 타이밍을 갖기가 어렵다. 어쩌면 실력 향상의 기회를 자기도 모르는 사이에 봉쇄하고 있을지도 모른다.

여섯째, 이것도 앞에서 했던 이야기지만 다시 강조해도 지나침이 없다. "연습 라운딩은 연습이다."

주니어 선수의 학부모나 심지어 프로 데뷔한 선수의 부모들조차도 자녀가 연습 라운딩에서 기록한 스코어에 종종 신경을 쓰곤 한다. 부모가 그러면 선수들이 연습 라운딩을 하면서도 좋은 스코어를 내려고 애쓰게 되고 아무래도 스코어를 의식하게 된다. 특히 주니어들이 더하다. 연습 라운딩에서 스코어에 신경 쓰고 좋은 스코어 내기에 전전긍긍하면서 어떻게 코스를 파악하겠는가.

시합 다니다 보면 "내 딸은 연습 라운딩 때는 스코어가 잘 나오는데 시합 때는 왜 스코어가 안 나오는지 이상해." 하고 푸념하는 분들을 정말 자주 만난다. 연습 때와 시합 때 마음 자세가 똑같을 수 없지 않겠는가. 긴장감 자체가 다른데!

지애 같은 경우는 연습 라운딩 때는 드라이버도 이쪽저쪽으로 쳐 본다. 그래야 그쪽에서 세컨드 샷을 연습할 수 있기 때문이고, 앞에서 말한 '볼을 떨어뜨려서는 안 될 지점'을 찾기가 쉽기 때문이다. 또 세컨드 샷으로 그린을 향해 볼을 칠 때 핀을 보고 샷을 하지 않고 시합 때 핀을 꽂을 만한 곳으로 보낸다. 왜냐하면 연습 라운딩 때 꽂았던 핀 주변은 그린이 많이 상해서 시합 때는 그곳에 핀을 꽂지 않는 경우가 많기 때문이다. 그런데 그린에서 연습 퍼팅할 때도 어떤 선수들은 굳이 연습 라운딩용으로 꽂아 놓은 홀 컵에 넣는 연습을 하곤 한다. 그런 연습은 연습 그린에서도 얼마든지 할 수 있는데, 연습 라운딩 때는 핀을 꽂을 만한 자리의 라이를 살피는 게 급선무이지 볼을 홀 컵에 떨어뜨리는 게 우선이 아니라는 사실을 간과한 것이 아닐지 생각해 본다. 지애의 경우 특히 파3 홀에서는 앞쪽 핀일 경우, 중간 핀일 경우, 뒤쪽 핀일 경우를 생각해서 샷을 해 보지 핀을 보고 샷을 하지는 않는다.

일곱째, 홀을 마친 후 그 내용을 야디지 북에 기입해 두는 것을 잊지 말도록 한다. 그 홀은 그날 치고 끝나는 것이 아니라 며칠 더 해야 하고, 또 내년에도 플레이하게 될 것이기 때문이다. 그린에서 어디에서 어떻게 퍼팅했는데 홀 컵을 어떻게 벗어났다든가, 라이를 어떻게 먹었다든가, 그린이 튀었다 또는 그린이 볼을 잡더라는 등 잡다한 내용을 빼놓지 말고 기록해 두어야 나중에 소중한 자료가 된다. 지애는 바로 이 부분이 뛰어난 것 같다. 기록도 기록이지만 대부분의 샷과 내용을 기억할 수 있는 한 기억하도록 노력해야 할 것이다. 혹 기억하지 못한다면 기록을 해 놓는 것이 지혜로운 일이다.

특히 주니어 선수들은 거의 매년, 아니 한 해에도 같은 코스에서 몇 번이고 시합을 하게 되기에 이 부분이 더욱 중요하다고 할 수 있다.

여덟째, 세컨드 샷 공략할 지점을 확실히 정해 놓고 공략하라. 많은 선수들이 모르고 있거나 쉽사리 간과하는 부분이다.

무슨 말인가 하면, 대개 세컨드 샷을 할 때 핀만 보고 한다는 뜻이다. 그럼 어디를 보고 샷을 하느냐고 반문할지 모르겠다. 내가 지애에게 늘 강조하는 것은 핀을 공략하되 곧이곧대로 핀을 향해 보내려고만 할 게 아니라 퍼팅하기 좋은 곳을 가려 그곳으로 볼이 가도록 하라는 것이다. 이 글을 읽는 분들 모두가 그것은 너무도 당연한 이야기가 아니냐고 할 것이다. 하지만 들여다보면 그렇게 간단한 문제가 아니다.

경사가 있는 그린에서 퍼팅을 할 때 오르막 퍼팅이 어려울까, 내리막 퍼팅이 어려울까? 거의 대부분 골퍼들은 내리막 퍼팅이 어렵다고 할 것이다. 그 말대로다. 다른 조건이 모두 똑같다고 했을 때 확률로 보아 오르막 퍼팅과 내리막 퍼팅의 성공 빈도는 7 대 3 정도가 나온다. 오르막 퍼팅이 한결 쉽다. 그러면 슬라이스 라이의 퍼팅이 어려운가, 혹 라이 퍼팅이 어려운가? 골퍼들의 80퍼센트는 슬라이스 라이 퍼팅이 더 어렵고 혹 라이 퍼팅이 비교적 쉽다고 한다. 그렇다면 보편적으로 가장 어려운 퍼팅 라인은 내리막 슬라이스 라이가 아닐까!

생각해 보라. 내리막이 어렵고 슬라이스 라이 퍼팅이 어려운 분들에게 스리 퍼팅은 대부분 내리막 슬라이스에서 나오게 된다. 내리막 슬라이스 라이에서 퍼팅을 한 후에 이어지는 두 번째 퍼팅이 대부분 또 슬라이스에서 하게 되기 때문이다. 반대로 내리막 훅이 그나마 내리막 슬라이스보다 쉬운데, 내리막 훅 라이 퍼팅을 했다면 비록 빠졌다 하더라도 대부분 상대적으로 할 만한 훅 라이에서 퍼팅하게 되므로 스리 퍼팅이 나올 확률이 적은 것이다.(대부분 아마추어 라인으로 빠지기 때문에 이렇다. 내리막 라인에서는 과감한 스트로크를 하지 못하기 때문에 아마추어 라인으로 빠지기가 더 쉽다.)

이러한 원리를 알고 세컨드 샷을 하게 된다면, 그린 뒤쪽이 높고

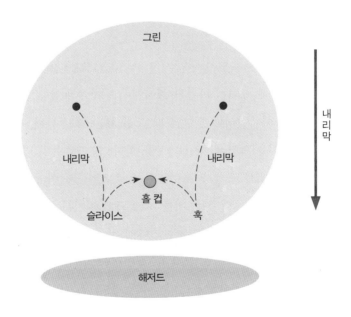

앞쪽이 낮은 한국 골프장의 지형상 핀 오른쪽을 공략해야 혹 라이에서 퍼팅을 하게 된다. 이 원리가 특히 잘 들어맞는 경우는 그린 앞에 해저드가 있고, 핀이 앞 핀일 때이다. 그린 앞이 해저드이기 때문에 일차적으로 해저드를 넘기는 샷을 해야 한다. 그렇게 하면 핀이 앞 핀이다 보니 자연스럽게 핀을 지나 떨어지게 되고, 결국 내리막 퍼팅이 되기 쉽다. 이럴 때 핀 오른쪽으로 오버시키면 내리막 혹 라이에서 퍼팅을 하게 되지만, 핀 왼쪽으로 오버시켜 공략하게 된다면 가장 어렵다는 내리막 슬라이스 라이의 퍼팅을 하게 된다. 사소한 것 같아도 4일 경기라고 했을 때 이것으로 최소한 1타는 차이 날 수 있다.

8
골프 볼에 관하여

지애는 현재 타이틀리스트 V1을 쓴다. 그런데 드라이버로 티샷 할 때는 골프 볼에 새겨진 마크가 페어웨이를 향하게 놓고 티샷을 하고, 파3 홀에서 아이언이나 우드로 티샷 할 때는 골프 볼에 새겨진 마크가 지애 자신을 향하게 놓고 티샷을 한다. 왜 그러는지 다 이유가 있어서 그렇게 하는 것인데 프로들이나 부모님들과 이야기해 보면 이 이유를 모르는 분들이 많은 것을 보게 되어 여기서 알려 드리려고 한다. 이유는 바로 볼을 어떻게 놓느냐에 따라 거리가 차이 나기 때문이다. 미국에서 테스트한 결과 많게는 9야드까지 차이가 났다고 한다. 몇 년 전 PGA에서도 논란이 있었던 문제다.

골프 볼에는 오목오목 들어간 '딤플'이라는 것이 있다. 그 딤플들을 유심히 살펴보면 경계선이 다른 곳보다 두껍게 되어 있는 부분이 있을 것이다. 그 두꺼운 부분이 바로 골프 볼을 만들 때 반구형 틀 두 개를 접합했던 부분이다. 틀의 접합부이니 다른 곳보다 두꺼울 수밖에 없고, 두껍기 때문에 그 부분이 무거울 수밖에 없다. 아주 미세한 차이이지만 샷을 하면 큰 영향을 미칠 수 있다. 왜냐하면 골프 볼을 쳤을 때 나오는 볼의 회전수가 드라이버는 보통 분당 3,000회, 아이언은 분당 8,000회, 웨지는 분당 1만 회나 될 정도로 세차게 회전하기 때문이다.(스윙 스피드와 골프 볼에 따라 차이가 있지만 일반적으로 본 수치다.) 이처럼 엄청나게 빠른 속도로 회전하는데, 안정된 무게 중심을 가지고 균일하게 회전하며 날아가는 볼과 무게 중심이 흔들리며 회전하는 볼과는 큰 차이가 있지 않겠는가. 그래서 무거운 부분은 일정한 위치에 있게 하고자 방향을 맞추어 놓는 것이다.

구체적으로 말하면 무거운 부분이 앞으로 향하게 하여 볼이 앞으로 회전하게 되면 거리와 방향이 좋아지고, 무거운 부분이 일정하게 옆으로 회전하면 스핀이 더 나기 때문에 파3 홀에서 멀리 도망가지 않게 된다. 예전에 이런 사실을 몰랐을 때 지애는 골프 볼의 무게중심을 찾아내기 위하여 이글아이라는 기구를 사용했다.

이런 것이 전체 스코어를 크게 좌우할 만한 큰 요소는 아닐지 모른다. 하지만 이런 조그마한 부분들이 모이고 모여서 1타만 줄일 수 있다면, 그 한 타가 우승과 준우승을 가리는 한 타가 된다면 엄청난 효과인 것이다.

타이틀리스트는 이 두꺼운 부분에 타이틀리스트 로고를 새겨 넣어 찾기 편하게 해 놓았다. 또한 더욱 정밀한 기술을 적용하여 2008년 볼부터는 이 접합 부분의 요철이 거의 구별할 수 없을 만큼 극히 얇아졌다. 그러나 아직도 대부분의 골프 볼에 접합선이 있다. 지금 집에 있는 골프 볼을 아무것이나 하나 들고 유심히 들여다보면 딤플 경계선이 두껍게 된 부분이 있음을 발견하게 될 것이다.

또 아마추어들에게 참고할 만한 내용이 있다. 절약 차원에서 로스트 볼을 사서 쓰는 경우가 많이 있는데, 로스트 볼 중에서 해저드에 빠졌던 볼의 경우에는 비거리에 차이가 난다는 점을 알아야 한다. 골프 볼 표면이 고무라지만 습기를 접하게 되면 탄성이 떨어진다. 해저드에 빠지자 않아도 새로 출시된 볼이 공기에 오래 노출되면 대기 중의 습기에 영향을 받아 1년 후에는 9~12야드 정도 비거리가 덜 나간다는 미국 골프 볼 제조업체의 실험 결과가 발표된 적도 있다. 그래서 LPGA 투어 때는 골프 볼 제조업체에서 시합장으로 바로 볼을 배달하는 방식으로 항상 새로 제조된 볼을 제공해 준다.

더 나아가서, 아마추어들은 볼 선택에 오히려 더 신중해야 한다는 것이 나의 생각이다. 왜냐하면 볼에 따라 구질이 변할 수 있기 때문이다. 이런 차원에서 우리가 흔히 말하는 투피스 볼, 스리피스 볼의 특성도 제대로 파악하고 고르도록 해야 한다. 스리피스가 스핀이 많고 컨트롤이 좋으며 투피스는 거리가 더 많이 난다는 점이야 모든 분들이 잘 알고 계실 것이다. 맞다. 그런데 스리피스가 스핀이 많다면 그만큼 사이드 스핀도 많이 걸린다는 것을 알아야 한다. 사이드 스핀이 걸리는 데 따라 훅과 슬라이스가 나는 것인데, 훅이나 슬라이스가 많은 선수가 좋은 볼이라고 해서 스리피스 볼을 쓰는 것은 오히려 독이 되지 않겠는가.

스리피스 볼에 스핀이 많이 걸리는 이유는 표면이 부드럽기에 임팩트 시 클럽과 마찰하는 시간이 길기 때문이다. 이에 비해 투피스는 골프 볼 표면이 딱딱하기 때문에 클럽과 마찰하는 부분이 스리피스 볼보다 짧고, 따라서 스핀 양도 적을 수밖에 없다. 그래서 정확한 타격이 이루어지지 않았을 때도 그만큼 사이드 스핀이 적게 들어가 슬라이스나 훅이 덜 나는 것이다. 이런 원리를 생각한다면 훅이나 슬라이스로 고민하는 분들은 클럽도 볼이 묻어 나가는 단조 클럽보다는 주조 클럽을 사용하는 편이 좋지 않을까 한다.(어쩌면 그래서 예전에 캘러웨이가 인기를 끌었던 것인지도 모르겠다. 2,3년 전만 해도 캘러웨이는 거의가 주조 클럽이었으니까.) 또한 볼의 탄성을 표시하는 색깔 중에 딱딱함을 나타내는 검정색으로 번호가 쓰인 볼이 더 적당하리라 생각된다.(빨간색은 보통, 파란색은 부드러운 볼임을 나타낸다.) 그리고 물론 스리피스 볼보다는 투피스 볼이 더 유리할 것이다. 연습장에서 사용하는 볼은 대부분 원피스 볼이다. 그러다보니 스핀이 적을 수밖에 없다. 연습장에서는 볼이 똑바로 나가는데 필드만 나가면 슬라이스나 훅이 나는 분들은 이 부분을 참고할 만하다 하겠다.

이런 요소들을 생각하지 않고 남들이 좋다고 한다고 단조 클럽에, 스리피스 볼에, 빨간색 숫자의 볼을 사용한다면 슬라이스나 훅이 많이 나는 데 쩔쩔매며 스윙 탓만 하게 되지 않겠는가. 클럽과 볼을 바꾼다고 훅이나 슬라이스가 싹 없어지지는 않겠지만 그만큼 적게 내도록 도움을 주기는 할 것이다.

9
신체 리듬과 음식

지애의 경우 시합 때는 보통 하루에 8시간 잠을 잔다. 그리고 반드시 티샷 3시간 전에 잠에서 깨도록 한다. 왜냐하면, 예전에 어떤 책에서 우리 신체가 하루 중 생체 리듬이 최고조에 이르는 것은 기상 후 3시간이 경과한 때라는 글을 읽었기 때문이다. 또한 티샷 3시간 전에 일어나면 아침에 준비하고 연습하고 이동하는 등 티샷 할 때까지의 시간을 가장 적당하게 배분할 수 있었다. 단, 요즘에는 골프장에서 20분 정도 마사지를 받고 난 후 연습에 돌입하기에 30분 더 일찍일어나 준비하곤 한다.

식사도 신경을 쓴다. 시합 때는 몸을 가볍게 하기 위해 하루 두 끼만 먹는 것이 보통이다. 한국 투어를 뛰던 시절에는 거의 매 라운드에서 마지막 조로 나갔기 때문에 경기가 끝나면 보통 오후 4~5시가 되어 있었다. 그러면 그때 밥을 먹고, 자연히 저녁은 생략하고 방울토마토와 키위, 매실 농축액, 요구르트를 믹서로 갈아 만든 음료를마셨다. 피로 회복도 되고 배 속이 가벼우니 잠자리도 편하고 몸 컨디션을 좋게 유지할 수 있었다. 미국 투어에서 때로 시합에 오전 일찍 나가서 점심때쯤 마치게 되는 날에는 가볍게 저녁식사를 하므로하루 세 끼를 먹게 될 때도 있다.

식사의 내용을 이야기하자면 지애는 시합 이틀 전부터 고기를 먹지 않는 것을 습관으로 하고 있다. 많은 분들이 잘못 생각하고 있는부분인데, 우리 이전 세대에는 평소 고기를 좀처럼 먹지 못했던 탓인지 '고기를 먹어야 힘을 쓴다.'는 고정관념이 있었다. 지금은 맞지 않는 생각이다. 오히려 고기를 먹으면 우리 몸이 그것을 소화시키기 위해 쉬지 못하고 일을 하게 된다. 또 고기는 곧바로 에너지가 되는 것이 아니라 영양분이 체내에 일단 쌓이게 되는데 이로 인해 몸이 무거워진다. 이런 현상을 흔히 몸에 가스가 찬다고 말한다.

이렇게 체내에 쌓인 영양분을 활성화시켜 주는 것, 즉 우리가 바라는 힘의 근원은 바로 탄수화물에서 생성되는 글리코겐이다. 우리 몸 안에 글리코겐 양이 부족하면 근육이 쉽게 지치고 피곤한 느낌을 받게 된다고 한다. 그렇다면 글리코겐이 많아지게 하면 좋을 것이다. 그 방법이 무엇일까?

우리 인체에는 보상 기전이라는 것이 있다. 무엇인가 부족한 것이 있으면 그것을 더 많이 저장하려는 쪽으로 몸이 작용한다는 것이다. 그래서 체내에 글리코겐이 부족하면 몸은 글리코겐을 좀 더 많이 저장하려고 하게 된다. 이 원리를 이용하여 지애는 경기가 끝난 날 저녁식사부터 시작하여 이틀 동안은 고기를 많이 먹는다. 탄수화물을 적게 섭취하는 것이다. 그러면 몸 속에 탄수화물에서 생성되는 영양분이 상대적으로 부족하게 되고, 보상 기전에 의하여 몸이 탄수화물을 많이 저장하려고 하게 된다. 이렇게 몸 상태를 만들어 놓은 후에, 시합 이틀 전부터는 고기를 전혀 먹지 않고 밥이나 밀가루 음식 같은 탄수화물과 과일 야채 위주로 식사를 한다. 보상 기전으로 인해 탄수화물에서 생성되는 글리코겐이 평소보다 많이 몸속에 축적될 것을 노려서 이렇게 하는 것이다. 비슷한 예로 마라톤 선수들은 시합 전 일주일가량 밥도 먹지 않고 질리도록 고기만 먹는다고 한다. 그리고 시합 3일 전부터는 탄수화물 위주로 식단을 짜서 글리코겐을 몸에 많이 저장해 놓으면 마라톤을 하는 데 가장 필요한 지구력이 좋아진다는 것이다.

주니어 때 흔히 보던 광경으로 이런 것이 있다. 어떤 선수가 첫날 라운드에서 좋은 점수를 낸다. 그러면 그 아버지가 기분이 좋아서 그날 저녁 고기 집에 데리고 간다. 많이 먹고 힘내서 내일도 잘 치라고 격려하면서 기분 좋게 고기를 굽는다. 선수도 기분이 좋아 고기를 양껏 먹고 잠자리에 드는데, 그러면 대부분 그 다음 날 몸이 무거워서 스코어가 엉망으로 나는 것이다. 무조건 고기가 원흉은 아닐지 몰라도 컨디션을 좋게 만들어 주는 역할은 하지 못하는 것이 확실하다.

컨디션을 좋게 만들어 주는 음식으로 지애가 특히 즐겨 복용하는 것이 매실 농축액이다. 매실에는 구연산과 사과산이 함유되어 있으며 씨에 들어 있는 아미구다린도 피로 회복에 좋다고 한다. 우리가 식품을 섭취하면 영양물질은 체내에서 소화 흡수되고 이것이 몸 곳곳의 세포로 전달되어 연소하면서 에너지를 내게 된다. 이 과정에 부산물로 '피로 물질'이라 불리는 유산(젖산)이 생긴다. 유산이 세포에 쌓이게 되면 단백질과 결합해 유산단백을 이루는데, 이것이 근육 강직을 일으키고(흔히 근육이 뭉친다고 말하는 그것이다.) 그러면 신체가 피곤함을 느끼게 되는 것이다. 그런데 다른 과일에 비해 매실에 월등히 많이 함유되어 있는 구연산은 섭취한 음식을 에너지로 바꾸는 대사 작용을 돕고 근육에 쌓인 유산을 분해해 피로를 풀어 주며(구연산은 피로 물질을 씻어내는 능력이 포도당의 10배나 된다.), 체질을 약알칼리성으로 바꾸고 각종 장기를 활력 있게 만들어 주어 심신의 건강을 유지하는 데 큰 도움을 준다. 이것을 구연산 사이클이라고 하는데, 영국 의학자 크렙스가 이것을 발견한 공로로 1953년 노벨 생리 의학상을 받았다.

또 한 가지 지애가 섭취하게끔 신경 써서 챙기는 음식은 삶은 계란 흰자다. 코네티컷 대학 연구팀이 《뉴트리션 투데이》 저널을 통해 25종의 연구 결과를 분석한 결과, 근육이 당분을 처리하는 데 중요한 역할을 하는 필수 아미노산인 류신이 계란 흰자에 풍부히 들어 있어 지구력을 요하는 운동을 하는 사람에게 영양적 가치가 크다고 밝혔다. 계란 흰자의 단백질은 근력을 향상시킬 뿐 아니라 혈당을 크게 증가시키지 않으면서 지속적으로 에너지원이 된다. 계란은 최상의 단백질을 함유한 최고의 식품이며, 단백질 외에도 인, 셀레늄, 리보플라빈. 비타민B$_{12}$ 등 필수 비타민과 미네랄 13종이 들어 있어 영양적으로 매우 우수하다고 한다. 특히 근육 형성에 큰 몫을 한다는 정보를 얻고 운동을 하는 지애에게 도움이 되도록 챙겨 먹이게 되었다.

근육은 잠자는 동안 형성된다고 한다. 몇 년 전인가, 프로야구에서 홈런 타자로 성가가 높은 심정수 선수가 동계 훈련 때 잠자리에 들기 전 계란 한 판을 삶아 흰자만을 먹기를 매일같이 했다는 기사를 읽은 일이 있다. 그 후로 여러 홈런 타자들이 이를 따라 했다는 이야기도 들었다. 나 역시 여건이 허락하는 한 시시때때로 지애에게 계란 흰자를 먹도록 했는데 그렇게 많이는 아니고 하루에 다섯 개씩 저녁에 먹였다. 요즘에는 날마다 먹이지는 않고 동계 훈련 때, 몸이 지친 것 같을 때, 특히 여름에 땀을 많이 흘려 근육에 단백질 보강이 필요하다는 생각이 들 때 주로 먹게 한다. 계란 흰자에 관해 재미있는 에피소드가 있다. 재작년에 김혜윤 프로의 아버지와 골프 이야기를 하다가 계란 흰자 이야기를 해 준 적이 있었다. 그런데 그 며칠 후 김혜윤 프로가 지애에게 전화를 걸어 이렇게 물어보는 것이었다.

"언니, 계란 흰자를 삶아서 먹어요, 아니면 날것으로 먹어요?"

지애는 무슨 이야기인가 하고 별 생각 없이 "삶아서 먹는데, 왜?" 하고 대답했다. 그러자 전화 수화기를 통해 들려오는 김혜윤 프로의 말. "아빠! 삶아서 먹는다잖아!"

익히지 않은 날계란 흰자를 먹었던가 보다. 며칠 동안이나 먹기 힘든 날계란 흰자를 꿀꺽꿀꺽 삼켰을 김 프로 모습을 상상하니 절로 웃음이 나온다.

10
헤드업의 의미

골프를 처음 배우는 분, 또는 어느 정도 고수가 된 분들도 레슨을 받으면 가장 많이 듣는 말 중 하나가 헤드업을 하지 말라는 말일 것이다. 그래서 헤드업을 방지하기 위해 레슨 시에 어떤 분들은 손으로 머리를 잡아 주기도 하고 클럽 그립 부분으로 머리를 짚고 있는 광경도 종종 본다. 임팩트 후에 폴로스루까지 머리를 고정하고, 시선은 어드레스 시 볼이 있던 자리를 주시하기도 한다. 또 어떤 책에 보니 이렇게 나와 있다. "폴로스루를 할 때 주의할 점: 시선이 될수록 오래 공을 보고 있는 것이 좋습니다. 볼을 치고 나서 자기도 모르게 볼을 보려고 머리를 드는 사람이 있습니다. 이런 동작을 헤드업이라고 하는데, 헤드업이 되면 볼이 휘어져 날아갈 확률이 높고 심한 경우 볼을 제대로 맞히기도 힘들어집니다."

하지만 나의 소견으로는 이렇게 극력 피해야 할 헤드업의 의미가 왕왕 잘못 전파되어 있지 않은가 싶다. 스윙은 물 흐르듯이 자연스럽게 흘러야 한다. 또 많은 분들이 알고 계시겠지만 스윙을 할 때는 어깨 턴으로 해야 한다. 그래야 균형 잡힌 스윙이 나오고, 거리가 나오고, 방향이 제대로 컨트롤되기 때문이다. 그런데 머리가 전혀 들리지 않고 흔히 말하는 머리를 볼이 있던 지점에 고정한 상태로 스윙을 해 보라. 아무리 해도 자연스러운 스윙을 하기가 힘들 것이다. 머리를 그대로 고정시킨 채로는 어깨 턴이 이루어지지 않는다. 시선을 어드레스 시 볼의 위치에 고정한 채 폴로스루를 해 보면 어깨 회전이 일어날 수가 없다. 폴로 스윙이 되지 않는다. 목 근육과 어깨 근육이 분리된 사람이 있다면 가능할지 모르나 우리 몸은 목과 어깨 근육이 이어져 있기에 목이 돌아가지 않으면서 어깨만 원활하게 돌아갈 방법은 결코 없다. 헤드업을 하지 않으려다가 스윙이 부자연스럽게 되고, 어깨 턴이 되지 않아 오히려 거리도 제대로 나지 않고 방향도 좋지 않게 되는 경우가 더 많은 것 같다.

프로들의 스윙을 자세히 살펴보면, 임팩트 순간에 볼을 보고 있다는 점에서는 헤드업을 하지 않는다는 말이 옳다. 하지만 임팩트 순간이 지난 후에는 자연스럽게 볼의 궤적을 좇게 마련이다. 이것이 자연스러운 스윙이다. 아니카 소렌스탐의 스윙을 보면 우리가 아는 이론에서 벗어나 다소 빨리 머리를 든다. 하지만 누가 소렌스탐에게 헤드업을 한다고 지적하겠는가. 지애도 마찬가지다. 임팩트 시에는 시선이 확실히 볼에 고정된다. 이는 임팩트 시에는 아직 어깨가 폴로 쪽으로 돌아가기 전 상태이기 때문이며, 임팩트 직후 폴로 스윙이 되면서 시선이 어깨 회전을 따라 볼을 따라가는 것을 볼 수 있다. 어깨 턴과 함께 목과 얼굴도 같이 돌아가서 자연스럽게 고개가 들리고 스윙이 완성되는 것이다.

그래서 나는 헤드업을 다르게 정의하고 싶다. 헤드업을 하지 않는다는 것은 머리를 고정하는 게 아니라 백스윙 때나 임팩트 순간에 머리가 처지거나 들리거나 하지 않는 것을 의미한다는 것으로 말이다. 골프 스윙에서 머리가 돌아가는 것, 자연스러운 회전을 따라서 시선이 들리는 것은 큰 문제가 되지 않는다고 나는 생각한다. 헤드업이 문제가 된다면 그것은 단지 치기 전 머리가 위아래로 움직이는 것이 탑 볼이나 '뒷 땅'이 나오는 원인이 되기 때문에 문제가 되는 것이다.

요약하면, 백스윙 시에는 힘을 한곳에 응축하기 위해 몸의 근육을 꼬아 주어야 하고 이를 위해 어깨 턴을 할 때 머리를 고정시킬 필요가 있다. 그러나 폴로 스윙에 들어가면 근육의 꼬임과 힘의 축적이 더 이상 필요 없고 오히려 백스윙 시에 꼬인 근육을 완전히 풀어 버리는 것이 필요하므로, 스윙 턴과 함께 머리도 턴을 해 주어야 한다는 것이다.

11

사소하지만
영향을 미칠 수 있는 것들

끝으로 별것 아닌 것 같아도 어쩌면 경기력에 영향을 미칠 수도 있는 잡동사니 두 가지를 언급하려 한다.

첫째는 선글라스에 관한 것이다. 골프 중계를 보면 많은 프로들이 선글라스를 착용하고 시합에 나온다. 그런데 그런 모습들을 지켜보면서 나는 문득, 다 그런 것은 아니겠지만 대부분의 프로들이 저 선글라스를 그저 하나의 패션으로 착용하는 게 아닌가 하는 생각이 되었다. 골프라는 것이 야외에서 대여섯 시간씩 걸려 하는 운동이고 보면, 그러한 긴 시간 동안 선글라스를 착용하고 하지 않는 문제는 결코 가볍게 볼 일이 아니다. 그런데 어떤 선수는 처음부터 끝까지 착용하고 플레이하는가 하면 어떤 선수는 샷을 할 때는 착용했다가 그린에서는 벗곤 한다. 특히 중계방송에서 유의해 보면 LPGA와 KLPGA에서 이 부분 차이가 있는 것을 발견할 수 있다.

LPGA에서 선글라스를 착용하는 선수들은 거의 예외 없이 샷을 할 때나 그린에서 퍼팅할 때에도 선글라스를 벗지 않고 항상 그대로 착용한다. 반면 KLPGA 중계를 보면 적지 않은 선수들이 샷을 할 때는 선글라스를 착용했다가도 그린에서 퍼팅할 때는 착용하지 않는다. 일전에 제주에서 열린 KLPGA 경기 중계를 보는데, 서모 프로는 샷할 때는 썼다가 퍼팅할 때는 안 쓰고, 지모 프로는 샷할 때는 항상 쓰고 퍼팅할 때는 썼다가 안 썼다가 그때그때 다르고, 미국 투어에서 초청받아 참가한 모 선수는 샷할 때나 퍼팅할 때나 항상 쓰고 하다가는 후반 몇 홀을 남기고 선글라스를 아예 벗어 버린 후로는 샷할 때도 착용하지 않는 것을 볼 수 있었다.

선글라스 착용 여부는 선수마다의 개성이고, 재미있는 버릇으로 생각할 수도 있다. 그러나 한번 생각해 볼 필요는 있다. 골프 라운딩 하면서 애초에 왜 선글라스를 착용할까? 패션으로? 경기력 향상을 위해? 시력 보호를 위해? 세 가지 모두 정답일 수 있지만, 중요도를 따지자면 시력 보호와 경기력 향상이 훨씬 중요하지 않을까. 장시간 야외에서 유해 광선에 노출되는 골프 선수들에게 자외선 차단 문제는 매우 중요하다. 더욱이 수많은 세세한 요인들이 영향을 미쳐 좋게도 나쁘게도 몰고 갈 수 있는 시합에서 아무리 작은 요인이라 해도 무심코 간과하기보다는 치밀하게 대비하고 싶은 것은 누구나 마찬가지일 것이다.

내가 생각하기에 샷을 할 때 선글라스를 착용하고, 그린에서 라이를 읽고 퍼팅할 때에 선글라스를 벗는 것은 문제가 있다. 안과 전문의들의 견해에 따르면 선글라스를 썼다가 벗었을 때 우리 눈이 정상적인 컨디션을 회복하는 데 15~20분이라는 시간이 걸린다고 한다. 다시 말해 선글라스를 착용한 채 샷을 하고 나서 그린에 와서는 조금 어둡게 보인다든지 답답한 느낌에 선글라스를 벗게 되면, 라이를 읽는 데 미세한 차이일지라도 정상적인 컨디션에서 읽는 것과 차이가 생긴다는 이야기이다. 라이를 정확하게 파악하지 못하여 불과 1,2밀리미터 차이로 퍼팅이 빠질 수 있다는 점을 생각한다면, 작은 차이라고 무시하고 넘어갈 일이 아니다.

그 밖에 라운딩 할 때 선글라스를 착용할 경우 주의해야 할 점들이 다음과 같다.

- 착색 렌즈로 만들어진 일반 선글라스의 기능은 단지 눈에 도달하는 빛의 양을 줄여서 눈의 피로를 덜하게 해 준다는 것이다. 하지만 이 경우 눈에 들어오는 모든 빛을 일괄적으로 차단하기에 너무 짙은 빛깔의 선글라스를 너무 오랜 착용하면 오히려 눈에 무리가 가서 피로해지며, 이로 인해 집중력이 떨어지기 쉽다. 선글라스가 정말 걸러 주어야 할 빛은 우선 태양 광선이 지면 등에 반사되어 사물을 보기 어렵게 만드는 수직 편광이다. 시야에서 이것을 선택적으로 제거해 주는 편광 렌즈 선글라스를 착용한다면 빛의 방해를 받지 않고 선명하게 볼 수 있다.

- 골퍼들은 선글라스를 장시간 착용하기 때문에 가벼운 제품을 선호하는 경향이 있는데, 중량을 고려하여 가벼운 것만 찾다 보니 간혹 렌즈 재질이 아크릴로 된 것을 선택하기도 한다. 하지만 아크릴 소재 렌즈는 빛을 산란시키기 때문에 부지불식간에 안구 진탕을 일으킬 수 있고 이로 인한 두통이나 시력 저하를 가져오기도 하므로 주의해야 한다.
- 렌즈 색상을 선택할 때도 취향만 고려할 것이 아니다. 다음 내용은 선글라스 렌즈의 색상별 특성과 용도에 관하여 인터넷을 통해 얻은 정보인데 참고하면 좋겠다.

스모크 : 모든 색을 그대로 보여 준다. 선글라스를 오랜 시간 착

용하는 사람에게 적합하다.

브라운 : 푸른색을 잘 흡수하므로 시야가 선명하다. 야외, 스키장, 해변에서나 운전할 때 착용하면 좋다.

그린 : 색의 조화가 자연색에 가까워 이질감이 적기에 눈이 시원하고 피로감이 덜하다.

옐로 : 단파장의 산란도가 빛을 효과적으로 차단하여 눈의 피로를 막는다. 골프, 사격을 할 때에나 흐린 날 운전할 때 착용하기에 적합하다.

추천할 만한 색상은 스모크 렌즈와 옐로 렌즈이다. 특히 스모크 렌즈는 망막에 상이 정확히 맺히도록 해 장시간 착용해도 눈에 무리가 가지 않는다고 한다. 빛의 색상에 따라 망막에 초점이 맺히는 거리에 차이가 있어서 이를 색 수차라고 하는데, 그런 점을 생각한다면 예쁘다고 아무 색이나 착용하는 것은 곤란하지 않을까 싶다.

정리하자면 라운딩 할 때 착용하는 선글라스는 경기력 향상과 눈 보호라는 패션보다 더 중요한 목적이 있으며, 이런 목적을 염두에 두고 옅은 스모크 계열의 광학 렌즈(편광 렌즈) 선글라스를 착용하는 것이 좋다. 그리고 착용하기로 했으면 처음부터 끝까지 항상 착용하는 편이 낫다는 결론에 이른다. 골프는 스윙에 수십 가지 오묘한 메커니즘이 작용하듯이 경기력을 향상시키는 데도 수십 가지 요인이 있고, 대수롭지 않게 생각하기 쉬운 그러한 것들이 하나하나 모여서 스코어를 향상시킨다고 생각한다.

둘째로, 아주 사소하지만 의외로 중요한 상식 하나를 이야기하자. LPGA 경기를 방송에서 시청하셨다면 선수들이 가지고 다니는 야디지 북을 본 일이 있을 것이다. 그런데 유심히 보면 그 표지 색상이 대부분 빨간색이다.(노란색도 더러 있다.) 왜 그럴까?

필드에서 라운딩을 할 때, 장시간 푸른 잔디를 바라보고 라운딩하기 때문에 저절로 눈이 녹색에 길들여진다. 그러다 보면 똑같은 녹색 그린에서 라이를 읽으려 할 때 정확한 라이가 안 보일 때가 있다. 바로 그럴 때 빨간색 야디지 북 표지가 녹색에 지친 눈의 주의를 환기시켜 컨디션을 정상으로 조절해 주는 데 도움이 된다.

학창시절 미술 시간에 배운 '보색'의 원리이다. 보색은 서로 반대되는 두 색상들 사이의 관계를 의미하는데, 보색에 대한 정보를 누구든지 인터넷을 통해 쉽게 찾아볼 수 있다. "망막에 있는 색 신경이 어떤 색의 자극을 받으면 그 색의 보색에 대한 감수성이 높아진다." 그리고 "보색이 되는 두 색이 한 영역에 존재할 때, 서로의 색이 더 선명하게 두드러져 보인다."라고 되어 있다. 이런 내용을 알고 나서 지애가 고등학교 1학년 때 일부러 개인 야디지 북을 300권쯤 만들면서 표지를 주황색으로 맞추었다.(원래 빨간색으로 하려고 했으나 빨간 종이는 값을 비싸게 달라고 하고, 조금 저렴한 지질에는 빨간색이 없기에 할 수 없이 주황색으로 맞추었던 추억이다.) 그뿐 아니라 그립 색상도 일부러 빨간색 계통으로 맞추었는데, 다 보색의 원리를 생각해서 했던 것이다.

'하룻강아지 범 무서운 줄 모른다.'라는 말이 있듯이, 처음 지애를 골프 시킬 때에는 골프에 대해서 잘 몰랐기에 겁 없이 시작할 수 있었던 것 같습니다. 그 당시 여러 여건과 환경을 지금 돌아보면 너무나 무모하게 덤벼들었다는 생각도 듭니다. 만약 그때로 다시 돌아간다면 과연 그렇게 도전할 수 있을까 생각해 보면 이제는 도리어 자신이 없기도 합니다.

골프를 향해 지애와 함께 달려온 지난 11년! 어찌 보면 지애를 골프 선수 만들겠다는 꿈 하나에 인생의 황금기라 할 수 있는 저의 40대 전부를 바쳤다고 할 수 있습니다. 하지만 처음에 막연하게 품었던 그 큰 꿈이 어느 정도 이루어져 가고 있는 오늘을 보면서 내 인생의 10여 년은 결코 헛되지 않았구나 하는 기쁜 마음입니다.

시행착오도 많았습니다. 어떻게 하면 한 타라도 줄일 수 있을까 하는 일념으로 많은 책들을 읽고, 공부하고, 연구하고, 여러 가지 방법들을 시도해 보곤 했습니다. 그러다 보니 지금은 어느덧 골프 교본의 이론들에 더하여 현장에서 체득한 노하우를 두둑히 갖게 된 것도 사실입니다. 그렇게 쌓아 온 것들을 필요한 분들께 나누어 드리고 싶은 마음에, 감히 이 책 속에 담아 보았습니다.

물론 저의 골프 지식이 반드시 옳은 것만은 아닐지 모릅니다. 오류도 얼마든지 있을 수 있습니다. 그런데도 책을 쓰겠다는 마음을 먹은 데는 이유가 있습니다.

지금 우리나라에 프로 골퍼의 꿈을 키우며 활동하는 주니어 선수들만해도 천 명이 훨씬 넘습니다. 그만큼 많은 부모님들께서 또한 자식들을골프 선수로 성공시키기 위해서 많은 시간과 열정을 들여, 경제적인 희생을 감수하면서 노력하고 계십니다. 그러나 모든 주니어 선수들이 골퍼로서 성공할 수는 없는 게 현실입니다.

다른 선수들과 똑같이 연습하고 훈련해서는 결코 남들을 앞지를 수없습니다. 골퍼로 성공하기 위해서는 나만의 효과적인 연습 방법을 개발해야 하며, 부모님들은 부모님들대로 자녀를 어떻게 인도해야 효과적일것인가를 늘 고민해야 합니다. 골프뿐만 아니라 다른 어떤 분야에서라도, 책이나 그 밖의 다른 매체를 통하여 내가 가고자 하는 분야의 선구자및 성공한 선배들의 삶을 접함으로써 거기서 살아 있는 지식을 얻고 깨달음을 얻을 수 있을 것입니다.

최경주 프로가 프로 골퍼로서 성공하신 데는 그분만의 무엇인가가 분명히 있을 것입니다. 박세리 프로가 프로 골퍼로서 성공하신 데는 또 그분만의 무엇인가가 분명히 있을 것입니다. 그것이 무엇인지 깨달을 수있다면, 그리고 내 자녀에게 적용할 수 있다면, 막연하게 훈련하고 나아가는 것보다 훨씬 효과적인 과정이 되리라고 생각합니다. 그런 의미에서비록 지애가 아직은 두 분의 업적에 미치지 못하지만, 그래도 지애는 지애대로 여기까지 오는 과정에서 지애만의 무엇인가가 있었다고 생각합니다.

그것이 무엇인지 한마디로 꼭 집어 이야기할 수는 없습니다. 다만 제가 처음 지애를 골프 시킬 때부터 지금까지의 과정을 글로 옮겨 놓음으로써, 이 글을 통해 어쩌면 독자 중 어느 분은 골프 인생에 도움을 받을 수도 있으리라고 생각합니다. 또한 지애의 골프 인생이 결코 순탄하고 안일하지는 않았기에, 그 과정을 읽으면서 자극을 받을 수도 있으리라 생각되어 부족하지만 이렇게 책을 출판할 결심을 하게 되었습니다.

한편으로는 지난 한 해 지애가 미 LPGA에서 이룬 성과를 보면서 부모로서 이제는 나의 그늘에서 벗어난 신지애 프로를 느끼게도 됩니다. 이제 아빠의 지도를 따르는 주니어가 아니라 세계적인 여성 프로 골퍼로서 지애 스스로 자신의 인생을 개척해 나가게 되었구나 하는 감회가 있습니다. 이 책을 기점으로 지금부터는 지애의 홀로서기를 과감히 시도해 볼 마음입니다. 내 품을 벗어나도 될 정도로 성장한 딸을 바라보며, 부모로서의 역할은 앞으로도 계속될지라도 골프 선수로 성장하는 데 있어서 이제 내가 해줄 수 있는 역할은 끝난 듯하다는 생각입니다.

지애를 골프의 길로 이끈 지 어언 11년. 고사리 같은 손에 처음 골프 클럽을 쥐어 준 게 엊그제같이 생생한데 벌써 강산이 변할 만한 세월이 지났습니다. 그동안 여러 우여곡절도 많았습니다. 숨가쁘게 달려오는 동안에 그중 많은 것들을 돌아볼 시간을 갖지 못하고, 어쩌면 이제 망각이 조금씩 지난 일들을 지워 나갈지도 모릅니다. 더 늦기 전에 함께 달려온 길을 돌아보며 소중한 순간순간들을 언제까지나 기억하고 싶습니다.

이 책을 아빠에게 큰 기쁨을 안겨 준 지애와 하나님 곁에 먼저 간 사랑하는 지애 엄마, 많은 희생을 감수해 준 가족들, 그리고 지애가 여기까지 오도록 도와주신 많은 분들, 지애를 사랑해 주고 아껴주신 많은 팬들께 감사의 말과 함께 바치고자 합니다.

파이널 퀸 **신지애**, **골프**로 비상하다

1판 1쇄 찍음 2010년 2월 25일
1판 1쇄 펴냄 2010년 3월 4일

지은이 | 신제섭
편집인 | 김혜원
발행인 | 김세희
펴낸곳 | ㈜ 민음인

출판등록 | 2009. 10. 8 (제2009-000273호)
주소 | 135-887 서울 강남구 신사동 506 강남출판문화센터 5층
전화 | 영업부 515-2000 편집부 3446-8774 팩시밀리 515-2007
홈페이지 | www.minumsa.com

* ㈜ 민음인은 민음사 출판 그룹의 자회사입니다.